Dennis Stephan

Der Klub der Ungeliebten

Dennis Stephan

Der Klub der Ungeliebten

Incubus Verlag

Incubus Verlag
1. Auflage 2013

Coverdesign und Fotoshoothing: Alexander Voss („Berlin-Neukölln Skyline")
Layout: DM Designs
Lektorat: Kira Wolf-Marz
Korrektorat: Daniel Marz
Satz: Julia Schwenk
Druck und Verarbeitung: CPI Books GmbH, Ulm
Printed in Germany

ISBN 978-3-9815948-4-3
http://www.incubusverlag.de

»Manche Menschen sind wie ein Spiegel, der uns hilft, in die verborgenen Winkel unserer Seele zu schauen.«

Unbekannt

Prolog

Vor ihr lag die mächtige Lokomotive in einem zusammengelöteten, schwarzen Metallmantel, wie ein ungeduldig schniefender Drache.

Françoise trieb in einem Meer aus Menschen, die sich gegenseitig in der Enge der Bahnhofsmauern umarmten und lebewohlküssten. Sie hatte nur wenige Stunden geschlafen – müde war sie dennoch nicht, denn Adrenalin sprudelte in ihrem Blut und mischte sich mit Nervosität und Angst vor dem Unbekannten, das auf sie wartete. In ihrer Rechten trug sie die geblümte Reisetasche, in der sie die wenigen Stoffe transportierte, die sie aus ihrem schier unerschöpflichen Kleiderschrank ausgewählt hatte, als sie am vergangenen Nachmittag den Entschluss gefasst hatte, zu gehen.

Zuhause ist, wo das Herz schlägt, sagte sie sich oft. Und ihr Herz schlug längst nicht mehr in Paris, sondern jenseits der Grenzen ihrer Nation. In einem Land, welches sie nie betreten hatte.

Der einzige Teil ihres Herzens, der hier schlug, pochte – schneller als ihr eigener Puls – in dem ledernen Koffer, den sie in der linken Hand trug. Dieser barg unendlich viele Seiten beschriebenen Papiers, einige Fotografien und sorgfältig geöffnete und aufbewahrte Briefumschläge, von denen unzählige bunte Briefmarken lachten. Hätte man sie danach gefragt, so hätte Françoise nicht sagen können, welches Gepäckstück stärker an ihren physischen Kräften zehrte, wohl aber, von welchem Gepäckstück ihr Leben abhing – und es war nicht die Tasche voll Wäsche.

Das Schubsen und Stoßen vor dem Gleis bereitete ihr Unbehagen. Obwohl Françoise tief in ihrem Innern wusste, dass es keine Rolle spielte, ob irgendjemand sie erkannte, versuchte sie sich tiefer in der Anonymität des lindgrünen Seidentuches zu vergraben, das ihr Haar bedeckte. Die letzten Minuten erschienen ihr schlimmer als die aufgeregte Fahrt mit der Motordroschke.

Schlimmer als das heimliche Davonstehlen, während Jacques selig und nichtsahnend in warmen Laken schlief. Schlimmer noch als das unauffällige Zusammensparen und Verstecken von Geldscheinen in den letzten vier Monaten.

Während sie sich einen Weg durch die aufgewühlte Menschenmenge tastete, atmete sie den Geruch von Kohle, Ruß und Tränen ein. In ihrer Manteltasche steckte, seit Tagen zusammengefaltet, das Billett – ein so kleines Stück Papier, das in der Lage war, sie in wenigen Tagen an einen anderen Ort zu tragen. Es war ihre Fahrkarte in ein neues Leben, von dem sie nicht wusste, ob es besser sein würde als ihr jetziges.

Übelkeit überkam sie. Sie hatte weder gefrühstückt noch sich zurechtgemacht, wie sie es morgens gewöhnlich tat. Ihr rostrotes Haar war in der morgendlichen Eile nicht einmal zu einem schlichten Haarknoten zusammengebunden worden. Zu groß war ihre Sorge gewesen, ihr Mann könnte erwachen.

Die Lok schrie auf. Françoises Glieder zitterten. Was auch immer in den letzten Stunden, Tagen und Monaten von ihr Besitz ergriffen hatte, war stark genug gewesen, sich über sämtliche Vernunft hinwegzusetzen und sie hierher zu bringen. Nun aber spürte sie zum ersten Mal Zweifel in sich aufsteigen. Sie schätzte ihre Freundinnen und das Haus, in dem sie wohnte. Sie würde ihre Eltern schrecklich vermissen. Vor allem aber liebte sie den Mann, der dort in ihrem Ehebett schlummerte, während ein neuer Tag, trist und dunstig, bereits graute.

Doch wenn es etwas gab, nach dem sie sich mehr sehnte als nach ihrem Leben hier, dann war es der Mann, der dort am anderen Ende dieser endlosen Gleise lebte. In einem Land, das der Krieg in Trümmer gerissen hatte. Der Mann, nach dem sich ihr Körper, ihr Herz und ihre Seele verzehrten. In manchen warmen Nächten so sehr, dass es ihr körperliche Schmerzen bereitete oder sie ganz einfach Tränen vergoss – so lange bis sie am Ende das Gefühl hatte, an Einsamkeit und Unerreichbarkeit zu ersticken und sich letztlich erbrach.

Der Schaffner warf einen Blick auf ihr Billett.

Kapitel 1

Mädchen, Jungen, Porzellanfrauen

Adam

Licht bricht sich im Relief der zerkratzten Scheibe, fällt in das stickige S-Bahn-Abteil und macht die feinen Staubpartikel sichtbar, die in der warmen Luft schweben. Durch ein Mikroskop betrachtet, ließen sich fantasievolle Geschöpfe in ihnen erkennen. Verbrauchter Sauerstoff klebt kondensiert an den Fensterscheiben. Die meisten Leute um mich herum bekommen von all dem nichts mit. Sie sind unaufmerksam. In vielen Hundert Jahren haben sie gelernt, ihre Sinne zu entschärfen. Heute sind sie damit beschäftigt, sich gegenseitig auf die Füße zu treten, sich schwitzend in unfreiwilliger Nähe aneinanderzudrücken – Menschenrechtler würden der Ohnmacht nahe aufschreien.

Mich kümmert die volle Bahn wenig, denn meine Gedanken fahren in anderen Zügen. Sie bringen mich dorthin, wo ich mich vor einer Stunde erst befand, als ich ihn wiedersah.

Es ist einer dieser gleißend hellen Sommertage Mitte Juni, die selbst in der Stadt nach klebrigem Kiefernharz und weichem Teer duften. Einer dieser Tage, an denen man seinen Herzschlag so deutlich gegen den dünnen Stoff seines T-Shirts zu spüren glaubt, dass der eigene Puls einem ohrenbetäubend laut erscheint. Einer dieser Tage, die in allen Spektralfarben des Regenbogens leuchten.

Manch einer behauptet, die Liebe habe in der Großstadt zwischen drei Millionen Einwohnern keinen Platz. Dass man sie vergeblich suche, unter den klappernden Waggons der Straßenbahnen und in dem Wirrwarr aus Architektur. Und vielleicht ist das auch wahr. Vielleicht gibt es hier keine Liebe, weil dieser gigantische Ameisenhaufen aus kalten Betonplatten, Asphalt und witterungsbeständig lackiertem Stahl ein zu kühler Boden für Gefühle ist.

Womöglich ist Coralie das beste Beispiel dafür. Nie bin ich einem Menschen begegnet, der sich selbst derart allen anderen vorzieht. Seit wir hierher gezogen sind, hat sie die Egozentrik zu ihrer Königsdisziplin gemacht und dabei ihre eigene Art entwickelt, sich von allem und jedem abzuschirmen, sich selbst in den Mittelpunkt ihres kleinen, urbanen Universums zu stellen. Einem Universum, das von unzähligen Liaisons angetrieben wird, die nicht länger existieren als Eintagsfliegen. Das geht nun schon zwei Jahre so. Zwei Jahre, in denen sie sich ihren Mitmenschen angepasst und ihre Sinne desensibilisiert hat. Zwei Jahre fernab vom klebrig-süßen Duft des Flieders und der introvertierten Enge unseres Heimatortes. Hier, wo sich die Menschen im Takt der Hauptverkehrszeiten bewegen, fingen wir schnell an zu wurzeln, wenn auch ein Teil unserer Herzen immer mit unserem alten Zuhause in Verbindung blieb.

Doch nicht nur über die Existenz der Liebe streiten sich die Geister, auch darüber, wo sie ihren Ursprung hat: Der Körper eines jeden Menschen besteht aus 100 Billionen Zellen. Jede davon vergeht und wird durch eine andere ersetzt. Abermillionenmal pro Minute. Fantasten und Poeten nennen die Liebe eines Menschen unsterblich. Ziemlich schwer vorstellbar angesichts der Tatsache, dass jeder Körper verwelkt und der Grund dafür, dass wir lieben, nichts weiter sein soll als ein schnell arbeitender Muskel: faustgroß und längst nicht so komplex wie das menschliche Auge. Dass wir imstande sind zu lieben, mit jedem einzelnen Herzschlag.

Realisten bestreiten natürlich jeglichen Zusammenhang und betonen, Liebe entstehe im Kopf – durch Botenstoffe und Hormone, die unser Gehirn großzügig ausschüttet. Wie aber kann es dann sein, dass Forscher auf ihren Expeditionen Mumien gefunden haben wollen, deren Herzen das einzige waren, das die Mühlwerke der Zeit überdauert hatte, ohne Schaden zu nehmen? Dass von diesen einstigen Menschen sonst nichts übrig geblieben ist als Staub und Asche?

In den letzten Tagen habe ich immer wieder den gleichen Traum: Spaziergänger stoßen, Wochen nach dem unglücklichen Vorfall in einer Altbauwohnung, auf die sterblichen Überreste eines Menschen. Aufgeschwemmt und verfärbt hat die Strömung des Flusses ihn in eine Uferböschung getrieben. Das wahrlich Bizarre an diesem Traum ist jedoch nicht der furchterregende Anblick des Leichnams, sondern die Tatsache, dass aus diesem die schönsten und farbenprächtigsten Teichrosen treiben. Die Wurzeln der Pflanzen fest in der Brust des Mannes verankert, als hätte die Liebe selbst ihn zum Blühen gebracht.

An meinem ersten Vorlesungstag gab mein Philosophieprofessor uns eine Aufgabe: Wir sollten eine für uns grundlegende philosophische Frage durch eigene Recherche beantworten. Dabei, so sagte er, spiele es keine Rolle, wann wir die Arbeit abgäben, selbst wenn es bis zum Ende unseres Studiums dauern würde. Ich begann noch am selben Abend, meine Gedanken zu Papier zu bringen. Noch heute grüble ich oft über diesen Fragen, ohne zu einem eindeutigen Ergebnis gekommen zu sein. Nur, dass alles irgendwie mit dem Herzen zusammenhängt, das ist mir inzwischen klar geworden.

Ich blicke aus dem Fenster und betrachte das vorbeiziehende Stadtpanorama. Alles jenseits dieser Scheibe wirkt anders. Heller. Wie ein überbelichtetes Polaroid. Ich bilde mir ein, es läge an der Sonne, die den ganzen bisherigen Juni nicht stärker geschienen hat. Tatsächlich aber liegt es an ihm.

Beim Pfeifen des Signaltons bin ich mit einem Satz auf den Beinen, springe aus der sich öffnenden Tür auf den Bahnsteig und reihe mich in den Menschenstrom auf der Straße ein, der sich nichts sehnlicher als den verdienten Feierabend wünscht.

Als ich die Rolltreppen nach unten nehme, kommt mir Coralie bereits entgegen. Noch bevor sie mich überhaupt erreicht hat, haben ihre Augen die Flasche Limonade in meiner Hand längst begrüßt.

Diese Stadt ist voll von schrägen Gesichtern. Ich habe schon in viele davon gesehen, aber keines blieb lange genug, als dass ich es mir hätte einprägen müssen – bis auf Adams. Denn er war schon immer da, solange ich denken kann. Seit unserer Kindheit ist er für mich nicht nur ein Verwandter, sondern auch mein bester Freund. Manchmal habe ich sogar das Gefühl, er könnte mein siamesischer Zwilling sein: eine Coralie mit Schwanz zwischen den Beinen und deutlich weniger Oberweite.

Ich weiß, dass diese Vorstellung ziemlich abgedreht ist, aber wie durch ein unsichtbares Band verbunden, waren wir damals nur dann auseinanderzubringen, wenn einer von uns aufs Klo musste oder wenn wir vor und nach dem schulischen Sport- oder Schwimmunterricht für kurze Zeit in getrennten Umkleidekabinen verschwanden. Bis wir elf waren, hielten uns Fremde tatsächlich für Geschwister. Nicht, weil wir uns ähnelten, sondern vielmehr, weil wir immer die gleichen Schrammen und Schürfwunden an Knien und Ellenbogen von unseren gemeinsamen Streifzügen durch die Wälder und Nachbarschaft mit nach Hause brachten.

Irgendwann, als wir älter wurden, begann die Nähe, die jedermann bis dahin als liebenswert empfunden hatte, die Leute zu stören. Wenn Cousin und Cousine sich mit zwölf noch immer am liebsten ein Bett teilen, dann ist das für die Eingeborenen eines kleinen Ortes ein nicht zu verkraftender Gedanke. Erst recht, wenn es sich um den Ort handelt, an dem Adam und ich groß wurden: Eine Gemeinde voller Plastiktischdeckchen und nach Farben sortierter Blumenbeete, in der das 20. Jahrhundert noch immer nicht begonnen zu haben scheint. Ein Ort im Nirgendwo, voller Einwohner, auf deren Gesichtern seit Generationen dieselben aufgesetzten Freundlichkeiten kleben.

Aber das alles ist verdammt lang her, und an die meisten Gesichter erinnere ich mich nicht. Nur an Adam, der immer noch da ist, obwohl sich die Kulisse geändert hat und sich unser Leben längst auf einer völlig anderen Bühne abspielt. Seit ich denken kann, immer Adam.

»Gott sei Dank, Zucker, aber schnell!«

Ich bringe die Flasche an mich und nehme einen Schluck der süßen Brause.

»Marc hat dir auf den AB gesprochen.«

»Dieser dämliche Idiot. Ich hoffe, seine Nachricht bestand aus mehr als drei tiefen Schluchzern.«

»Es war mehr ein Wimmern als ein Schluchzen. Cori, wieso gibst du diesen Typen überhaupt noch unsere Nummer, wenn du sowieso vorhast, sie abzuservieren?«

»Muss ich mich vor dir jetzt für meine Beziehungen rechtfertigen?«

»Das sind keine Beziehungen, mehr eine schlechte Voraussetzung für ein sorgenfreies Leben.«

»Das klingt wie Karies.«

»Ich widerspreche nicht: Dein Liebesleben hat etwas von schlechter Mundhygiene.«

»Ach hör auf, Zahnseide benutzt man auch nur einmal.«

Adam schüttelt den Kopf, kann sich ein Lachen aber nicht verkneifen. Passend zu unserem Wortgefecht gewährt er mir einen Blick auf die makellosen Zahnreihen, um die ich ihn früher immer so beneidet habe, wenn wir gemeinsam im Wartezimmer der Zahnarztpraxis saßen. Dass sein Lächeln dafür jahrelanges Zahnspangentraining gebraucht hat, hat mich aber immer schon mit Genugtuung erfüllt. Wir gehen ziellos die Straße hinauf.

»Ich sag es nur ungern, aber mit dieser Einstellung, Cori, wirst du einmal enden, wie deine beste Freundin.«

»Ich habe keine Freunde.«

»Frag dich mal, aus welchem Grund.«

»Geh nicht so hart mit mir ins Gericht. Hast du nichts anderes zu tun, als auf mir herumzuhacken? Keinen Unistress? Hausaufgaben? Nichts?«

»Nein. Im Moment hab ich ganz andere Dinge im Kopf.«

»Dinge, die deine Laune scheinbar heben. Weißt du, das erschreckt mich. Können wir nicht einfach die zwei weltverachtenden Zyniker sein, die wir sonst immer sind? Wer bist du, Fremder, und was hast du mit meinem Cousin gemacht?«

Adam schüttelt den Kopf. Dunkelblonde Locken zittern.

»Später, Cori, später. Wie sieht's aus, hast du Hunger?«

»Oh, ich sterbe vor Hunger.«

»Na das passt doch.«

Er greift mich am Arm, und wir machen einen perfekt ausgeführten U-Turn.

»Und was für eine beste Freundin hast du vorhin gemeint?«

»Madame Porzellan.«

Im fünften Stock unseres Mietshauses, genau eine Etage über uns, wohnt eine alte Dame. Seit unserem Einzug nennen wir sie nur Madame Porzellan, denn keiner der Mieter kennt ihren richtigen Namen. Vermutlich hat sich auch niemand je die Mühe gemacht, ihn herauszufinden.

Es hängt kein Schildchen an ihrer Türklingel. Post oder Besuch bekommt sie nicht. Die einzigen Menschen, denen Madame Porzellan die Wohnungstür öffnet, sind Coralie und meine Wenigkeit. Vielleicht lässt sie sich nur darauf ein, weil wir ihr einmal in der Woche ihre Medikamente aus der Apotheke holen und sie mit frischen Lebensmitteln versorgen. Vielleicht aber auch, weil sie unsere Gegenwart genauso liebt, wie wir ihre ganz eigene, schrullige, leicht sonderbare Gesellschaft. Als Gegenleistung erzählt sie uns Geschichten aus Zeiten, die genauso vergilbt sind, wie die Fotos, die hinter dem Glas unzähliger Bilderrahmen von ihnen zeugen.

Die meisten Leute halten Madame Porzellan für merkwürdig, gar für verrückt – nur weil sie sich von Zeit zu Zeit in Gesprächen mit sich selbst verliert und mit mütterlicher Fürsorge ein Dutzend kindlicher Porzellanpuppen umsorgt. Das wirklich Merkwürdige an dieser Frau ist jedoch, dass sie selbst aussieht, als sei sie aus dem dünnsten, zerbrechlichsten Porzellan gemacht, das man sich vorstellen kann.

Wenn diese Dame dann anfängt zu erzählen, von Schallplatten aus Schellack und Märchen, die nie durch die Feder der Gebrüder Grimm geflossen sind, dann tut sie dies mit so gedämpfter Stimme, als sei sie sich ihrer Beschaffenheit bewusst. Als würde jeder zu hohe oder zu schiefe Ton ihren Körper in tausend Scherben zerspringen lassen.

Eine Dreiviertelstunde später haben Coralie und ich in einem kleinen Bistro Platz genommen, und jeder von uns ist bereits dabei, sein zweites belegtes Sandwich zu verdauen.

Während ihr Geplapper in den Hintergrund tritt, studiere ich das für sie so typische Haar, das sie mehr liebt als alles andere – auch wenn sie weder sich selbst noch jemand anderem diese Eitelkeit je eingestehen würde. Es ist dunkel wie Lakritz und verrät nicht einmal ansatzweise, dass es einmal blond war. Noch vor ein paar Jahren war dieses Haar der Grund für die grünneidischen Gesichter unserer Klassenkameradinnen. Heute klammern sich die verschwitzten Hände unzähliger Liebhaber darin fest, während sie Coralie nach allen Regeln der Kunst beschlafen. Jedes einzelne Haar hat seinen Platz, die Position jeder querdenkenden Strähne genauestens kalkuliert.

Ich höre mir geduldig an, wie sie sich über ihr letztes Date den Mund zerreißt. Das Seltsame ist, dass es mich nicht im Entferntesten kümmert. Es ist eine Geschichte, die den anderen gleicht, und ich kenne die ganze Palette. All die Nationalitäten, all die Stellungen, all die Missgeschicke dieser kurzen und langen Liebesnächte. Und eben weil diese Geschichte so austauschbar ist, habe ich keine Skrupel, sie zu unterbrechen: »Ich glaube, ich brauch deine Hilfe.«

Coralie, die bis zu diesem Moment keinerlei Interesse an mir gezeigt hat, ist plötzlich hellwach.

»Oh je, auf meinen letzten Freundschaftsdienst folgte eine Woche später der Schulverweis.«

In ihren Augen erkenne ich das Spiegelbild einer vertrauten Szene – mehrere Jahre alt, vermutlich beobachtet sie in den meinen das gleiche. Das Spiegelbild eines Spiegelbildes. Erst mit ihrem nächsten Lidschlag verschwinden die schemenhaften Bilder und machen einem skeptischen, aber auch neugierigen Blick Platz.

»Also schön: Wie heißt er?«, will Coralie wissen, noch ehe ich überhaupt angefangen habe zu erzählen.

»Woher willst du wissen, dass ...«

Sie kennt mich besser, als jeder andere. Hinzu kommt, dass sie eine Expertin auf ihrem Gebiet ist.

»Ich bitte dich. Wen willst du hier verarschen? Also raus mit der Sprache: Wie ist sein Name?«

»Das weiß ich nicht.«
»Und wie alt ist er?«
»Ich ... ich weiß nicht.« Ich lache über Coralies perfekt umrandete Augen, die mit jedem Stottern an Größe zunehmen – beinahe zu groß, um weiter in ihren Augenhöhlen Platz zu finden. Vor allem aber lache ich, weil mir bewusst wird, wie lächerlich meine Situation ist.
»Habt ihr überhaupt schon miteinander geredet?« Die Ironie in ihrer Stimme brennt heller als jede Signalpistole, trifft dabei jedoch direkt ins Schwarze.
»Nein.«
Coralie verschluckt sich an ihrem Bier. Sie schlägt die Flasche laut und schäumend auf den Tisch, hustet und zappelt gekünstelt. Ich lasse sie Theater spielen.
»Woher kennt ihr euch denn dann?«
»Coralie«, setze ich an zu erklären. »Er ist es!«
»Ich kann dir nicht mehr folgen. Wer?«
»Er, Cori! Er.«
Endlich scheint auch sie verstanden zu haben, auf wen ich hinaus will. Sie beginnt, ungläubig den Kopf zu schütteln und starrt mich misstrauisch an: »Das gibt's doch nicht. Meinst du etwa den Kerl vom Bücherbaum?«
Ich nicke. In meiner Brust schlagen Pauken um die Wette.

Mitten im Herzen der Stadt erhebt sich, geschützt im Hinterhof eines kleinen Cafés, der Bücherbaum. Im Sommer wuchert Goldregen an seinem morschen Stamm und kleidet seine kahlen, dunklen Aststumpen in sattes Grün und Gelb. Es war die Stadtverwaltung, die das Konzept des Bücherbaums entwarf. Als Teil eines sozialen Bildungsprojektes verwandelte sich der mächtige Stamm einer toten Esche in eine Sammel- und Tauschbörse. In seinen Stamm fräste man Kammern, in die bunt lackierte Schubladen eingesetzt wurden. Fortan war er ein Aufbewahrungsort für gebrauchte Bücher, die jeder in ihn hineinlegen oder aus ihm herausholen konnte.

Literatur wurde auf diesem Fleckchen Erde zum Tauschmittel, das nun von einer Hand in die andere wandert – kostenlos und nur von dem ungeschriebenen Gesetz regiert, dass jeder, der ein Buch aus dem Bücherbaum nimmt, früher oder später ein anderes zurücklassen muss.

Es war im ersten Jahr nach unserem Umzug, als ich den Bücherbaum für mich entdeckte. In einem Sommer, der genauso wechselhaft war wie alles andere, was sich in jenem Jahr ereignete. Coralie und ich hatten gerade erst die Kartons geleert und begonnen, aus den wenigen Dingen, die wir mitgebracht hatten, ein wackeliges, neues Leben aufzubauen. Es war jener Bücherbaum, der mir etwas Vertrautes gab in dieser fremden Welt, mit all ihren exotischen Einwohnern, denen Coralie und ich auf unserer Stadtsafari über den Weg liefen. Darunter zahnlose Obdachlose, die erbettelte Groschen, abgezählt und aus klebrigen Händen, gegen leuchtend grünen Pfefferminzschnaps eintauschten, aufs Klauen abgerichtete Zigeunerkinder und jene alte Frau, die wir später Madame Porzellan taufen sollten.

Es war auch das Jahr, in dem ich mich überschwemmt sah von Hausarbeiten und theologischen Fragen, die das Studium mir auferlegte. Hausaufgaben, die auszuarbeiten mich ganze Nächte kostete, mich aber nicht von den Fragen abzulenken vermochten, die ich mir zu Beginn meines Studiums zur Aufgabe gemacht hatte. Mehr als zwanzig Seiten Textauszüge, Verweise und Zitate hatte ich zusammentragen können, sodass sich aus ihnen ein Manuskript klammern ließ. Diese Forschungsfragen schrieb ich auf:

Wieso ist das Gras grün? Wie sieht ein Gefühl aus? Was ist der Sinn des Lebens? Und wieso verlieben wir uns?

Die meiste Zeit meiner Textanalysen verbrachte ich am Fuß des Bücherbaums, mit Schopenhauer, Cicero und Nietzsche. So auch jenen Tag im letzten Jahr. Wie es die Tradition vorschrieb, hatte ich ein ausgelesenes Buch mitgebracht – eine fast heidnische Opfergabe an den Bücherbaum, der mich inspirierte, wie es sonst bloß die Musen vermochten.

Über meinem Kopf zogen schwere Regenwolken auf und stürzten den Himmel in eine Depression, wie sie schon seit Wochen zur Gewohnheit geworden war.

Weil ich mich vor dem anstehenden Regen in Sicherheit bringen wollte, packte ich meine Sachen, öffnete eine der Schubladen und bemerkte plötzlich die Anwesenheit einer Person.

Als ich mich umdrehte, geriet die Welt aus dem Gleichgewicht. Keine drei Meter entfernt, stand er. Ich blickte in seine braunen Augen, während der einsetzende Regen Löcher in den staubigen Boden schlug. Und er erwiderte meinen Blick. So standen wir eine gefühlte Ewigkeit voreinander. Aufgewühlte Wolken über uns, zerbombter Boden zu unseren Füßen. Wasser perlte von seinen Lippen, lief über milchweiße Wangen, geräuschlos, wie in einem Vakuum, in dem die Zeit nicht existierte. In dem es nichts gab, bis auf uns beide, den Regen und vibrierende Noten, die durch die Luft tanzten. Durch die Luft, die er aus- und ich einatmete.

Das Gewicht in meiner Hand glitt geräuschlos in die Schublade, ohne dass ich es wagte, meinen Blick zu lösen. Als die Welt langsam aus ihrer Starre erwachte und ihren elliptischen Weg um die Sonne fortzusetzen begann, ergriff ich die Flucht. Wieso ich das tat, weiß ich nicht.

Im Nachhinein betrachtet flieht man manchmal selbst vor den schönsten Dingen. Auf dem Heimweg musste ich mit Erschrecken feststellen, dass sich das Buch, das ich eigentlich in den Bücherbaum legen wollte, noch immer in meinem Besitz befand. Von meiner Hausarbeit allerdings fehlte jede Spur. Ich kehrte zum Stamm zurück, suchte den ganzen Hinterhof ab, öffnete sämtliche Schubladen, wühlte mich durch Dutzende von abgegriffenen Groschenromanen, doch mein Manuskript blieb unauffindbar. Ebenso wie der Unbekannte, der mir noch Tage danach den Schlaf raubte – bis vor wenigen Stunden.

»Hörst du das?«, will Coralie wissen.

»Nein, was?«

»Das klingt wie der Abspann der Lindenstraße«, witzelt sie. »Ich hatte gedacht, soviel Schmalz gibt es nur im Fernsehen. Und wo hast du ihn gesehen? Etwa wieder an diesem Baum?«

»Nein, in dem Café«, sage ich. »Das vor dem Hof. Ich glaube, er arbeitet dort.«

»Und du hast ihn nicht angesprochen? Was stimmt mit dir bloß nicht?«

»Was hätte ich denn sagen sollen?«

Man spricht nicht einfach so wildfremde Menschen an, will ich hinzufügen, doch wer Coralie kennt, der weiß, dass sie es ständig tut – auf ihre viel zu offene und deshalb gefährliche Art und Weise.

Sie schnippt theatralisch in die Luft. »Du solltest dich mal reden hören, Adam.«

»Ich kann nicht ...«

»Wir leben in der verfluchten Metropole, wo sich Immobilienhai und Bordsteinschwalbe Gute Nacht sagen. Hier darf jeder mit jedem quasseln.«

Eine kleine Pause stellt sich ein, in der ich darüber nachdenke, ihr irgendeine Gemeinheit an den Kopf zu werfen, nur um meine eigene Unsicherheit zu überspielen.

»Meinst du denn, er hat dich wiedererkannt?«

»Ich denke schon, ja.«

»Und meinst du, er ...?«

»Keine Ahnung.«

»Ich bitte dich, das erkennt man doch.«

Mein düsteres Schweigen schreit ihr geradewegs ins Gesicht.

»Schon gut, schon gut«, gibt sie nach. »Dann find's halt raus!«

»Wie?«

»Frag ihn!«

»Mir rutscht gleich die Hand aus, Cori.«

»Adam, das hier sind die verdammten Neunziger, nicht das Mittelalter. Du wirst nicht ans Kreuz genagelt, nur weil du lieber Bananen statt Pflaumen naschst«, gluckst sie dümmlich vor sich hin. »Was soll schon passieren? Mehr als Nein sagen kann er nicht.«

Meine innere Wut nimmt zu. Ich ärgere mich, dass Coralie das Leben mal wieder als eine Frage nach »ob oder ob nicht« sieht. Dass sie in solchen Extremen denkt: Ja oder Nein. Am meisten aber ärgere ich mich darüber, dass sie vermutlich recht hat.

»Wie genau würde denn meine Hilfe aussehen?«, hakt sie endlich nach.

»Ich dachte mir, du könntest vielleicht ...«

»Ich?«

»Coralie, du könntest einfach deinen Charme spielen lassen. Zupf ein bisschen auf deiner Sirenenleier und finde heraus, ob er deiner Weiblichkeit verfällt oder nicht.«

»Wofür hältst du mich – für 'ne Professionelle?!«

Ich denke mir meinen Teil.

»Und was hätte ich überhaupt davon?«, fordert sie mich heraus.

»Gutes Karma.«

»Scheiß aufs Karma.«

Für einen Moment loten wir beide unsere Grenzen aus. Coralie kann äußerst großzügig sein. Ein Prinzip, das sie noch stärker vertritt als Großherzigkeit, ist jedoch Fairness. Ich gebe dir und du gibst mir. So war es schon immer. Aber weil ich sie kenne, hatte ich schon Zeit, mich vorzubereiten.

»Du hilfst mir aus meiner kleinen Zwickmühle, und ich mache einen Monat lang den Abwasch.«

»Nein«, lässt sie mich zappeln. »Ich wasche sehr gern ab.«

Das ist eine Lüge. Trotzdem gehe ich auf das Spiel ein: »Was möchtest du?«

»Ich will eine Flasche Wein. Rot und lieblich.«

»Das liebliche Plätschern des überschäumenden Suffs. Da hätte ich auch selbst drauf kommen können.«

Ich blicke in ein breites Grinsen. Die rechte Augenbraue gleitet ihr fragend in die Stirn: »Abgemacht?«
»Abgemacht.«

Als wir endlich vor unserer Haustür ankommen, ist es kurz vor halb zehn. Die spartanisch eingerichtete Zweiraumwohnung, die wir uns teilen, liegt im vierten Stockwerk eines in die Jahre gekommenen Altbaus. Während die blätternde Fassade im Winter einen fast ebenso toten Eindruck macht wie ihre kahle Umgebung, krallt sich im Sommer sattgrüne Jungfernrebe in die zerfressenen, stuckverzierten Gesimse. Hier und da zieht sich die maßlose Liane, scheinbar der Schwerkraft trotzend, bis über das Dach des Hauses und lässt dabei den bescheidenen Efeu hinter sich zurück.

Als wir die Wohnung betreten, schmeißt sich Coralie erschöpft auf den Boden, wo sie einen verworrenen Kampf mit ihren Schnürsandalen aufnimmt. Ich mache einen Schritt über ihre ausgestreckten Beine hinweg und bringe die durchweichte Papiertüte, in der sich das übrig gebliebene Essen befindet, in die Küche. Hier verschwindet das kalte Schnellgericht im Kühlschrank, und ich belächle die alten Wasserflecke an der Wand. Wasserflecke auf grasgrüner Raufaser.

Als ich mein Zimmer betrete, fühlt es sich anders an. Manche Veränderungen finden von einer Sekunde, von einer Stunde auf die andere statt. So wie diese. Ich fühle mich anders, lebendiger – den ganzen Tag schon, seit ich ihm wiederbegegnet bin.

Der Abend ist ruhig. Die Vögel vor meinem Fenster zwitschern. Ich lege mich auf mein Bett und starre zur Decke. Etwas geht in mir vor. Ich denke nicht einmal daran zu schlafen, dafür wäre ich viel zu aufgeregt. Stattdessen male ich mir sein Gesicht aus. Seine schwarzen Brauen, die dunklen Haare, die braunen Augen, die stoppeligen, weißen Wangen.

Es klopft und Coralie öffnet ungebeten die Tür. »Darf ich kurz nochmal stören?«

»Das tust du längst«, grinse ich. Sie überhört meinen letzten Satz und nimmt auf dem Stuhl neben meinem Bett Platz. Ihre Haare haben den Kampf um ihre Freiheit verloren und sitzen jetzt eingeschnappt in einem zerzausten Dutt auf ihrem Kopf.

»Adam, ich werde dir helfen. So oder so.« Sie schaut aus dem Fenster in die Abenddämmerung, an mir vorbei. »Ich will aber nicht, dass du dich zu sehr in diese ganze Sache verrennst. Schau, du weißt nicht, ob der Typ überhaupt ein warmer Bruder ist. Ich will auf gar keinen Fall, dass du später traurig bist.«

Ich höre Coralies Worte. Es sind akustische Klänge. Hohe und tiefe Töne. Noten auf einer Tonleiter. Sie haben jedoch keine inhaltliche Bedeutung für mich. Ich kann die Botschaft nicht begreifen, die sie mir zu vermitteln versucht. Eine Botschaft, die sie ihre Erfahrungen gelehrt haben. Viele Erfahrungen.

Und obwohl ich nicht verstehe, dass sie die Erkenntnis vieler Herzensbrüche mit mir teilen möchte, sage ich trotzdem »Ja, Cori. Ich weiß« und lächle sie dankbar an.

Wortlos knipst sie die Nachttischlampe an und provoziert damit jede obdachlose Stechmücke, bei mir einzuziehen. Noch bevor sie die Tür erreichen kann, habe ich die Lampe wieder ausgeschaltet.

»Was ich eigentlich sagen will«, mit viel Talent zum Drama wirft Coralie einen Blick zurück, »heul' mir bloß nicht die Ohren voll, wenn dein Traumprinz nur Weiber im Kopf hat.«

Mein Kissen fliegt waagerecht hinter ihr her, verfehlt sein Ziel aber aufgrund der sich schließenden Tür. Ich bin allein. Allein mit meinen Gedanken, allein mit meinen Fantasien. Allein.

Ich war sicher nicht immer ein besonders aufmerksames Kind, aber mit sechs machte ich eine seltsame Feststellung. Mir fiel auf, dass ich meinen Vater nur in zwei Extremen kannte. Entweder trat er so impulsiv, aufbrausend und lärmend in Erscheinung, dass man sich lieber stillschweigend in einer anderen Ecke des Hauses in Sicherheit brachte, oder aber er schlief – ungewöhnlich oft und ungewöhnlich lange. Wenn das der Fall war, dann konnte man sich keinen ruhigeren Menschen vorstellen. Ich konnte ihm bunten Puffreis in die Ohren stecken und Knoten in seine Haare knüpfen, ohne dass er davon wach wurde.

Anfangs war ich der Überzeugung, das läge an der schweren Arbeit in der Werkstatt, die auch an seiner schlechten Laune Schuld war. Dann kam ich auf den Trichter, den Grund für seine ewige Müdigkeit in seiner fast ebenso ausgeprägten Zuneigung zu Malzgetränken entdeckt zu haben.

Heute weiß ich, dass er an der Ethanolzitze der Alkoholsucht hing, aber damals hielt ich ihn einfach für einen Freund von kühlen Gerstenbrausen.

Von kindlicher Neugier getrieben, unternahm ich eines Tages ein gewagtes Experiment. Ich legte mich auf die Lauer und prägte mir die exakte Zubereitung seines süffigen Lieblingsgetränkes ein. Irgendwann wusste ich, in welchem Kühlfach meine Mutter – eine lebenslange Apothekenhelferin – die braunen Glasflaschen mit den lustigen Schnappverschlüssen lagerte. Ich wusste sogar, auf welche Art und in welche Gläser sie ihm einschenkte. Und ich hatte mir mit akribischer Genauigkeit eingeprägt, wie viel des körnigen Pulvers sie, mit einem Teelöffel fein zerstoßen, dem Bier beimischte, um es zu servieren.

Objekt meines Versuchs sollte eine griechische Landschildkröte sein, die ich zwei Monate zuvor zum Geburtstag geschenkt bekommen hatte. Nun konnte ich mit meinen sechs Jahren nicht wissen, dass der Inhalt der kleinen

Teedose, die meine Mutter bis heute oben auf dem Kühlschrank versteckt, kein Zucker war und dass eine Überdosis auf Kleintiere tödlich wirkt. Meine Schildkröte verreckte – offiziell an einem Herzinfarkt.

Danach stellte ich erschrocken meine Experimente ein. Erst neun Jahre später sollte ich erneut Gebrauch von der geheimen Zutat und ihrer sedierenden Wirkung machen.

Ich warte vor der Kasse in der Apotheke auf Georg. Im Lager verschwunden, versucht er in den vielen Schubladen die Medikamente ausfindig zu machen, nach denen in fast unleserlicher Ärzteschrift auf dem Rezeptschein gebeten wird. Normalerweise dauert es nur halb so lange, ist es ein geübter Handgriff des Apothekers, um die rezeptpflichtigen Arzneien zutage zu fördern. Doch heute ergänzt eine weitere Arznei die verschriebenen Pillen. Eine Droge, deren Name mit geübter Präzision das Arztrezept handschriftlich ergänzt.

Georg ist ein widerlicher Mann. Mitte dreißig, klein, mit scheitelhohen Geheimratsecken, dafür mit umso stärker ausgeprägter Körperbehaarung auf Handrücken und Nacken. Seine winzigen Augen hält er immer irgendwie maulwurfartig zusammengekniffen. Nicht zuletzt ist Georg ein passionierter Sammler und Liebhaber von Pin-up-Bildern, mit einem ganz besonderen Faible für Amateuraufnahmen des weiblichen Geschlechts, für deren Besitz ihm kaum ein Preis zu hoch ist.

»Wie viel brauchst du denn?«, flüstert Georg, nachdem er aus dem Lager zurück ist. Seine Stimme ist ein Zischeln – leise genug, um von seinen Kollegen überhört zu werden. Nervös zeigt er mir den Rezeptschein, der sich in seinen schweißnassen Händen bereits zu wellen beginnt.

»Gib mir einfach zehn Gramm.«

»Aber du weißt, dass die Maximaldosis ...?«

»Weiß ich, Georg.«

»Okay. Und ...«

»Bekommst du. Druckfrisch. Gerade entwickelt.«

Georgs Unterlippe beginnt, aufgeregt zu beben. Vorfreudig verschwindet er im Labor, wo er mit einem kleinen Spatel ungeschickt das kristalline Präparat abwiegt und in ein kleines Döschen füllt. Dann reicht er mir das Medikament zusammen mit den anderen in einer braunen Papiertüte. Ich bezahle.

»Falls jemand fragt ...«

»Dann kenne ich dich nicht«, beende ich seinen Satz.

Ich beobachte, wie er nervös auf der Stelle tritt, schwitzend, gierig Ausschau haltend nach dem Obolus für seine großzügige Tat. In geübter Diskretion schiebe ich ihm das Foto über den Tresen. Das Bild nach unten, sodass weder er noch sonst jemand das Motiv erkennt. Schnell legt er seine Hand über das Foto und lässt es in seinem Kittel verschwinden. Ich verabschiede mich und gehe nach draußen auf die Straße. Adam wartet auf mich.

»Und? Hat dich das Hündchen vor Freude angepinkelt?«

Ich winke resigniert ab. Wir sind an diesem Samstagmorgen viel zu früh aufgestanden, um die Einkäufe zu erledigen, die sich über die Woche angesammelt haben. Mit schweren Plastikbeuteln bepackt, bahnen wir uns den Weg durch die Stadt.

»Wir haben ihre Tabletten, viel gesundes Grünzeug, die Milch ...«, geht Adam unsere Einkaufsliste durch. »Dann fehlt nur noch Katzenfutter.«

»Madame Porzellan hat keine Katze. Wozu sollte sie Katzenfutter auf die Liste setzen?«

»Keine Ahnung, es steht jedenfalls drauf. Vielleicht isst sie es selbst.«

Wir lachen.

»Was auf jeden Fall noch fehlt, ist die Flasche Wein, die du mir versprochen hast«, bemerke ich nachdrücklich.

»Sag mal, was ist das nun eigentlich mit dir und Marc? Seine Nachrichten ...«

»... vergeuden Mikrokassettenband.«

»Ihm scheint ja ziemlich viel an dir zu liegen.«

»Nichts anderes behaupte ich doch.«

»Was hat er falsch gemacht?«

»Drei Worte!«

Adam bleibt unvermittelt stehen und zwingt mich, ihn weiterzuzerren.

»Ist das dein Ernst? Er benutzt die drei Worte und du ...?«

»Ich setze ihn auf Entzug.«

»Indem du seine Anrufe ignorierst?«

»Adam, lass das mal meine Sorge sein!«

»Na ja, ich sag's mal so: Du musst das mit deinem Gewissen vereinbaren.«

»Ich sag's mal so: schon geschehen.«

Bevor ich der Illusion erliegen kann, dass die Diskussion Geschichte ist, setzt Adam nach: »Ich versteh einfach nicht, wieso du nicht mit ihm Schluss machst, wenn du keinen Bock auf ihn hast.«

Ich rümpfe nur die Nase. Was Adam nicht weiß, ist, dass ich das Ende dieser Liaison schon seit einer geschlagenen Woche bis ins kleinste Detail plane und vor wenigen Minuten den Schlussstein erworben habe, den es nur noch zu setzen gilt.

Wir passieren eine Baugrube am Straßenrand voller schmutziger, sonnengegerbter Grubenarbeiter, und der Geruch von Schweiß und Arbeit schlägt uns entgegen. Fünf Paar sonnenblinde Augen kleben an meinem Hintern.

»Wie im Aquarium«, stöhnt Adam.

Ein heller Pfiff ertönt hinter uns.

»Hey Süße, haste nachher Lust auf 'ne Runde Rodeo-Reiten in meinem Schlafzimmer?«

Ich drehe mich nach der Männerstimme um. Sie gehört einem hemdlosen Bauarbeiter, der in lässiger Pose an seinem Spaten lehnt – den gelben Schutzhelm schräg in die Stirn gezogen.

»Lieber lass ich mir die Pussy von 'nem Bernhardiner lecken, du Wichser!«

Der Bauarbeiter versinkt in Hohn und Gelächter seiner Kollegen, während wir unseren Weg fortsetzen.

»Männer muss man erziehen, Adam. Die haben meist eine große Klappe, aber nichts dahinter.«

»Oh, liest man das in der *Cosmopolitan*?«

»Nein. So etwas ist die Erkenntnis von zwanzigjährigem Frausein.«

ADAM

Wir stolpern die ächzenden Stufen im dunklen Treppenflur nach oben und brüllen vor Lachen. Es ist kurz nach elf. Seit ich ihn gestern gesehen habe, sind bereits mehr als vierundzwanzig Stunden vergangen. Das Gefühl in mir habe ich nicht abschütteln können. Beschreiben kann ich es nicht, weil mein Gehirn im lieblichen Nebel des übersüßen Fruchtweins umherirrt. Der Einkaufsbeutel in Coralies Hand saust im Schwung ihrer Bewegung hinter uns her wie ein totes Haustier, das fahrlässig zum Spaziergang ausgeführt wurde, und schlägt dabei an jede Stufe und uns selbst hin und wieder in die Kniekehlen. Leichtfertig, wie man es nur von einem Kind erwarten würde, verliert Coralie keinen Gedanken daran, dass der Inhalt des Beutels zerbrechlich ist; dass in ihm erdbeerheller Wein in zwei weiteren Glasflaschen neben Kohlrabi, Katzenfutter und Kloreiniger hin und her schwappt.

Wir kommen vor der letzten Wohnung auf dem Flur zum Stehen. Die Weinflasche in meiner Hand stößt dumpf gegen die Tür. Wie auf Befehl verstummt Coralies Kichern. Im Inneren der Wohnung hallt das Echo des Schlags wider. Eine demütige Stille tritt ein. Wir tauschen erwartungsvolle Blicke. Coralie entreißt mir den Wein und nimmt einen weiteren Schluck. Ich kann nicht mehr zählen, wie oft wir die vielen Stufen schon hinaufgestiegen sind. Vielleicht tausendmal.

Dann öffnet sich die Tür, und ein schweres, blumiges Parfum schlägt uns entgegen, wie damals, als alles begann.

»Was um alles in der Welt? Verdammte Scheiße, Adam!« Ich erinnere mich, dass Coralie ein weißes, viel zu großes Hemd trug. Es war Samstagabend, als sie die Tür zu meinem Zimmer aufriss. Das vom Duschen feuchte Haar hatte sie in ein Handtuch geschlagen.

»Was ist los?«

»Würdest du mal herkommen? Sofort!«

Sie führte mich in die Küche, wo ein winziges Rinnsal, nicht breiter als ein Faden, an der Küchenwand herablief und lautlos von der Abschlussleiste tropfte, um auf dem Küchenboden zu einer kleinen Pfütze anzuschwellen.

»Was ist das?«

An der Küchendecke hatte sich, von uns unbemerkt, seit Stunden schon ein dunkler Fleck durchs Mauerwerk gefressen.

»Was das ist? Wonach sieht's denn aus? Scheiße, Adam, wir sind gerade erst hier eingezogen, und jetzt regnet es uns schon rein.«

Coralie hatte sich das sprichwörtliche Handtuch vom Kopf gerissen und es echauffiert zu Boden geworfen. Obwohl das wechselhafte Wetter jener Wochen mehr als einmal brausenden Niederschlag über das alte Dach unseres Hauses hatte ziehen lassen, konnte ich mir nicht vorstellen, dass sich ein Wasserschaden ausgerechnet in unserem Stockwerk zeigen sollte.

»Und wenn es aus der Wohnung über uns kommt?«

Coralies Augen folgten meinem Finger, der verheißungsvoll zur Zimmerdecke zeigte, als wollte er uns indirekt und ohne mein Zutun auf das Geheimnis aufmerksam machen, das dort über unseren Köpfen – durch Beton, Estrich und Kacheln von uns getrennt – verborgen lag. Ein Geheimnis, bestehend aus feuchten Buchstaben und quellendem Papier, das sich uns erst Monate später gänzlich eröffnen sollte.

Wenige Augenblicke später war ich in meine Schuhe geschlüpft und auf dem Weg nach oben. Nur Coralie zeigte einen hartnäckigen Widerwillen gegen meine Nachforschungen.

»Adam, erinnerst du dich nicht an diese Frau?« Ihr kalter Griff nach meinem Oberarm hinderte mich daran, eine weitere Stufe zu erklimmen. »Die hat sie nicht mehr alle. Völlig plemplem, verstehst du. Sie schiebt einen Kinderwagen voller Puppen durch die Stadt. Adam, sie spricht mit ihnen, und im Park füttert sie fette Tauben. Ich habe mich neulich mit Frau Hoffmann unterhalten. Sie sagt, keiner der Mieter kennt diese Frau wirklich. Sie hat mit niemandem jemals ein ernsthaftes Wort gewechselt.«

Das Zittern in Coralies Stimme nahm überhand. Mit sanftem Zug versuchte ich meinen Arm aus ihrem Griff zu lösen, traf aber auf federnden Widerstand. Als wäre Coralie ein Magnet, der vor dem fünften Stock mit gleicher Polarisierung zu flüchten versuchte.

Wer ist Frau Hoffmann, überlegte ich. Gleichzeitig stellte ich mir die Frage, wann Coralie sich wohl Zeit genommen hatte, sich einem der Hausbewohner vorzustellen, für die sie sonst so wenig Interesse, zuweilen sogar Verachtung gezeigt hatte.

»Je länger wir hier rumstehen, desto größer wird der Schaden, der dort in unserer Wohnung entsteht. Hör mir zu, Cori, ich glaube nicht, dass dort oben eine Schreckgestalt wohnt. Irgendjemand hat einen Rohrbruch und merkt es nicht. Und ich habe vor, noch eine kleine Weile hier wohnen zu bleiben. Also beruhig' dich endlich. Von mir aus bleib in der Wohnung, dann geh ich halt allein. Andernfalls reiß dich jetzt ein wenig zusammen!«

Nach dieser Zurechtweisung folgte mir Coralie, kleinlaut fluchend, die Stufen hinauf bis vor die Wohnungstür. Während der Korridor mit seinem ausgetretenen, burgunderfarbenen Bodenbelag exakt dem aus unserer Etage glich, endete er hier in einer einzigen Haustür. Dutzende von Reklamen und Handzetteln quollen aus dem Briefkastenschlitz, der auf Kniehöhe in die Tür eingelassen ist. Ich drückte die Türklingel und lauschte dem ausbleibenden Signal. Was ich zu jener Zeit nicht wusste, war, dass die Klingel bereits vor Jahren ihre Stimme verloren hatte.

»Haben Schreckgestalten Namen?«, quengelte Coralie.

»Wieso?«

»Weil die Frau in dieser Wohnung offensichtlich keinen hat.«

Sie wies auf das blanke Namensschildchen. Ich schüttelte entnervt den Kopf und klopfte an. Einmal. Ein zweites, ein drittes, ein viertes Mal. Nichts geschah.

»Adam, lass uns den Hausmeister rufen.«

Ich hätte auf Coralie hören können, doch meine Hand hatte bereits den Türknauf gesucht und gefunden, mein Körper sich gegen das Gewicht der Tür gelehnt.

Irgendetwas hinter dieser Tür rief nach mir, in einer für das menschliche Ohr unhörbaren Tonlage. Eine Stimme, die vergleichbar war mit dem Sirenengesang, mit dem Coralie wohl ihre Liebhaber anlockt. Die Tür wich mit einem zufriedenen Knarren nach hinten und gab den Blick auf einen langen Flur frei.

»Hausfriedensbruch nennt sich so etwas«, hätte Coralie wohl am liebsten gekeift. Aber ihre Stimme war nicht mehr als ein Flüstern. So leise und gehaucht gehalten, als hätte sie Angst, die vielen auf hochglänzendes Polaroidpapier gepressten Gesichter könnten bei jedem zu laut geäußerten Wort erwachen und sich wie hungrige Raubtiere auf uns stürzen. Die staubigen Bilderrahmen klammerten sich, in teilweise verzweifelter Schräglage, an der Wand fest. In der Luft lag ein aufdringliches Parfum, das sich mit dem Geruch alter Eichenmöbel verband und alles und jeden auf Brusthöhe zu drücken schien.

Während ich mich langsam durch den düsteren Flur bewegte, erinnerte ich mich an die Gruselgeschichten, die man sich des Nachts am prasselnden Lagerfeuer oder mit zittriger Taschenlampe unter der Bettdecke zu erzählen pflegte. Es war meine Einbildung, die mir einen Streich spielte, aber in jenem Moment schienen die sepiafarbenen Aufnahmen an den Wänden zu flüstern. Unzählige Stimmen, die sich vermischten und überlagerten, nicht voneinander zu trennen, von so schnellem Tempo wie ein sprudelnder Bergquell.

»Wasser.«

Coralie hatte das Phänomen erkannt. Die Stimmen waren lediglich das Echo einer unbekannten Quelle, die in diesen Wänden sprudelte. Wenig später tapste ich in eine Pfütze, die unter einer der Türen hindurchkroch. Wir hielten wohl beide den Atem an, als ich die Tür zum Badezimmer öffnete. Dort schoss das Wasser aus dem aufgedrehten Hahn in die Wanne und schwoll schließlich über deren Rand hinaus. Zellulosefasern und ganze Seiten Papier zogen auf der Oberfläche ihre Runden.

Ich durchquerte den Teich, der sich auf dem Fußboden gebildet hatte, und stieg über darin treibende Briefumschläge und Postkarten, Schiffbrüchige in einem Meer aus ertränkten, sich kraftlos von ihren Trägern lösenden Buchstaben.

Als ich die Badewanne erreicht und das Ventil geschlossen hatte, versank mein Blick in dem kalten Emailletrog. Ein Paar schwarze Augen blickten zu mir auf, Teil eines zweidimensionalen Gesichts. Eine Fotografie. Coralie setzte einen Schritt über die Schwelle ins Bad und warf mir einen flehenden Blick zu, ich solle jeden Gedanken verwerfen und mit ihr verschwinden. Doch meine Hand war bereits in das Wasser geglitten und barg das ausgeblichene Porträt eines Mannes.

»Was ist das?«

Ich legte die Fotografie auf dem Toilettendeckel ab und bestaunte den Wirbel aus Papierfasern, den ich aufgescheucht hatte. Und dann plötzlich hörte ich Coralies Schrei – hell, spitz und von Todesangst erfüllt. Sie war vollends ins Badezimmer gestrauchelt, ihr Blick fixierte die Gestalt in der Dunkelheit des Flures. Sie schrie und schrie ohne Ende.

»*J'ai les trouvé dans la lessive.*«

Aus der Finsternis zeichneten sich die Konturen einer alten Frau ab, deren schlohweißes Haar zerzaust in alle Himmelsrichtungen schoss. Ihr Gesicht fast ebenso farblos. Der Mund der Alten, bestehend aus zwei geschürzten, scharlachroten Lippen, herzförmig. Riesige Augen schauten uns nicht an, sondern durch uns hindurch. Einen ohrenbetäubenden Moment lang standen wir uns gegenüber. Dann rutschten die Augen der Frau müde zur Seite, und sie fiel, wie eine Marionette, deren Fäden man gekappt hatte, im nächsten Augenblick vornüber in die Wasserlache.

Coralie schrie ununterbrochen weiter.

Es war jener Tag, an dem wir Bekanntschaft mit der Frau machten, die uns fortan Vertraute und Freundin sein sollte. Es war jener Moment hinter dicken Vorhängen in einer überfluteten Mansardenwohnung im fünften Stock, der Madame Porzellan das Leben rettete.

Es stellte sich heraus, dass die Frau, die damals den Entschluss gefasst hatte, sämtliche Briefe und Fotografien in ihrer Badewanne zu waschen, nicht nur an einer altersbedingten Demenz, sondern auch an einem ausgeprägten Blutniederdruck litt. Dem Notarzt, den Coralie heiser gerufen hatte, erzählte sie, sie habe einen Tag zuvor beschlossen, einige alte Angelegenheiten aus ihrem Besitz zu bereinigen und erst dabei bemerkt, dass sie weder Kernseife noch Waschpulver im Haus hatte. Also war sie kurzerhand losgegangen, um welches zu kaufen, hatte das Wasser laufen lassen und den Weg nach Hause vergessen.

Madame Porzellan hatte sich einen ganzen Tag lang quer durch die Stadt gekämpft, bis sie endlich das Haus wiedererkannt hatte, in dem sie lebte.

In den kommenden Tagen organisierten wir eine Sanierungsfirma, die den größten Teil des Wasserschadens beseitigte. Wir schmeichelten uns beim Vermieter ein, wobei Coralies Körpersprache einmal mehr Gehör fand. Dieser drückte noch einmal beide Augen zu, nachdem er sich bereits unter riesigen Schuldenbergen begraben sah. Schließlich sorgten wir dafür, dass Madame Porzellan regelmäßig eine ausreichende Menge Wasser trank und die Medikamente einnahm, die ihr der Arzt verschrieben hatte.

Madame Porzellan, deren Verstand nach dieser Nacht wieder so klar wie Kristallglas war, zeigte sich dankbar, bat uns aber darum, ihr bei der Rettung ihrer Briefe zu helfen. So verwandelten sich unsere Wohnungen optisch für zwei Tage in eine Geldwäscherei, wo feuchte Bögen Papier und Fotografien aufgespannt auf Wäscheleinen, ausgebreitet über bollernden Heizungen und bei niedrigster Temperatur im Backofen vor sich hin trockneten. So gut es ging, sammelten wir die welligen, starren Seiten Papier und füllten damit einen alten ledernen Koffer. Ich war so fasziniert von den vielen ausgeblichenen Texten, dass ich heimlich einen davon einsteckte. Es war kein Brief im eigentlichen Sinne, sondern ein weißes Blatt Briefpapier, auf das in königsblauer Tinte ein einziger Satz geschrieben worden war:

Ich bin bloß eine Idee.

Heute sitzen wir um den niedrigen Couchtisch in uralten, modrigen Sesseln. Aber das stört uns nicht weiter. Das hat uns nie gestört. Auf dem Tisch brennen billige Haushaltskerzen aus dem Supermarkt neben milchig getrübten Weinkelchen, die halb gefüllt sind mit Erdbeerwein.

Coralie plappert seit fünfzehn Minuten über irgendeinen Vollidioten, den sie erst kürzlich kennengelernt hat. Es könnte der gleiche Typ sein, den sie schon gestern erwähnt hat – muss es aber nicht. Ich erinnere mich nicht einmal mehr, wie sie überhaupt auf das Thema gekommen ist.

Madame Porzellan sitzt mir lotrecht, in damenhafter Manier, mit übereinandergeschlagenen Beinen, gegenüber. An ihrem Oberkörper flattert eine burgunderrote Bluse mit einem solch weiten Ausschnitt, dass sich mir die Frage aufdrängt, ob die meterlangen Perlenketten, die sie trägt, aus freien Stücken in ihrem faltigen Dekolleté verschwinden oder dies lediglich aus Höflichkeit tun. Wie immer glänzen an ihren Fingern sämtliche Ringe, die sie besitzt.

Einer von ihnen – mein Lieblingsring – hält einen rundgeschliffenen Aquamarin in seiner Fassung. Die Farbe des kirschgroßen Steines erinnert mich an das Meer, das sich mal leise säuselnd, dann wieder tosend wie ein Orkan durch ein steiniges Riff bewegt und in glitzernde Tropfen zersplittert oder sich weiß schäumend in der Morgensonne kräuselt. Es ist eine Farbe, die zu wechseln scheint, je nachdem, zu welcher Tageszeit und mit welchem Gedanken im Kopf man sie betrachtet.

Große goldene und bronzene Armreifen klimpern an Madame Porzellans dürren Handgelenken. Das lange, weißgraue Haar trägt sie zu einem wilden Durcheinander hochgesteckt. Ihr Gesicht ist wie immer weiß gepudert, als hätte sich ein trockener Tafelschwamm über sie hergemacht. Die einzige Farbe, die sich in Madame Porzellans Gesicht verirrt hat, unterstreicht in einer dicken Schicht Rouge ihre eingefallenen Wangen.

»Und der Typ steht vor mir, mit seinem riesigen...« Coralies Satz endet in einem unverständlichen Prusten, gefolgt von unerträglichem Gegacker. Natürlich wissen wir alle drei ganz genau, was an diesem Typen so riesig war.

»Können wir eigentlich 'mal über was anderes reden als über Begattungsorgane?« Das Thema langweilt – und nicht nur mich: Während Coralie nach Luft ringt, schaukelt unsere Gastgeberin den Wein und zwingt ihre müden Augen, die unter Schlupflidern hervorschauen, zum Wachbleiben. Offenbar kann sie sich genauso wenig für Coralies sexuelle Eskapaden begeistern, wie ich.

»Na schön, reden wir über gesittete Themen«, schlägt Coralie vor. »Ich habe gehört, das Millennium soll gleichzeitig der Weltuntergang sein.«

»Anzunehmen wäre es«, hickst Madame Porzellan.

»Es ist nicht das erste Millennium, das dieser Planet mitmacht«, stottere ich. »Vor tausend Jahren wusste es bloß keiner, weil niemand einen Kalender am Kühlschrank hängen hatte.«

»Wie dem auch sei. Seid ihr so nett«, beginnt Madame Porzellan, »und gebt mir Bescheid, wenn der Zug abfährt? Wisst ihr, ich will auf gar keinen Fall mit dem Salzstreuer hier zurückbleiben.«

Sie nimmt einen weiteren Schluck des süffigen Getränks. Ihr Lippenstift hat einen exakten Abdruck ihres Mundes auf dem Rand des Glases hinterlassen. Coralies spöttische Augen treffen auf meine, und bevor wir beide in Gelächter über die alte, angeheiterte Dame und ihr wirres Geschwafel ausbrechen können, erhebt Madame Porzellan aufs Neue die kratzige Stimme:

»Wisst ihr, für mich begann der Weltuntergang schon mit den neuen Postleitzahlen. Alles muss heutzutage durchnummeriert werden. Hätte ich damals gewusst, dass ich mir einmal fünf Zahlen merken müsste, Himmel, ich wäre in Paris geblieben ...«

Noch bevor ich mich an Madame Porzellans monotone Stimme und an diesen leichten, französischen Akzent gewöhnt habe, der sich wohl seit Jahrzehnten hartnäckig weigert, abgelegt zu werden, fällt ihr Coralie ins Wort: »Haben wir die geistreichen Themen jetzt also abgehakt? Dann hab ich noch eine Frage: Wieso gibt es immer noch Männer, die glauben, beim Küssen müssten sie einem die komplette Zunge in den Hals legen?«

Coralie setzt ihren Weinkelch laut auf dem Tisch ab.

»Deine Kerle wollen bloß auskundschaften, wie viel Platz dort drin für gewisse Begattungsorgane ist, Cori«, zische ich.

Madame Porzellan hickst neben uns auf.

»Sie sollten ihre Zungen lieber an anderer Stelle auf Entdeckungsreise schicken«, kontert Coralie.

»Kinder, Kinder«, Madame Porzellan spielt Verärgerung und schenkt sich nach. »Wir reden hier über *l'amour*.«

»Eben!« Ich stoße Coralie vorwurfsvoll an, tue es Madame Porzellan gleich und lasse den hellen Wein in mein Glas plätschern. »Was bitte hat Liebe mit riesigen Gliedern und Cunnilingus zu tun? Es geht dabei um so viel mehr.«

»Woher willst du das wissen, Adam? Um dich um den Finger zu wickeln, reicht doch offensichtlich ein Lächeln aus«, stammelt Coralie und wendet sich Madame Porzellan zu. Der Wein schwappt dabei so heftig in ihrem Kelch, dass ich annehme, er hüpfe aufs Sofa.

»Unser Adam hat sich nämlich verliebt. Der Typ arbeitet in einem Café. Sie haben sich letzten Sommer einmal gegenübergestanden und schon träumt er feucht.«

Coralie kichert. Ich lache mit, obwohl ich sie innerlich für das verachte, was sie sagt. »Und dabei haben sie noch nicht einmal ein Wort gewechselt.«

»Oh, Kindchen, das Herz spricht selten mit dem Mund.«

Die alte Dame zwinkert mir verständnisvoll zu, während Coralie entnervt die Augen rollt.

»Aber keine Sorge, hab ich g'sagt«, unternimmt sie den verzweifelten Versuch, sich selbst zu zitieren. Dabei ist ihre Stimme mehr ein Lallen als alles andere. »Keine Sorge. Ich werde das für dich schon erle'igen. Besorg" du mir eine Flasche, hab ich gesagt, und ich mach das schon. Ich, die kokelnde Cori.«

»Kokelnd?«

»Das ... is' eine andere G'schichte.«

Es ist zwei Uhr morgens, als die Flaschen bis auf den letzten Tropfen geleert und die Überreste des Weins zu klebrigen, blass rosa Filmen auf den Böden der Gläser verdunstet sind. Coralie ist irgendwann, zusammengerollt wie ein Fötus, in ihrem Sessel eingeschlafen und hat uns Wachende in der dunklen Wohnung zurückgelassen.

Ich lausche der Geschichte, die Madame Porzellan erzählt. Eine Geschichte, die mir vertrauter vorkommt, als mein eigener Name. Ein Märchen von vielen, das mir nun vorkommt, wie ein Traum, den man vergessen hat, sobald man sich den Schlaf aus den Augen reibt.

Irgendwo dort draußen träumt auch er.

Es war einmal ein junger Prinz. Weil er der erste männliche Thronfolger seiner Generation war, erhielt er den Namen des ersten Mannes. Ihm Gefährtin war eine Prinzessin von jungfräulicher Schönheit. Die beiden liebten sich wie Bruder und Schwester, waren sie doch wie Tag und Nacht. Glich der Prinz der Dämmerung des Lebens, ruhig und verträumt, so verkörperte die Prinzessin die Morgenröte; blond wie die Sonne und um so vieles emsiger als ihr junger Freund.

Nun geschah es eines Frühlings, dass sich der Prinz in einen anderen Jüngling verliebte. Das machte die Prinzessin traurig, denn sie hatte Angst, ihren so liebgewonnen Freund zu verlieren. Also strafte sie den jungen Prinzen mit Missgunst.

Es muss zur Beltane-Zeit gewesen sein, denn auf den Hügeln brannten bereits die ersten Feuer zu Ehren der heiligen Walpurga, und der duftigste Flieder von allen im ganzen Königreich hatte gerade zu blühen begonnen. Es war jener taubenweiße Flieder, unter dem der Prinz seine Unschuld verlor. Als er des Morgens aus seinem sündigen Beischlaf erwachte, waren die Maibäume bereits umgestürzt und ein neuer Tag angebrochen. Von seinem Geliebten war ihm jedoch nicht mehr geblieben, als ein seifiger Geschmack auf der Zunge.

Die Tage vergingen, und der Prinz wurde immer trauriger. Die Prinzessin, die anfangs voller Groll gewesen war, hatte Mitleid mit ihrem Freund, der sich mehr und mehr in sich selbst zurückzog und keine Worte fand, seinen Schmerz zu beschreiben. So vergingen viele Monde, und der Prinz blieb stumm.

Doch alles geht, und alles kommt zurück, denn ewig dreht sich das Rad des Seins, und mit dem sich nähernden Mittsommer begann der Prinz endlich wieder zu sprechen. Das erfreute die Prinzessin, und sie ließ ein großes Fest ausrichten. Dort erschien auch der Knabe, welcher dem Prinzen auf so kalte Art das Herz gestohlen hatte und umgarnte die hübsche Gastgeberin.

Weil aber die Prinzessin das böse Spiel des frevelhaften Jungen längst durchschaut hatte, sann sie darauf, das blutende Herz des Prinzen zu rächen und erdachte eine List. In jener Nacht ließ sie sich von dem trügerischen Knaben unter den gleichen Flieder locken, unter dem auch schon ihr Freund verführt worden war. Was der Knabe nicht wusste, war, dass das Mädchen einen Dolch bei sich trug. Mit diesem entmannte die Prinzessin ihn nach einer lasterhaften Nacht. Dabei glitt ihr die Klinge jedoch auch selbst ins Fleisch. Ihr Blut vermischte sich mit dem seinen, sickerte in die Wurzeln zu ihren Füßen und befleckte das Haar der Prinzessin.

Dein Blut für das des Prinzen. Dein Blut für das meine.

Ihr Lebenssaft tauchte die Blütenstände des Fliederstrauches in so tiefes und dunkles Purpur, dass jeder Wandersmann aus der Ferne dachte, es hätten sich Hunderte von Krähen im grünen Laub des Strauches niedergelassen.

Es war des Jahres letzte Nacht, in der der Flieder blühte.

Kapitel 2

Schildkröten und Feenstaub

Coralie

Als wir jünger waren, verbrachten Adam und ich die Sommerferien oft im Jugendlager. Den letzten Abend vor der Heimfahrt markierte jedes Jahr ein großes Lagerfeuer. Für dieses schwärmten bereits am Morgen unzählige Grüppchen in alle Richtungen aus, um in den umliegenden Wäldern Arme voll Reisig und Laub zusammenzusuchen. Mit der ersten Dämmerung wurden über der eingefriedeten Feuerstelle zeigefingergroße Würstchen und aufgespießter Mäusespeck gegrillt.

Bevor wir dem Ferienlager im zarten Alter von elf Jahren endgültig entwachsen konnten, ereignete sich eine schicksalhafte Begebenheit. Ein Junge, gegen den wir noch Jahre später wilde Raufereien bestreiten sollten, machte mich zur Zielscheibe eines gemeinen Streichs. Aus einem boshaften Antrieb heraus stieß der kleine Scheißer mir seinen verkohlten Mäusespeck ins Haar. Im Schreck machte ich einen Satz nach vorn, und ehe ich mich versah, fingen meine Haarspitzen Feuer. Für den Rest des Sommers wurde ich von allen nur noch die kokelnde Cori genannt – nicht weil ich eine Vorliebe fürs Zündeln hatte, wie andere Gleichaltrige, sondern weil ich selbst um ein Haar als Streichholz geendet wäre.

An diesem Abend hatte jener flachsblonde Raufbold mit den vielen Sommersprossen und dem abgeschlagenen Schneidezahn einen Stein ins Rollen gebracht, der zu einer Lawine von Vergeltungsaktionen führen sollte. Es folgte ein Feldzug, der mit einem nichtigen Jungenstreich am Lagerfeuer begann und der, fünf Jahre später, mit einer nicht mehr ganz so unschuldigen Handlung sein Ende fand.

Es ist elf Uhr am Sonntagmorgen, als mich eine vertraute Stimme aus kläglichem, viel zu kurzem Schlaf reißt. Es ist meine eigene Stimme. Der gestern noch so liebliche Klang des Rotweins hat sich in kräftige Paukenschläge gegen meine linke Schläfe verwandelt. Ich versuche, die viel zu hellen Gegenstände in meinem Zimmer zu benennen, scheitere aber. Ein heller Pfeifton gibt meinem Brummschädel den Rest. In der Hoffnung, die Geräusche würden verklingen, ziehe ich mich unter meine Bettdecke zurück. Eine zweite Stimme erklingt. Ebenso bekannt wie die erste, aber tiefer, dominanter.

»Coralie, ich ... Ich weiß nicht genau, was ich sagen soll ... Also, du hast nicht zurückgerufen, darum ... Ich frage mich, ob diese Kiste überhaupt abgehört wird. Ist ... Wann sehen wir uns wieder? Ach Scheiße.« Ende der Nachricht.

Der Anrufbeantworter schaltet sich ab. Während ich wie ein Kind geschützt unter der Bettdecke liege, denke ich kurz über Marcs Worte nach, dann fasse ich den Entschluss, aufzustehen und zu duschen.

»Guten Morgen.« Adams Stimme ist lauter als sonst. Oder ich empfinde sie als lauter. Was weiß ich? Wir waren noch bis in die frühen Morgenstunden bei Madame Porzellan. Wenn ich jetzt darüber nachdenke, kann ich mir nicht einmal mehr vorstellen, wie ich es in mein Bett geschafft haben soll.

»Schon wach?«

»Offensichtlich«, raune ich.

»Das war die fünfte.« Adam hält einen Stapel Briefe und Zeitungen in der Hand.

»Die fünfte was?«

»Die fünfte Nachricht innerhalb von drei Tagen. Ruf ihn endlich zurück!«

»Ja, später. Ich brauch 'ne heiße Dusche.«

»Vielleicht versuchst du's mal mit kaltem Wasser.«

Er legt den Stapel auf dem Küchentisch ab und sortiert die Umschläge. Ich weiß nicht wonach, vielleicht nach Farbe oder Poststempel oder Gewicht. »Du hast Post.«

Ich werfe das Hemd auf den Boden und drehe das heiße Wasser auf.

»Sollte das ein Brief von Marc sein, leg ihn in den Ofen – Zunder für kalte Novemberabende.«

Ich sehe Adam vor meinem geistigen Auge in der Küche den Kopf schütteln und grinse, während ich mir das Haar wasche.

»Es ist ein Brief von deiner Mutter.«

»Feeeeeeenstaub!«, singe ich.

Das heiße Wasser und reichlich pflegende Haarkur spülen den Kater von mir ab und treiben ihn, unterstützt von der Kopfschmerztablette, die ich eingeworfen habe, gnadenlos in den Abfluss. Als ich aus dem Bad komme, wedelt Adam frohlockend mit dem Umschlag. Ich werfe den Standmixer an.

»Lass doch den Blödsinn«, versucht er zu protestieren, als ich ihm den Brief aus der Hand schnappe und damit das brummende Gerät füttere. Während die Papierfetzen wie in einer hyperaktiven Schneekugel strudeln, öffne ich den Kühlschrank und entdecke die Flasche O-Saft.

»Du bist unmöglich.«

»Ich bin bloß vorausschauend.« Ich schalte den Mixer aus, fülle das grobe Konfetti in einen Gefrierbeutel und präsentiere es stolz: »Feenstaub. Ermöglicht das Reisen in fantastische Welten und hilft beim Vergessen. Du weißt, es ist Gold wert.«

»Du hast 'n Vogel.«

Ich nehme einen Schluck aus der Flasche und stelle sie zurück. Dann verschwinde ich mit dem Konfettibeutel in meinem Zimmer, wo er in einer Schublade zwischen ausgelesenen Modezeitschriften verschwindet.

Zwei Monate nachdem Adam und ich in die Wohnung eingezogen waren, entschied ich, dass etwas mit unserer Küche geschehen musste. Weil ich mit dem dürftigen Inventar – einem quietschenden Kühlschrank, einem zwanzig Jahre alten Gasherd und der wackeligen Sitzgruppe – unzufrieden war, beschloss ich kurzerhand, die Wände bräuchten einen neuen Anstrich.

Nach Tagen des Ausprobierens und Überlegens hatten wir uns noch immer auf keine Farbe einigen können, weil die schreienden Farben, für die ich stimmte, Adam viel zu provokant, und die Pastelltöne, die er bevorzugte, mir viel zu spießig waren. So geriet das Projekt in Vergessenheit, obwohl ich mich jeden Morgen beim Kaffee über die Schlichtheit der Wände aufregte.

Eines Tages trudelte ein Umschlag für mich ein, den meine Mutter adressiert hatte. Er enthielt einen handschriftlichen Brief und einige Kinderbilder von mir, die in einem furchtbaren Zustand oder zerrissen waren. Für mich war klar, dass das nur das Werk meines Vaters und seiner Trunksucht sein konnte. Der Brief selbst bestand aus einem schneeweißen gefalteten Blatt Papier und den Worten: »Es tut mir leid, mein Schatz. Alles. Ich hab dich lieb.« Worte, die ich aus dem Mund meiner Mutter seit Jahren nicht mehr gehört hatte.

Ich warf Bilder und Brief in eine Ecke und verlor keine Silbe darüber, aber ein unglaubliches Gefühl der Niedergeschlagenheit verfolgte mich tagelang. Adam, der mehrmals versuchte, mich auf meine Traurigkeit anzusprechen, ging ich so gut ich konnte aus dem Weg, ohne ihm einen Grund nennen zu können. Als ich am vierten Tag endlich mein Zimmer verließ, weil ich mir einbildete, unerklärliche Geräusche aus der Küche zu hören, überraschte mich Adam mit einer Lammfellrolle und einem Gesicht voller giftgrüner Sommersprossen.

»Hattest du dir das in etwa so vorgestellt?«, wollte er wissen.

Ich stand mit offenem Mund in unserer Küche, wo das Mobiliar in die Mitte des Raums zusammengeschoben worden war und die erste Wand in einem satten Grasgrün leuchtete.

»Wenn du willst, können wir in deinem Zimmer weitermachen«, lachte Adam.

Ich werde diesen Tag nie vergessen, denn es war jener, den wir später zum Tag des Abstreichgitters ernannten. Über meine rätselhafte Traurigkeit verloren wir nie wieder ein Wort.

Ich schlüpfe in eine gekürzte Jeans und binde mir vor dem Spiegel rasch einen Zopf. Als ich in die Küche zurückkehre, sitzt Adam über zwei Marmeladentoasts gebeugt am Esstisch und ist noch immer in die Morgenzeitung versunken.

»Los, zieh dich an!«, fordere ich ihn auf und greife nach einem leuchtend grünen Apfel.

»Wow, das hat wohl noch kein Mann aus deinem Mund gehört«, flachst er. »Seit wann hast du etwas gegen T-Shirt und Boxershorts?«

»Von mir aus könntest du hier auch in Spitzenhöschen und Taucherflossen rumlaufen, aber jetzt solltest du dich straßentauglich machen.«

»Wieso, wo willst du hin?«

»Ich hab mir gedacht, wir gehen einen Kaffee trinken und statten dabei deinem Herzblatt einen Besuch ab.«

Eine Welle des Lächelns rollt über Adams Gesicht und brandet mit einem nervösen Zucken in seiner Stirn.

»Worauf wartest du eigentlich noch? Los!«

Die späten Junitage in der Stadt können erdrückend sein. Die Sonne scheint seit einigen Wochen unentwegt und scheucht das Quecksilber in den Thermometern weit über die Grenze des roten Bereiches hinaus, wo es sich, vorerst Hilfe suchend, an den sechsunddreißigsten Balken klammert und darauf wartet, in der Frische der einfallenden Nacht wieder herabzuklettern.

Coralie und ich sitzen auf vom Wetter angenagten Klappstühlen vor dem kleinen Café, in dessen Hinterhof der Bücherbaum, einer hölzernen Sonnenuhr gleich, die Tageszeit misst. Das hellgrüne Laub der Kastanien, unter denen wir Platz gefunden haben, schützt uns wie ein gigantischer Sonnenschirm. Vor uns auf dem Tisch stehen zwei große Gläser Eiskaffee mit extra viel Sahne und extra viel Vanilleeis. Beide haben sich längst verflüssigt und treiben träge auf dem Kaffee, als haben sie sich, ebenso wie fast alle an diesem Sonntag, der Sommerhitze geschlagen gegeben.

»Ich habe das Gefühl zu zerlaufen«, stöhnt Coralie und schiebt sich die große, runde Sonnenbrille über die Stirn ins Haar. Sie trägt eine weiße, transparente Seidenbluse, durch die ihr schwarzer BH schimmert, und die langen, dunklen Haare zu einem Fischgrätenzopf geflochten. Ihre markanten Gesichtszüge wirken elegant, sind von fast zeitloser Schönheit, als gehörten sie der Büste einer antiken Galionsfigur. Mit ebensolcher Schönheit muss Kleopatra gesegnet gewesen sein.

Es sind Frauen wie Coralie, die schon seit ewigen Zeiten die Männer in ihren Bann ziehen. Sirenen, weder Fisch noch Fleisch, die ahnungslose Seemänner mit ihrem betörenden Gesang und ihrer verführerischen Gestalt verzaubern, sie ziel- und willenlos machen, um sie schließlich in den sicheren Tod zu schicken. Coralie hat in den letzten Jahren viele solche Schiffbrüchige zu verantworten gehabt. Männer, mal jung, mal weniger jung, die ihre pochenden Herzen an die Sirene verloren und schließlich zwischen den scharfkantigen Felsen, die Coralie wie einen Panzer um sich errichtet hat, im Meer der Sehnsucht versanken.

»Sag mir noch einmal, wieso wir hier sind«, bittet mich Coralie in gespielter Ratlosigkeit.

»Nun zunächst einmal, weil du die Idee hattest, einen Kaffee trinken zu gehen. Genauer gesagt aber, weil du damit die Chance bekommst, deinen Teil der Vereinbarung einzuhalten, die dir gestern einen erdbeersüßen Rausch beschert hat«, erinnere ich sie.

Die Gluthitze, die der Himmel ausstrahlt, brennt sich erste Löcher durch die Kronen der Bäume.

»Aber das hat heute wohl keinen Sinn mehr.« Ich suche das Café ungeduldig durch die Fenster nach ihm ab und spähe über die Tische und Menschen in unserem Umfeld hinweg. »Er ist nicht da.« Ein laut ausgesprochener Gedanke.

»Was?«

»Ich sehe ihn nirgends. Vielleicht arbeitet er heute gar nicht.«

»Adam, wir werden hier nicht unverrichteter Dinge wieder verschwinden.«

»Uns bleibt wohl keine Wahl, wenn er nicht hier ist, oder?«

Für ein paar lichtdurchflutete Augenblicke verfallen wir beide in frustriertes Schweigen. Ich ziehe noch einmal am Strohhalm und schmecke den klebrig-süßen, vor allem aber warmen Eiskaffee.

»Weißt du was? Ob er hier ist oder nicht, das spielt keine Rolle. Dann frag ich halt den Kellner dort drüben nach ihm.«

Ich falle vor Schreck fast mitsamt meinem Stuhl nach hinten, als Coralie die Bedienung, die gerade dabei ist, einen verlassenen Tisch abzuräumen, zu uns heranwinkt. Der dunkelblonde Endzwanziger nickt ihr zu und tauscht sein eigenes Lächeln gegen das ihre ein.

»Was hast du vor?«, zische ich Coralie zwischen zusammengebissenen Zähnen zu.

Für einen kurzen Augenblick denke ich sogar über Flucht nach. Ich würde aufspringen, solange der Kellner damit beschäftigt ist, die leeren Tassen auf seinem Tablett zu versammeln, eine Drehung ausführen und mich dann durch die Hecke schlagen.

Doch es ist zu spät. Coralie ist bereits dabei, die Angel einzuholen, die sie ausgeworfen hat und an deren Haken sich der Kellner windet. Sie dreht sich mir zu und flüstert zurück: »Vertrau mir doch einfach. Lass mich nur machen, Adam.«

Mein Herz schlägt schneller. Ich rutsche unruhig auf meinem Stuhl hin und her.

»Darf's bei euch noch etwas sein?« Der junge Mann trägt eine schwarze Kellnerschürze und ein schlichtes weißes T-Shirt. Irgendwo an seinem Hintern klimpern Wechsel- und Trinkgeld in einer Börse um die Wette.

»Nein. Wir würden gern zahlen«, liebäugelt Coralie, und für einen kurzen Moment meine ich, ihren Blick an der Brust des Mannes zu sehen. Eine schöne Brust, zugegeben. Ich weiß sofort, dass er ihr gefällt, wahrscheinlich noch, bevor sie es selbst weiß.

»Hat's den Herrschaften denn geschmeckt?«

»Sehr, danke.«

»Das waren bei euch nur die zwei Eiskaffee, richtig?«

»So ist es.«

»Macht dann fünf zwanzig.« Der Kellner greift nach seinem Portemonnaie und öffnet es.

Coralie fischt einen Zehner aus ihrer Hosentasche und fächelt damit vor ihm rum. Ich würde am liebsten im Erdboden versinken.

»Sagen wir sieben. Aber ich hätte gern noch eine Rechnung.«

Nach einem kurzen Augenblick der Verwunderung bittet der Kellner Coralie hinein. Ich bleibe an dem wackeligen Klapptisch zurück, wohl wissend, was sie mit ihrer peinlichen, stereotypen Darbietung der verführerischen Femme Fatale bezweckt.

Ich kenne ihre Masche, könnte sogar das Drehbuch für die Szene schreiben, die sich mir entzieht:

Die ebenso hübsche wie manipulative Frau, die Coralie mimt, folgt dem Angestellten zur Kasse, wo dieser ein paar Tasten tippt und auf den Belegdruck wartet. Obwohl er bei bester Gesundheit ist und noch bis vor ein paar Momenten Bäume ausreißen hätte können, fühlt sich der junge Mann nun eigenartig benommen.

Was er nicht wissen kann, ist, dass er längst Opfer einer magischen Melodie ist. Er lauscht einem Lied, das weder Text noch Noten besitzt, und das ihn durchdringt wie ein Ultraschall. Von den Ohren ungehört. Nur wahrgenommen von dem faustgroßen, muskulären Sinnesorgan in seiner linken Brusthälfte, das schneller zu schlagen beginnt und sein Blut, und den Hormoncocktail darin, durch seine Adern schießen lässt.

Die Druckerrolle ist zu Ende.

»Ach, Scheiße.« Nervös, ohne einen Grund dafür zu haben, sucht er in der Schublade unter der Registrierkasse nach einer neuen Rolle und setzt sie mit zittrigen Fingern in den Mechanismus ein. Endlich setzt sich der alte Kasten in Bewegung, rattert, stottert und spuckt schließlich das kleine Stück Papier aus.

»Hör mal«, beginnt Coralie. »Ich hab da eine Frage zu einem deiner Kollegen.«

Sie spielt mit ihrem Zopf und lässt ihn über die rechte Schulter fallen, wo sein Ende wie eine Pinselspitze ihr Dekolleté berührt.

»Schieß los.«

»Um ehrlich zu sein, weiß ich seinen Namen nicht.«

Der Kellner zieht unbewusst die rechte Augenbraue hoch, sodass seine Stirn lustige Falten wirft – sehr zur innerlichen Belustigung seiner Gesprächspartnerin. Unter seinen Achseln schlürft der Stoff des T-Shirts gierig an seinem Schweiß.

»Also pass auf. Dein Kollege hat dunkles Haar, es sitzt ungefähr so«, gestikuliert Coralie wild und zählt die Informationen auf, die sie aus unseren Gesprächen behalten hat.

»Okay.« Der junge Mann lächelt. »Und weiter?«

»Er hat so gut wie immer einen Dreitagebart«, säuselt sie, »und er hat letzten Freitag hier gearbeitet.«

»Ich denke, ich weiß, wen du meinst.«

»Wirklich? Super. Ich nehme an, er wird in den vergangenen achtundvierzig Stunden nicht gekündigt haben, richtig?«

»Nein, das hat er nicht.«

»Gut. Kannst du mir sagen, wann er das nächste Mal hier ist?«

Der Mann kneift die Augen zusammen und mustert Coralie mit gespielter Skepsis. Vielleicht fragt er sich, wieso sich ein Mädchen wie sie nach seinem Kollegen erkundigt, obwohl doch ganz eindeutig ein anderer Mann draußen am Tisch auf sie wartet. Vielleicht fragt er sich aber auch, wieso sich das Mädchen für seinen Kollegen und nicht für ihn interessiert.

Auf jeden Fall lässt er sich auf das kleine Spielchen ein. Mit lockendem Zeigefinger lotst er die schöne Frau zu sich heran und flüstert ihr ins Ohr: »Ich weiß nicht so genau, ob ich dir das verraten kann. Das ist ja fast so was wie ein Betriebsgeheimnis.«

Zwischen seinen Lippen – eine Daumenbreite oberhalb des kleinen Bärtchens – blitzt ein Paar Schneidezähne hervor. Das veranlasst Coralie, selbst zu lächeln. Sie beißt sich auf die Unterlippe und nickt überzeugt. Es dauert nur einen winzigen Moment, den keiner von beiden zu begreifen vermag, in dem sich aber herausstellt, dass sie einander mögen.

Mit fast ebenso schauspielerischem Talent lockt Coralie ihre Beute erneut auf Tuchfühlung.

»Weißt du, ich verspreche dir, ich verrate es keinem.« Mit dem Zeigefinger schlägt sie ein Kreuz über ihrer Brust, genau über jene Stelle, unter der ihr Herz sitzt.

So hat sie es vor Jahren einmal gelernt und ihre Versprechen kein einziges Mal gebrochen: »Großes Indianerehrenwort.«

»Überredet. Aber das bleibt unser Geheimnis, verstanden?«

Das Übereinkommen ist perfekt. Der namenlose Kellner, dessen Herz ertaubt ist beim Singsang der Sirene, wandert hinter die Theke und studiert den Dienstplan. Als er wenige Augenblicke später der schönen Zauberin die geforderten Informationen zukommen lässt, ist er im Herzen längst ihr Gefangener. Coralie bedankt sich bei ihm und verabschiedet sich.

Kurz bevor sie durch die Tür verschwindet, fällt dem Kellner das kleine Stück Thermopapier ein, auf dessen Vorderseite der Drucker vor nicht einmal zwei Minuten mit Rumpeln und Rattern den Beleg des Kaufabschlusses gesengt hat, und er ruft sie zurück: »Deine Quittung.«

Coralie nimmt den bedeutungslosen Zettel entgegen.

»Sag mal, nur so am Rande: Hat dein Kollege eigentlich eine Freundin?«

Himmel und Hölle setzen sich in Bewegung. Die Welt dreht sich – Füße hängen in der Luft, Köpfe stehen auf festem Grund.

»Nein«, antwortet der Kellner, »nicht, dass ich wüsste.« Aber ich auch nicht, denkt er weiter.

Noch immer ein wenig benommen sieht er der jungen Frau hinterher, die zufrieden durch die Tür verschwindet und deren Umrisse im gleißenden Tageslicht mehr und mehr verblassen, bis beide eins sind.

Auf dem Gymnasium gab es einen Lehrer, der anders war als seine Kollegen:

Herr Wagner unterrichtete als junger Referendar Biologie in der Mittelstufe. Die wahre Leidenschaft des 29-Jährigen lag jedoch in der Philosophie. Während das in die Jahre gekommene Kollegium noch immer auf altmodische Weise mit trockener Fachliteratur, längst überholten Landkarten und quietschender Tafelkreide Bildung in die Köpfe unwissender Kinder zu meißeln versuchte, brachte Herr Wagner Abwechslung in seinen Unterricht. Er organisierte Wissenschaftsgruppen und Lernzirkel, lud die Klasse ins Museum für Naturkunde ein und offenbarte uns eine völlig andere Art zu lernen.

Herr Wagner war bei allen Schülern beliebt. Eines seiner Lieblingszitate, das er mit einer überdurchschnittlichen Häufigkeit in seinen Unterrichtsablauf einbaute, war, dass alles früher oder später zu einem zurückkehrt.

Manchmal klang dieser Satz wie das Ende einer ausgelaugten Predigt. Wenn einer der Schüler einen Stift verloren hatte oder wenn es darum ging, uns nach einer erfolgreichen Klassenarbeit für unseren Fleiß zu loben, dann erklang dieses Patent auf scheinbar alle Lebenslagen aus seinem Mund, immer mit einem Lächeln in der Stimme:

»Alles kehrt früher oder später zu einem zurück – das Gute, das man tut und das Schlechte; der bis zum Kollabieren gebüffelte Lehrstoff. Alles. Nur die beim Wäschewaschen verloren gegangene zweite Socke nicht.«

Ich war vierzehn Jahre alt, als mir Adam zum Valentinstag einen Ring schenkte. Es war kein gewöhnlicher Fingerring, den er für ein paar Taler auf dem Flohmarkt erworben hatte, sondern einer, der unter seinem angelaufenen, sonnenförmig geprägten Ringkopf ein Geheimnis barg: Dort nämlich versteckte sich ein kleiner Hohlraum, für das Auge unsichtbar.

Als ich diesen zum ersten Mal entdeckte, offenbarten sich mir winzige weiße Minzdragees, klein wie Hagelkörner, die Adam darin versteckt hatte. Später diente er vielmals dem Verstecken von Spickzetteln, die ich während diverser Klassenarbeiten mit geübter Fingerfertigkeit aus ihrem Versteck pfriemelte, um von ihrem Inhalt zu profitieren.

Weder Adam noch mir war dabei bewusst, dass es sich bei dem skurrilen Schmuckstück um einen Giftring handelte – einer bewährte Requisite der Renaissance, dessen verborgene Kapsel die Funktion hatte, Gift zu fassen, um dieses unbeobachtet in Speise oder Trank des Feindes zu entleeren.

Ich trug das matte, an einigen Stellen beinahe schwarz angelaufene Silber wie einen Schatz an meinem Finger, beobachtete wie hypnotisiert die Lichtreflexe, die von dem Ring ausgingen, wenn die Sonne auf ihn fiel. Manchmal küsste ich ihn sogar, als sei er mein Schutzengel, und weigerte mich strikt und mit ausgefahrenen Hörnern, ihn beim Baden oder während des Sportunterrichts abzunehmen.

Erst als ich Jahre später mit Adam in einen großen und ausweglosen Streit geriet, löste ich den Ring, der wie mit meiner Haut verwachsen schien, mit viel Kraft von meinem Finger und warf ihn fort, in der Absicht, ihn nie wieder sehen zu müssen. So vergingen Tage und Wochen, in denen mich einzig die grau verfärbte Haut an der Stelle, wo der Ring jahrelang gesessen hatte, an unsere vergangene Freundschaft erinnerte. Diese nämlich wollte sich, egal wie gründlich ich sie mit scharfer Seife schrubbte, nicht entfernen lassen.

Dann, an einem rätselhaften Tag im Juni, geschah das, was Herr Wagner schon immer vorausgesagt hatte: Der Ring kehrte auf seine ganz eigene Weise zu mir zurück und mit ihm mein bester Freund und sein zerschundenes Herz.

Alles kehrt irgendwann zu dir zurück, Coralie. Alles.

Es trug sich zu, dass sich an einem welken Septembermorgen nach den Sommerferien, über den Sommer herangereifte Jugendliche auf dem Hof der Schule sammelten, wie Samenkörner, von den unterschiedlichsten Stellen der Welt heimgekehrt, um gemeinsam ein neues Schuljahr zu begehen.

Ironischerweise war es genau der Mann, der emsig von Rückkehr zu reden pflegte, der dem neuen Schuljahr fernblieb. Herr Wagner war verschwunden. Ohne einen Schatten zu werfen oder eine Nachricht zu hinterlassen, hatte er es der Schülerin gleich getan, die wenige Monate vor ihm die Schule verlassen hatte. Die anfängliche Ratlosigkeit von Schülern und Kollegium verstrich jedoch mit dem Läuten der ersten Schulglocke und verebbte schließlich nach einigen Tagen zu einem leisen Flüstern von Ohr zu Ohr, bis irgendwann niemand mehr an den Lehrer oder die Schülerin dachte. Beide aber kehrten nie wieder zurück.

»Und?« Adam springt von seinem Stuhl und hängt sich an meine Fersen. Ich beschließe, ihn noch ein wenig zappeln zu lassen, und wir überqueren einen Zebrastreifen. »Cori, was hat er gesagt?«

»Sagen wir es mal so: Unter Umständen hast du eine Chance.« Ich grinse, mit starrem Blick auf die andere Straßenseite, und spüre Adams Hand an meiner.

»Cori, was heißt das?« Adam hält mich mitten auf dem Fußgängerüberweg an. Erst jetzt gebe ich mich geschlagen und schaue ihn an.

»Soll heißen, dass dein Traumprinz zumindest keine Freundin hat. Und, dass du die Chance bekommst, alles weitere über diesen Mann am kommenden Mittwoch herauszufinden, denn dann hat er seine nächste Schicht von vierzehn bis zwanzig Uhr.«

Eine merkwürdige Bewegung läuft über Adams Miene. Sie erinnert mich an kräuseliges Wasser bei ruhigem Seegang, das das Licht der Sonne reflektiert, und ich bin der Meinung, dieses Bild aus einem Gesicht zu kennen, dass nicht mehr als eine verwischte Kohlezeichnung für mich ist. Ein ausgeblichenes Phantombild.

Während wir immer noch auf der Mitte der Straße stehen, drückt neben uns ein Mann in einem blauen PKW auf die Hupe. Ich beschwichtige den Fahrer mit einer Handbewegung, und wir setzen unseren Weg fort.

»Du hast dir den Wein wirklich verdient«, gesteht Adam.
»Ja, ich weiß«, grinse ich zurück.
»Wie ist eigentlich sein Name?«
»Ähm«, ich überlege kurz, »keine Ahnung.«

Ich sitze im Auditorium der Uni und versuche krampfhaft, meine Hand davon abzuhalten, blaue Karomuster und Schnörkel an den Blockrand vor mir zu malen. Je angestrengter ich probiere, der Vorlesung zu folgen, desto weiter schweifen meine Gedanken ab. Ich denke an ihn. An den namenlosen Schönen aus dem Café, der keine feste Freundin hat und der erst am Mittwoch wieder arbeitet. Ich denke an seine Augen, an seine vollen Lippen und an den erdigen Duft, der von ihm ausging. In der Ferne vernehme ich die tiefe Stimme meines Dozenten, die an mir unbeachtet vorübergeht.

»Sag mal, hörst du überhaupt zu?«

Ein Flüstern trennt mich von meinen Gedanken. Judith zieht eine Schnute und deutet mit einem Kopfnicken auf meine Krakeleien.

»Hab ich etwas Wichtiges verpasst?«

»Nein«, kichert sie. »Er hat bloß den Stoff wiederholt, den er in der Klausur abfragen wird.«

»Verdammt, das ist doch ein Witz, oder?«

Vor uns wechseln die an die Wand geworfenen Bilder von leuchtenden Bleiglasfenstern, bunten Fresken und geflügelten Cherubim mit den Folien, die der Dozent mit schnellen Fingern über den Overheadprojektor schiebt.

Ein brennender Scheiterhaufen, Galileo Galilei, ein Atompilz, Hakenkreuzbanner.

»Denn wie bereits Sören Kierkegaard zu sagen pflegte: ›Man kann das Leben nur rückwärts verstehen, aber man muss es vorwärts gehen‹. Das war's für heute.«

Das Rascheln von Papier, das Zuschlagen von Lehrbüchern und das Tuscheln meiner Kommilitonen, die sich zwischen den Sitzreihen durchzwängen, holen mich in die Gegenwart zurück. Die Vorlesung ist vorbei. Ich folge meinen Studienfreunden nach draußen.

»Wie sieht's aus, Adam, hast du Lust, mit uns noch irgendwas zu unternehmen?« Philipp legt mir einen Arm um die Schulter und führt mich mit den anderen die Straße runter. Das Haar auf seinem Unterarm schimmert bronzen.

»Ich weiß nicht so recht. Heute ist der Zwanzigste. Meine Cousine hat morgen Geburtstag, und ich hab noch keine Zeit gehabt, ein Geschenk zu kaufen«, antworte ich, wenn es auch nur die halbe Wahrheit ist. In Wirklichkeit war ich in den vergangen Tagen in Gedanken mehr bei ihm, als bei irgendwelchen Geburtstagsgeschenken.

»Wie du meinst.« Philipp löst sich von mir, und wir laufen noch ein Stück zur Bushaltestelle.

»Du könntest auch nachher ein Geschenk für sie kaufen gehen«, schlägt Judith vor.

»Ich glaube wirklich, dass ich mich jetzt erst mal dieser Sache widmen sollte.«

»Okay. Dann sehen wir uns morgen.«

Die anderen verabschieden sich von mir und gehen weiter. Während ich auf den Bus warte, zermartere ich mir das Hirn mit der Frage, was ich Coralie schenken könnte. Das kleine Mädchen, das sich einmal über selbstgebastelte Armbänder aus Kartonstreifen oder eine Packung würziger Pfefferminzkaugummis gefreut hat, ist erwachsen geworden. Ich fluche über diese Tatsache und sehne die Zeiten zurück, als alles noch so viel einfacher war. Ein innerer Impuls hindert mich am Einsteigen in den Bus, als dieser vor der Haltestelle vorfährt, und treibt mich in den nahe gelegenen Park.

Gute anderthalb Autostunden Richtung Süden von uns entfernt, stampfte die Filialisierung vor einigen Jahren ein mehrstöckiges Einkaufszentrum mit einer Fläche von über 40.000 Quadratmetern aus dem Boden, nahe einer verschlafenen Kleinstadt. Auf drei Ebenen bieten seitdem 163 Geschäfte den Eingeborenen eine nie zuvor gekannte Innovation an Produktvielfalt und Massenkonsum. Supermärkte, Schuhläden, Pâtisserien, Spielwarengeschäfte locken mit exotischen Früchten, neuesten Unterhaltungsmedien und verführerischem Naschwerk Jung und Alt aus dem Dorf und mit ihnen bunte, raschelnde Banknoten in die klingelnden, auf- und zuschnappenden Schnellkassen der Geschäftsleitung.

Auf dieser zubetonierten Fläche, unter der erdrückter Giersch ein Netz aus blassen Wurzelläufern gewoben hat, ereigneten sich vor mehr als sechs Jahren, an warmen Sommerabenden, heroische Kämpfe zwischen Cowboys und Indianern. Hier nämlich, wo die Natur einst so unberührt und unschuldig war, zogen die Kinder der Umgebung mit gespannten Bögen und geladenen Zwillen in die Schlacht gegen ihre Stammesfeinde und erschufen ihre eigenen Mythen und Legenden.

Zwei dieser Kinder, die sich ihre geflochtenen Haare mit Lederbändern und bunten Federn schmückten, waren Coralie und ich. Bewaffnet mit Taschen voller Knallerbsen und Eicheln, hatten wir, die wir uns zum Stamm der Blauhandindianer ernannt hatten, es uns in den Kopf gesetzt, dort unser Lager aufzuschlagen. Tagelang spielten wir um einen alten Marterpfahl und schmiedeten Pläne, gegen die anderen Dorfkinder, die Cowboys. Jeder von uns hatte sich die rechte Hand mit den Beeren der Mahonie gefärbt, die zunächst blutrote und im Laufe des Tages blauviolette Tätowierungen hinterließen. So kamen wir zu unserem Namen.

Es war ein Tag vor Coralies dreizehntem Geburtstag, als die Indianer und Cowboys ihren letzten Kampf austrugen. Und es war Coralie, deren Juckpulverattacke diesen letzten Kampf zu verantworten hatte.

Ich erinnere mich daran, dass die Mädchen in unserer Gruppe aufschrien – so hell und ohrenbetäubend, wie es nur Mädchen in diesem Alter können –, als wir angegriffen wurden. Fünf Jungen aus dem Dorf, angeführt von einem schlaksigen, blassblonden Raufbold mit einem abgebrochenen Schneidezahn namens Max. Sie sprangen aus den Büschen und begannen den Beschuss aus Wasserpistolen. Binnen weniger Sekunden flogen leuchtend rote Hagebutten, Knallerbsen und Eicheln durch die Luft. Einige trafen die Feinde am Kopf, die meisten aber gingen wohl daneben. Harte Wasserstrahlen scheuchten uns auseinander und in den Wald. Hier verlor ich Coralie.

Ich kämpfte mit den anderen gefühlt stundenlang, als würde es tatsächlich um mein Leben gehen, bis wir uns schließlich ringend, tretend und schlagend in staubender Erde suhlten – zwischen brusthohem Springkraut und stechenden Brennnesseln. Ich rang mit einem Halbstarken von meiner Größe und keuchte unter seiner Last, als er mir mit beiden Händen die Luft abschnürte und sich auf meinen Brustkorb setzte.

Hinter uns schrie Coralie.

Panik machte sich in mir breit. Obwohl ich wusste, dass dieser Angriff nur die Reaktion auf unseren eigenen vor wenigen Tagen war, empfand ich eine tiefe Ungerechtigkeit. Weil ich Angst hatte zu ersticken, schleuderte ich meinem Widersacher eine Handvoll Dreck ins Gesicht und blendete ihn.

Wieder hörte ich Coralie schreien. Ein Klang von Angst und Schmerz, der jeglichen Ton von Spiel verloren hatte.

Als ich endlich die Lichtung erreichte, sah ich meine Cousine, die von Max und zwei weiteren Cowboys an unseren Marterpfahl gefesselt worden war, wo die Feiglinge nun mit Ästen auf sie einschlugen. Es brauchte wenige Augenblicke, ehe ich die Situation verstand. Ehe ich – vielleicht elektrisiert von dem sich zusammenbrauenden Unwetter – blind vor Zorn auf Coralies Peiniger zustürmte und so ziellos und wild um mich schlug, bis ich keinen Widerstand mehr spürte. Bis der Blutrausch und der Wunsch, dem Jungen mit den Sommersprossen alle Zähne auszuschlagen, von mir abließen und ich keuchend vor meiner Cousine zur Besinnung kam.

Die Feinde hatten den Rückzug angetreten, und die Blauhandindianer obsiegten. Erst dachte ich, das sei mein Verdienst, wenige Sekunden später schob ich es auf den bedrohlich schwarzen Himmel. Aber letztlich war es weder das eine noch das andere, sondern diese ungewohnte Farbe, die sich in den Wald verirrt hatte.

Als ich mich umwandte, sah ich Coralie. Sie war völlig in sich zusammengesunken – ihr Kopfschmuck federlos – und winselte hinter einem Vorhang aus zerzausten, blonden Haaren. Erst als ich nähertrat, um ihre Fesseln zu lösen, bemerkte ich das Blut. Rosenrotes Blut, das aus ihrem Unterleib strömte und durch ihre hellen Leggins sickerte.

Jeder Gedanke war aus meinem Kopf vertrieben. Den Weg durch den Wald und über die Felder rannte ich so schnell mich meine Beine trugen. Dabei weinte ich. Nicht, weil ich immer wieder fiel und mir die Knie zerschrammte, sondern weil dort draußen meine beste Freundin verblutete, während sie ganz allein in der einfallenden Nacht und in strömendem Regen auf Hilfe wartete. Ich rannte und rannte. Kämpfte mich durch mannshohe Brennnesseln, die mir Hände, Füße und Gesicht zerstachen, bis ich das Gefühl hatte, keinen Fleck Haut am Körper mehr spüren zu können und meine Gelenke schmerzten, wie nie zuvor. Ich sprang durch den kleinen Bach am Rand der Stadt, durch eiskaltes Wasser und hielt erst an, als ich Coralies Elternhaus erreichte, wo ich heulend erzählte, was passiert war und dann einfach zusammenbrach und bewusstlos liegen blieb.

Es dauerte eine ganze Woche lang, bis die stechenden roten und weißen Quaddeln, die ich am ganzen Körper trug, abgeklungen waren und ich die Nesselsucht überstanden hatte. Der Schreck, den Coralie mir eingejagt hatte, währte noch eine lange Zeit. Dass sie nach jenem Abend weiterlebte, als wäre nichts passiert, als hätte sich ihr Blut nicht mit meinen Tränen und dem dunklen Waldboden vermischt, begriff ich natürlich erst, nachdem ich genauer über ihre rätselhafte Verletzung nachdachte.

Umzingelt von einem Schwarm gurrender Tauben zu ihren Füßen, neben sich und auf ihren ausgepolsterten Schultern sitzt die alte Dame mit dem milchigen Teint auf einer Parkbank. Die weißen Haare sitzen eng aufgespult auf großen, rosafarbenen Lockenwicklern auf ihrem Kopf und bilden eine strenge Haube – eine Frisur mit Kopfschmerzgarantie.

Neben der Frau beobachten zehn, vielleicht zwölf aufgebahrte Puppen aus sicherer Entfernung das Geschehen. Jede einzelne Puppe ist nicht größer als ein Neugeborenes und steckt in handbestickten Kleidern. Wie eine Reihe kleinwüchsiger Untoter stieren sie über den Rand des Wagenkorbes hinweg.

Madame Porzellan wirft in einer sanften Geste eine Handvoll Sonnenblumenkerne vor die scharrenden Füßchen der Vögel und beobachtet die winzigen grauen Schnäbel, die sich in schnellen Bewegungen senken und heben. Schwarze Samen rieseln leise auf Pflasterstein. Für einen Moment überlege ich, ob ich dieses friedliche Bild zerstören soll, indem ich dazu stoße. Dann aber zieht mich die Magie der Szene in ihren Bann.

»Darf ich?« Ich zeige auf den freien Platz neben ihr. Madame Porzellan sieht kurz zu mir auf und wendet sich dann dem zierlichen, an einigen Stellen federlosen Vogel auf ihrer Schulter zu. Ich frage mich, ob das ein stillschweigendes Ja war, entscheide mich dann aber dagegen.

Für einen Moment lausche ich dem Rascheln von Federn und dem leisen, zufriedenen Gurren der Vögel. Dann endlich lächelt Madame Porzellan mir zu: »Wir fühlen uns geehrt.«

Leicht misstrauisch nehme ich neben ihr Platz. Der rattengraue Vogel springt flügelschlagend von ihrer Schulter auf den Gehweg. Meine Nase atmet die blumige Duftnote ein, die in der Luft wabert wie über den Straßen liegende, flirrende Hitzewellen im Hochsommer.

Madame Porzellan, die selbst auf einem Sonnenblumenkern kaut, bietet mir eine Handvoll an.

»Nein danke. Ich hab schon gegessen.«

»Für die Tierchen.«

»Oh.« Ich spüre, wie die Verlegenheit mir Farbe ins Gesicht treibt und ich schäme mich dafür, dass ich diese alte Frau manchmal verrückter einschätze, als sie vielleicht ist. Versöhnlich nehme ich das Vogelfutter an und beginne es, Korn für Korn, zu verteilen.

»Was treibt den kleinen Prinzen unter das gemeine Volk?«

»Ich hatte bis zwei Uhr eine Vorlesung. Und jetzt bin ich auf der Suche nach einem passenden Geschenk für Coralie.«

»Prinzessin Tiger Lily feiert Geburtstag. Der halbe Hofstaat macht sich zurecht.«

»Richtig.« Sofort streiche ich mein schlechtes Gewissen gegenüber Madame Porzellan und sehe meine Skepsis bestätigt, was ihren Geisteszustand betrifft. »Das Problem ist bloß, dass ich keine Ahnung habe, was ich ihr schenken soll. Sie scheint irgendwie schon alles zu haben.«

»Hat alles. Bekommt alles und jeden. Und ist doch nicht zufrieden. Die verzogene Prinzessin fühlt sich einsam, obwohl sie in einem Meer von Minnesängern badet.«

»Aber sie hat doch mich.«

»Ja, aber der kleine Prinz hat sein Herz bereits an einen anderen verschenkt. Sie ist Teil von ihm, wie die Vögel, die ihm Schlaflieder singen und die winzigen Narben an seinem Körper, aber ihr wird nie seine ganze Liebe gehören.«

Ohne es zu merken, kratze ich an den winzigen, kaum wahrnehmbaren Malen auf meiner Brust, die von der Nesselsucht vor Jahren übrig geblieben sind. Madame Porzellan lächelt mich an, und das aufgetuschte Herz auf ihren Lippen strafft sich, wird nach links und rechts auseinandergezogen. Es ist einer dieser Augenblicke, die mir, in solch destillierter Form, leider viel zu selten erscheinen. Ein Augenblick, in dem die steife, manchmal gar blaublütig-arrogante Maske der Strenge aus ihrem Gesicht verblasst und eine solch starke, großmütterliche Herzenswärme durchscheinen lässt, dass sie selbst die frostigsten Eisblumen aus den Fenstern schmelzen würde. Eine Sache, die ich an ihr hoch schätze, ist ihre offene Art, für alles und jeden in ihrem näheren Umfeld ein Plätzchen in ihrem Herzen beziehbar zu machen. Als kenne sie nicht das geringste Vorurteil, betrachtet sie jedes Lebewesen – ja selbst jede Zimmerpflanze – gleich.

»Was macht dein Kaiser Hadrian, Kindchen?«, fragt Madame Porzellan.

Ich überlege kurz, dann geht mir auf, dass sie ihn meint.

»Ich weiß nicht. Er arbeitet erst am Mittwoch wieder. Bis dahin muss ich wohl warten. Oh, aber er hat schon mal keine Freundin – das soll doch was heißen, oder?«

Madame Porzellan gibt mir keine Antwort. Stattdessen legt sie einen Arm um mich und beginnt leise, fast flüsternd, zu erzählen. Ich lausche ihrer Geschichte und atme das Parfum ein – Sandelholz oder Lavendel oder ...

Als ich am frühen Abend mit einer riesigen flachen Schachtel aus dem Theaterfundus, einem Kopf voll Inspiration und einer Backmischung für Schokoladenrührkuchen zu Hause ankomme, erwarten mich eine verschlossene Tür und unbewohnte Zimmer. Ich lade die Sachen ab und fische den Zettel vom Boden, den ich anstelle von Coralie hier antreffe.

Komme heute Abend nicht nach Hause. Sehen uns morgen. Hab dich lieb, Cori.

Ein Blick in ihr Zimmer verrät, dass Coralie sich wohl noch einmal umgezogen hat. Statt jedoch viel Zeit darauf zu verwenden, zu sinnieren, mit wem sie jetzt schon wieder ausgeht, nutze ich die Gelegenheit des Alleinseins, um alles für ihren Geburtstag vorzubereiten. Die Schachtel verschwindet vorsichtshalber unter meinem Bett. Mit gewaschenen Händen, hochgekrempelten Ärmeln und begleitet vom musikalischen Geplänkel des Küchenradios versuche ich mich an der Backmischung. Während ich zerhackte Pfefferminzschokolade unter den Teig rühre, denke ich über ihn nach und über das, was Madame Porzellan vorhin zu mir sagte.

Aber der kleine Prinz hat sein Herz bereits verschenkt. Ihr wird nie seine ganze Liebe gehören.

Wir sitzen an der Bar einer der angesagtesten Diskotheken der Stadt. Vor uns stehen zwei Martinigläser – seines fast leer, meines noch nahezu voll, zusammen würden sie sicher ein Ganzes ergeben. Marc fischt die gestrandete Olive aus seinem Glas und lässt sie zwischen den Backenzähnen zerploppen. Ich spiele nervös mit dem alten Silberring an meinem Finger und zeichne mit dem Index die flachen, abgegriffenen Strahlen der Sonnenornamentik nach.

»Weißt du, wie schön es ist, dass ich dich endlich wiedersehe?«

Marc legt seine Hand auf meine. Irgendwo tief in mir versucht jemand zu schreien. Erst bei genauerem Hinhören merke ich, dass ich es selbst bin. Ich oder mein Gewissen. Oder ein anderer Teil von mir.

Als mir die feuchte Wärme unserer Hände zu unangenehm wird, ziehe ich sie unter seiner hervor, greife nach meinem Glas und nehme einen ausdauernden Schluck – einen Schluck, der weder meinen Durst löscht, noch schmeckt.

»Nun ja, ich hatte ziemlich viel zu tun in den letzten Tagen.«

»Ja, das versteh ich.« Er lächelt mich an, und ich komme nicht umhin, sein Lächeln zu erwidern: Ein automatischer Mechanismus dreht meinen Schädel um hundertachtzig Grad, sodass die nach unten gezogenen Mundwinkel nun steil in die Höhe zeigen.

»Ich hatte schon gedacht, du würdest dich nicht mehr melden.«

Während er seinen letzten, unterschwellig vorwurfsvollen Satz nuschelt, streicht mir Marc eine Strähne aus dem Gesicht. »Du bist so unglaublich schön, Coralie. Ich geb dich nicht mehr her, hörst du?«

Als er seinen Kopf langsam in Schräglage dreht und sich mir nähert, greife ich Marc bei der Hand und ziehe ihn auf die Tanzfläche – weg von den Martinigläsern. Soviel zu meinem beschissenen Plan.

Während wir auf der Tanzfläche die Zeit verscheuchen und andere Leute unsere Hocker einnehmen, räumt der Barkeeper den Tresen leer. Der Rest des Shortdrinks plätschert mitsamt der aufgelösten Substanz, die ich Marc in dieser Nacht in seine Getränke mische, in den Abfluss. Bunte Lichtschranken senken sich und ergreifen dann blitzartig die Flucht, der Bass vibriert in unseren Ohrmuscheln, Haare tanzen durch die Luft. Der Klub wird zu einem bunten, zuckenden Strudel, einem Sog, der alles und jeden mit sich zieht.

Ich verfluche mich selbst und mein Handeln. Ich hasse mich dafür, dass ich Marc in dieser Nacht zu ihm nach Hause folge, ja, ihn sogar dorthin lotse, damit meine beschissene Inszenierung aufgehen kann. Ich hasse mich dafür, dass ich seine Küsse immer wieder halbherzig erwidere. Dafür, dass der sonnenförmige Ringkopf an meiner linken Hand immer wieder aufschnappt und dass ich sein Bier zum wiederholten Mal an diesem Abend mit einer Prise des Schlafmittels pansche, das ich erst vorgestern in der Apotheke besorgt habe. Solange, bis seine Augen müde und glanzlos sind wie getrübtes Glas, und wir uns gemeinsam auf den Rand seines Bettes niedergelassen haben.

Irgendwo im Dunkel der Nacht schlägt es drei Uhr.

»Coralie«, lallt Marc, während er seine kalte Hand nach mir ausstreckt, als wäre er ein Blinder, der sich versichern will, ob ich noch da bin. »Alles Gute zum Geburtstag, Zuckerpüppchen.«

Seine zittrigen, müden Finger fördern ein kleines weißes Schmucketui zutage, das ich geistesabwesend entgegennehme. Er drückt mir einen langen, klebrigen Kuss auf die Lippen. Dann löst sich sein Mund von mir, und sein Körper fällt schwer wie ein Stein nach hinten auf die Matratze. Ich blicke gebannt auf das kleine Schmucketui in meiner Hand und hasse mich. Totenstille liegt über dem Loft. Geräuschlos hebt und senkt sich der schlafende Körper hinter mir im Takt seiner Atmung. Ich schniefe und versuche, meine brennenden Augen offenzuhalten.

Mit einem leisen Klicken schnappt das Schmuckdöschen auf und gibt, einer Auster gleich, zwei wundervoll schimmernde Perlenstecker frei. Tränen rinnen über mein Gesicht, und ich stoße einen atemlosen Seufzer aus, der irgendwo in der umgebauten Industriehalle verschwindet, sich verkriecht, wie ein lahmendes Krokodil unter dem Bett.

Ich kann die Tränen nicht mehr unterdrücken. Ich heule. Ich heule um die Perlen in meiner Hand, ich heule um Marc und um sein anhängliches Herz, ich heule um Georg, den Apotheker, und um Philipp, und um Daniel, den Träumer, und um Max, den Pfleger, und Jonathan, den Künstler. Ich heule um alles und jeden, dessen Herz in den letzten Jahren blutigen Schaden genommen hat. Einschließlich meines eigenen.

Und erst als ich drohe, an all dem Schmerz um mich herum zu ersticken, als ich keine Luft mehr bekomme, wird meine Atmung wieder ruhiger. Ich wische mir die Schlieren schwarzer Tusche aus dem Gesicht, um wieder zur Besinnung zu kommen und mich auf meinen Plan zu konzentrieren.

Das riesige Loft liegt im Dunkeln. Lediglich durch die spaltbreit geöffneten Lamellen der Jalousien sickert das fahle Licht des einzigen Zeugen dieser Nacht – des Vollmonds – und wirft scharfkantige Schattenbilder des Mobiliars auf den grauen Estrich. Gerade geometrische Formen der modernen Einrichtung stanzen sich vor meinen Augen aus dem neutralen Untergrund. Über uns an der Wand hängt die gigantische Kopie eines Siebdrucks von Andy Warhol, deren kreischende Farben zu so später Stunde in einem ebenso verschwommenen Grauton verblassen.

Nachts sind alle Katzen grau, kommt es mir in den Sinn.

Nachdem ich Marc mit Mühe und Not aus seinen Klamotten gepellt habe, warte ich auf ein Klingeln oder Klopfen an der Tür. Genauer gesagt warte ich darauf, dass die junge Prostituierte, die ich vor fünf Tagen auf der Straße angesprochen habe, den Weg hierher findet.

Als es endlich läutet, falle ich auf dem Weg zur Tür fast über meine eigenen Füße. Ich zitiere die junge Frau, die sich an der Sprechanlage als Layla ausgibt, hinauf in den dritten Stock, öffne ihr die eiserne Schiebetür und führe sie ins Schlafzimmer. Die Frau trägt eine hautenge Karottenhose und eine weite cremefarbene Bluse. Insgesamt enttäuscht sie das Klischee, das ich von einer Bordsteinschwalbe habe, aufs Neue. Sie wirkt eher wie ein verlebtes Fotomodel.

Ich weise Layla darauf hin, dass sie nichts weiter zu tun hat, als sich neben den schlafenden Mann zu legen und solange zu warten, bis er aufwacht. Sie möge ihm erzählen, er hätte uns beide gestern in der Diskothek unter Alkoholeinfluss zu einem Dreier überreden wollen, den ich jedoch erzürnt abgelehnt hätte. Beide wären zu ihm heimgefahren und hätten einen leidenschaftlichen One-Night-Stand gehabt.

Im ersten Augenblick jagt ein Wind von Misstrauen und Unverständnis über ihr Gesicht. Vermutlich vergewissert sie sich, dass der Mann, der dort nackt und ausgebreitet im Bett liegt, noch am Leben ist. Dann aber überzeugt sie vermutlich die Einfachheit ihrer heutigen Dienstleistung, und sie knipst die Lampionleuchte auf dem Nachttisch an und schlüpft aus ihren Sandaletten. Ich sehe in ihr hübsches Gesicht, das hinter ungepflegten Haaren hindurchscheint.

Ich glaube, das Spiegelbild einer traurigen Lebensgeschichte in ihren Augen zu erkennen, bilde mir das auskristallisierte Salz unendlicher Tränen in ihren Augenwinkeln ein. Ich sehe die Halt- und Hoffnungslosigkeit und die Leere in ihrem Leben, das nicht älter als mein eigenes ist. Dann wird mir die Lächerlichkeit dieses dramatischen Gedankens bewusst, und ich schüttle ihn von mir ab.

»Darf ich dich was fragen?«

Die nächtliche Nacktheit enthüllt ihren zierlichen, fast kindlichen Körperbau, als die Prostituierte ungeniert vor mir aus ihren Sachen schlüpft und sich neben den schlafenden Körper ins Bett legt.

»Nur zu!«, antwortet sie mir ohne die geringste Spur von Scham in der Stimme.

»Wie kommst du dazu ...?«

Ich spüre, wie die Scham mir unter die Haut kriecht, obwohl sie es ist, die bis auf die rasierten Genitalien entblößt vor mir liegt. Es ist, als wären unsere Rollen vertauscht worden. Auf den Lippen der Prostituierten liegt ein feines, mitleidiges Lächeln, das mich verunsichert.

»Weißt du«, beginnt sie, »dieselbe Frage könnte ich dir auch stellen.«

Ich könnte protestieren und versuchen, ihre Antwort zurückzuweisen, aber ich kann die Tatsachen nicht ändern. Ich weiß, dass sie recht hat. Am Ende reiche ich ihr den zusammengerollten Hunderter als Entgelt für ihre Dienste und stehle mich hinaus in die Nacht.

Während ich die nächtlichen Straßen überquere, lausche ich dem Knistern der elektrisierten Atmosphäre, dem Knobeln der Taxifahrer über Kreuzworträtseln, dem Plätschern der Kanalisation und den klackernden Geräuschen meiner eigenen Schritte. Ich lasse mich vom Metrum der Nacht mitreißen, bilde einen Vers im Gedicht der schlafenden Stadt.

Meine Füße sind müde und schwer wie der betäubte Körper des Mannes, der mit einer unbekannten Frau im Bett liegt und erst morgen früh feststellen wird, dass sich das kleine Schmucketui mit den Perlensteckern noch immer in seiner Jackentasche befindet. Ich atme die trockene Stadtluft ein und warte auf die Straßenbahn. Die Müdigkeit zerrt an mir wie ein Gewicht – fast ebenso schwer wie mein schlechtes Gewissen.

»Alles Gute, Cori«, flüstere ich mir selbst zu. »Alles Gute.«

Adam

Irgendwann zwischen fünf und sechs Uhr morgens höre ich das leise Knarren der Wohnungstür und schläfrige Schritte, die im zugestellten Flur auf Widerstand stoßen. Zuerst glaube ich, mir die Geräusche eingebildet zu haben. Dann, als sich ein angedeuteter Schatten an meiner Zimmertür vorbeistiehlt, begreife ich, dass Coralie zurück ist.

Ich drehe mich auf die Seite und lausche den leisen Geräuschen. Ich würde aufstehen und ihr zum Geburtstag gratulieren, bleibe jedoch liegen. Sie weiß, dass ich einen leichten Schlaf habe und immer früh auf den Beinen bin, und es kümmert sie für gewöhnlich reichlich wenig, ob ich durch ihre nächtlichen Streifzüge wach werde oder nicht. Aber ausgerechnet heute habe ich das Gefühl, dass sie sich bedachter durch die Wohnung bewegt – vorsichtiger, leiser. Als wolle sie mich nicht wecken oder einer Konversation mit mir entgehen.

Ich weiß nicht, was sie die ganze Nacht getrieben hat oder wo sie war, aber vermutlich will sie nicht davon erzählen. Ich lausche dem Klang des Wasserhahns im Badezimmer, der kurz aufgedreht und dann wieder zum Schweigen gebracht wird, und male mir aus, wie Coralie sich die Wimperntusche aus dem Gesicht wäscht. Die Geräusche aus dem Flur verklingen, und die Tür zum Nebenzimmer – ihrem Zimmer – legt sich leise ins Schloss.

Dann wird es wieder still. So still, dass ich mich selbst atmen höre. Ich blicke aus dem geöffneten Fenster, durch das der meterhohe Efeu vorsichtig erste Ranken klettern lässt. Rautenförmige Blätter tasten den alten Fensterrahmen ab, wie die Schwelle einer Festung, die es zu erobern gilt. Am morgendlichen Himmel treiben die ersten Sonnenstrahlen die Dämmerung auseinander.

Ich denke an ihn. Ich denke nur noch an ihn. Hin und wieder gelingt es mir, am Tag meine Gedanken von diesem Mann zu lösen und mich für wenige Minuten, im besten Fall für eine Stunde, mit anderen Dingen abzulenken. Bis mich völlig zusammenhanglose Dinge – ein herzförmig gewachsenes Blatt oder ein sich ankündigender Tag – wieder daran erinnern, wem ich meine Gedanken verschrieben habe.

Obwohl ich nicht weiß, wieso, überkommt mich eine unbestimmte Angst. Eine Angst davor, nicht bei ihm zu sein. Eine Angst, etwas zu verlieren, was mir gar nicht gehört.

Ich lasse meine rechte Hand an meinem Körper hinabgleiten, spüre die warme, klamme Haut unter meinen Fingerkuppen und kurzes, störrisches Haar unterhalb meines Bauchnabels. Dann schließt sich meine Hand wie von selbst zur Faust, bewegt sich im geübten Rhythmus auf und ab. Bewegung und Atmung werden schneller und mein Griff fester. Ich drücke meinen Hinterkopf tief ins Kissen und gebe mich meinen Fantasien hin, um diese unbestimmte Angst und die Einsamkeit zu vertreiben. Ich spüre die Erlösung in mir heranwachsen – wie ein brodelnder Geysir, kurz vor der Eruption.

Es dauert bloß den Bruchteil eines Augenblicks, wenige Sekunden, in denen ich alles vergesse, was mich bewegt. Es sind Sekunden des absoluten Friedens.

Kapitel 3

Der Klub der Ungeliebten

Coralie

Gegen fünf Uhr kitzelt mich das einfallende Licht der tief stehenden Nachmittagssonne aus meinem reumütigen Halbschlaf. Ich stecke noch immer in denselben Klamotten, und der pelzige Geschmack des Martinis klebt an meiner Zunge wie ein Verehrer, den man nicht los wird. Mit einem Blick auf den Radiowecker rechne ich automatisch zurück, wie viele Stunden ich geschlafen habe – es sind stattliche elf an der Zahl. Trotzdem fühle ich mich elend, mir ist übel.

Ich werfe die Bettdecke von mir und krabble von meiner Matratze. Es ist einer der seltenen Augenblicke, in denen ich froh bin, dass Adam und ich es nach unserem Einzug nie geschafft haben, mein Bettsystem vollständig aufzubauen, sodass ich seither das Vergnügen habe, auf einer einladenden Matratze zu nächtigen. Die warmen alten Holzdielen fühlen sich unheimlich gut an. Sie sind weich, fast samtig.

Für ein paar Sekunden bleibe ich auf allen Vieren auf dem Boden hocken. Weil ich jedoch befürchte, Adam könnte jeden Augenblick zur Tür hereinkommen und mich in dieser demütigenden Pose in flagranti erwischen, entschließe ich mich, aufzustehen.

Beim Öffnen der Zimmertür falle ich fast über eine große flache Schachtel, auf der ein verschlossenes Kuvert liegt. Ich nehme es in die Hand und begutachte das blutrote Wachssiegel. Als ich den Briefumschlag öffne, folgen meine Augen den geschwungenen Worten, die in säuberlichster Schönschrift mit karminroter Tinte auf scheckiges Pergamentpapier geschrieben sind:

Aufgewacht, Schnarchröschen! Die Feierlichkeiten sind bereits im Gange. Also hüllt Euch in Eure schönsten Gewänder und folgt den Stufen in den Ostflügel des Schlosses.

Euer untertänigster Sir Adam I.
PS: Spiel einfach mit!

Ich stecke den Brief zurück in den Umschlag und bewundere einen Augenblick lang das zerbrochene Siegel. Dann überkommt mich die Neugier: Ich öffne vorsichtig die Schachtel und bringe einen zusammengelegten Haufen unterschiedlicher Textilien zum Vorschein. Als ich das Bündel vor mir ausbreite, entpuppt sich der blassgelbe Satin mit den goldenen Stickereien als ein zerschlissenes Barockkleid.

Ich muss lachen. Noch bevor ich weiter darüber nachdenken kann, bin ich aus meinen Sachen geschlüpft und – innerlich kichernd – in das Kleid gestiegen, dessen Unterröcke so steif stehen wie Kirchturmglocken. Mit etwas Mühe schnüre ich das Mieder, bis der seidene Panzer mir fast die Lungen zerquetscht. Beim Blick in den Spiegel und auf dieses grotesk zusammengedrückte Dekolleté, das ich wie zwei Kanonenkugeln vor mir hertrage, kann ich nur den Kopf schütteln.

Es dauert nicht lange, bis ich den Dreh heraushabe, und mich und das Kleid, in all seiner Breite, durch den Türrahmen ins Badezimmer zwänge, wo ich mir erst die Zähne putze und schließlich Adams Aufforderung folge. Mit gezieltem Einsatz des Kamms toupiere ich mir mein Haar stilgerecht ins Unendliche. Während ich den riesigen Reifrock durch die Türpfosten quetsche und majestätisch die Treppen besteige, folgt mir eine flatternde Schleppe. Die letzten, gedämpften Schritte bis zu Madame Porzellans Wohnungstür mache ich wie Aschenputtel auf dem Weg zum Königsschloss. Noch bevor ich die Möglichkeit habe zu klopfen, öffnet sich mir die Tür und Adam heißt mich willkommen.

»Ihr kommt gerade rechtzeitig, Prinzessin«, stellt er mit einem gekünstelten Blick auf eine Taschenuhr fest und weist mich in den Flur. An seinem Auge klemmt ein Monokel.

»Alles Gute zum Geburtstag, Cori.«

Adam setzt mir eine Papierkrone auf den Kopf, lässt ihr Gummiband unter mein Kinn schießen und drückt mir einen Kuss auf die Wange.

Damals wie heute gleicht die riesige Mansarde einem unüberschaubaren Dschungel aus Krimskrams und Schnickschnack, alten Kisten und Kartons, staubigen Kunstblumen und modrigen Regalwänden, in denen sich ein abgegriffener Wälzer neben den anderen drängt. Der ausgedehnte Flur ist nach wie vor eine Bildergalerie, an deren Wände mir unbekannte Menschen der Vergangenheit genagelt sind. Auf einer langen, dunklen Anrichte darunter reihen sich ein Dutzend Messinguhren, welche unter staubigen Glasstürzen tickend die Zeit messen.

Alter Trödel, gehortet, weggesperrt und vor fremden Blicken geschützt, wird hier unbemerkt vom Zahn der Zeit zermahlen, ohne dass jemand Notiz davon nimmt – nicht einmal die greise Bewohnerin.

Doch eine Veränderung hat es in den letzten anderthalb Jahren gegeben: Stück für Stück hat sich das Tageslicht seinen Weg in die dunklen Räume gesucht. Hauste Madame Porzellan noch vor einigen Monaten wie in einem Erdloch – durch lichtundurchlässige Vorhänge von der Außenwelt abgeschottet – so wirkt die Wohnung nun zunehmend freundlicher. Die Gardinen im Wohnzimmer sind zurückgezogen und zusammengerafft und geben den Blick aus schmierigen Fenstern frei.

Es ist nicht mehr die Wohnung, die ich vor einem Jahr mit bekreuzigter Brust und unter Todesangst betreten habe – und sie ist es doch. Manchmal reizt mich die Frage, warum Madame Porzellan hier wohnt. Oder was sie hierher gebracht hat. Oder was für eine Bedeutung der alte Krempel hat, den sie hier über die Jahre mit der Ausdauer eines Messies gesammelt hat.

Ich werde durch den Flur ins Wohnzimmer geleitet, wo Madame Porzellan mich mit offenen Armen empfängt und in eine gebrechliche Umarmung schließt. Trotz dieser freundlichen Geste, die mir fast die Tränen in die Augen treibt, wundere ich mich über ihre Aufmachung. Sie trägt Schwarz. Von den Sohlen der Lackstilettos, in denen ihre wackeligen Beine stecken, bis hinauf zur Krempe des leichten Sommerhutes – alles ist schwarz.

»Ich wünsche dir alles Liebe der Welt, Kindchen«, flüstert sie mir ins Ohr.

Adam trägt eine Torte um uns herum, auf der Dutzende weiße Kerzen brennen. Würde ihre wahllose Anzahl tatsächlich meinem Alter entsprechen, würde dies erklären, wieso Madame Porzellan sich hergerichtet hat, als ginge sie zu einem Begräbnis.

»Du musst sie alle auf einmal auspusten«, murmelt Madame Porzellan. »Und deinen Wunsch musst du für dich behalten, sonst geht er nicht in Erfüllung.«

Ich nicke, überlege kurz, hole dann Luft bis meine aufgeblasenen Wangen zu platzen drohen und puste die Kerzen mit einem Mal aus. Neben mir patscht Madame Porzellan in ihre knochigen Hände.

»Ich hab auch etwas für dich, Kindchen«, raunt sie mir zu, während ich mit einem Zeigefinger nach etwas Tortenglasur fische und koste. Die alte Frau im schwarzen Gefieder verschwindet – einem sterbenden Schwan gleich – im Flur.

»Was hast du dir gewünscht?«, will Adam wissen.

»Das darf ich doch nicht sagen.«

»Hoffentlich waren es ein Stück Kreide und eine kleine Schiefertafel, auf der du mir Nachrichten hinterlassen kannst, wenn du abends wieder den spontanen Entschluss fasst, auszugehen. Zumindest brauchst du dann kein teures Papier mehr verschwenden.«

»Was heißt hier verschwenden?«

»Na hör, das sind die Gliedmaßen gerodeter Bäume, die du da bekritzelst.«

Seine Ausdrucksweise entlockt mir ein Lächeln, obwohl mir nicht danach zumute ist, wenn ich an die vergangene Nacht zurückdenke.

»War es denn wenigstens schön gestern?« Adam sieht mich mit einer durchdringenden Milde an, auf die ich keine Antwort habe. Ich schaue aus dem Fenster. Noch bevor ich auf seine Frage antworten muss, kommt Madame Porzellan mit einem großen Päckchen zurück, das den Anschein erweckt, als wäre eine Splittergranate neben ihm hochgegangen.

»Das wäre echt nicht nötig gewesen.«

Sie stellt das Geschenk vor mir auf den Couchtisch und sucht sich dann einen Platz gegenüber: »Na los, Kindchen, mach es auf!«

Unter dem neugierigen Blick meines Cousins öffne ich das Geschenkband und löse das bunte Packpapier. Ich habe fast ein wenig Angst vor dem, was mich darin erwartet. Was könnte eine alte Frau zu verschenken haben? Bitte, lieber Gott, lass es keine Matrjoschka sein. Als ich den Karton öffne, blicke ich in ein Paar riesige, bernsteinfarbene Augen, das zu einem getigerten Fellknäuel gehört – gerade zu groß, um noch in meine Hand zu passen.

»Ist das eine ...?«

»Du musst ihm einen Namen geben, Kindchen, und es immer gut behandeln. Und ihm Fressen geben und es streicheln, dann wird es dich niemals allein lassen – niemals.«

Madame Porzellan hebt das Kätzchen aus der Schachtel und setzt es mir in die Arme.

»Oh – mein – Gott. Ich weiß doch überhaupt gar nicht, wie man ... Bitte sag mir, dass die zum Aufziehen ist.«

»Wie lang ist die schon da drin?«, stottert Adam.

»Selbst Kakteen gehen bei mir ein.« In meinem Kopf spulen sich Bilder von welkenden Katzenbabys in überwässerten Übertöpfen ab.

Das Tier wiegt fast so leicht wie eine Rolle Klopapier. Es legt eines seiner winzigen Pfötchen auf meine Brust und miaut mitleidheischend.

»Herrje, ausgerechnet jetzt fällt mir gar kein Name ein.«

Während Madame Porzellan in die Küche verschwindet, wo sie lautstark Schubladen aufreißt und durchwühlt, suche ich Adams Blick oder vielmehr seine Reaktion auf dieses seltsame Geschenk. Aber seine Augen haften an der kleinen Mieze, die den Unterhaltungswert meiner Perlenkette für sich entdeckt hat. Im Nebenzimmer hören wir Madame Porzellan zusammenhangslose Namen stammeln.

Als sie endlich zurückkehrt, hält sie ein langes Küchenmesser machetengleich in der Hand.

»Ich wäre für einen konventionellen Namen wie Konrad, aber ihr jungen Leute meint ja immer, mit der Zeit gehen zu müssen. Also, was hältst du von *Nintendo*?«

Die Torte ist im Handumdrehen in acht Stücke zerlegt und unter uns aufgeteilt worden. Während Madame Porzellan und ich zerstoßenes Eis und ein Netz leuchtend grüner Limetten aus der Küche tragen, sucht Adam in der Plattensammlung unserer Gastgeberin nach der passenden musikalischen Untermalung. Wir haben uns schon oft darüber beklagt, dass Madame Porzellan keinen CD-Spieler im Haus hat, mussten uns aber genauso häufig selbst eingestehen, dass Madame Porzellan mit der Technik dieser Zeit wohl hoffnungslos überfordert wäre.

Wir zerstoßen schilfbraune Zuckerkristalle, Eis und geviertelte Limetten und gießen die drei Caipirinhagläser mit klarem Rohrschnaps auf. Beim ersten Ton einer Melodie, den die Nadel des Plattenspielers aus der rotierenden Vinylscheibe kratzt, beginnt Madame Porzellan – wie eine Anemone schwingend – durchs Zimmer zu tänzeln. Von einer Ecke in die andere wiegt und biegt sich ihr stockdürrer Körper, während sie die unzähligen im Zimmer verstreuten Kerzen entzündet. Wir stoßen an – auf mich, das Geburtstagskind. Dann ein zweites Mal – wieder auf mich. Ab dem dritten Mal sind es nur noch konfuse Dinge, auf die wir die Gläser erheben.

»Auf den Abend«, grölt Adam. *Kling.*

»Auf den Schnaps«, haspelt Madame Porzellan. *Kling.*

»Auf ... Madeleine Vionnet!«, lache ich.

»Wer ist Madeleine Vionnet?«

»Ich hab keine Ahnung.« *Kling. Kling.*

Je später der Abend wird, desto voller werden unsere Gläser. Bald löst perlender Sekt den überzuckerten Caipirinha ab. Wir treiben wie Schiffbrüchige auf einem wogenden Meer des Rausches, umringt von Dutzenden Windlichtern, die in der Dämmerung glimmen.

»Auf ...«, Madame Porzellan sitzt zusammengesunken in ihrem Sessel, während ich mich an sie lehne und versuche, mein Glas gerade zu halten.

»Auf ...«, beginnt sie noch einmal.

»Auf Coralies Kellner, der sich so bereitwillig gezeigt hat, Betriebsgeheimnisse auszuplaudern.«

Adam schlägt sein Glas so heftig gegen meines, dass es mir aus der Hand rutscht und irgendwo unter dem Sofatisch landet. Ich kann mich vor Lachen nicht mehr gerade halten. Es ist ein unvergesslicher Moment. Goldener Schaumwein gluckert erst in Madame Porzellans und anschließend in Adams Sektphiole.

»Auf die Liebe, Kindchen.«

Ich stoße mit der Flasche die Gläser meiner Platznachbarn an und nehme einen kräftigen Schluck.

Eine abendliche Sommerbrise schleicht durch die zimmerhohen Fenster wie ein unsichtbares Schlossgespenst und schmuggelt ein leicht holziges Aroma durch das mit Teer und Abgasen angereicherte Parfum der Großstadt. Für einen Augenblick ist dieses Aroma greifbar – aber der Augenblick ist zu kurz, um ihn zu nutzen.

Während Coralie und ich uns die von Schokoladentorte, Caipirinha und Sekt kugelrunden Bäuche halten und uns auf dem Boden aalen, um gemeinsam der Müdigkeit zu entkommen, streicht das kleine Kätzchen immer wieder miauend um unsere Beine. Madame Porzellan sitzt, leicht mit dem Kopf taumelnd, auf dem Sofa zwischen milbigen Kissen und zwei Dutzend handbemalter Porzellanpuppen in winzigen Spitzenkleidern. Dort wirkt sie, als sei sie selbst ein Teil dieser Sammlung aus angetuschten Apfelbäckchen und synthetisch glänzenden Haarteilen. Wie eine übergroße Puppe, der das Schwarz ihres Outfits und der missglückte Farbton ihrer orangenen, sprungfederartigen Haare etwas Bizarres verleihen – gäbe man ihr eine Schaufel und eine Gießkanne in die Hand, so gäbe sie die perfekte Begräbnisbarbie ab.

Ich grinse innerlich über diesen Gedanken.

Mit geschickten Fingern streut Madame Porzellan ganz beiläufig eine großzügige Spur aus den getrockneten Blüten und Blättern jener krautigen Pflanze auf das dünne Filterpapier, die sie von Frühjahr bis Herbst auf ihrer Fensterbank zu stattlicher Größe aufzieht. Dort drückt das Gewächs seine gesägten Blätter sehnsüchtig gegen die Scheibe und vergeht irgendwann im Oktober unter Zutun der trockenen Heizungsluft. Als sie fertig ist, dreht Madame Porzellan die Zigarette trichterförmig ein und drillt das breite Ende zusammen.

»Wieso kannst du nicht über etwas Vernünftiges schreiben, Adam, wie über die Spieltheorie?«

»Weil ich Philosophie studiere, Coralie«, gebe ich ihr entnervt zu verstehen.

»Das ganze Thema führt doch zu nichts. Die Liebe ist ein veraltetes Modell für zwischenmenschliche Beziehungen. Unbrauchbar, weil längst überholt. Es würde ja auch niemand auf die Idee kommen, die Erde sei flach wie 'ne Pizza.« Mit größter Anstrengung schafft es Coralie in die Hocke.

»Wie kannst du bloß behaupten, die Liebe würde heute nicht existieren, Kindchen? Das stimmt mich traurig.«

Coralie nimmt die fertig gedrehte Tüte entgegen und zündet sie an.

»Das hab ich nie behauptet. Sicherlich existiert sie, irgendwo hinter den sieben Bergen. Auch Kernenergie existiert, und ich würde trotzdem nicht in der Nähe eines Atomkraftwerkes wohnen wollen.«

»Atomkraftwerk?«

»Gott, Leute. Liebe ist bloß eine Vorstellung, eine Idee. Alles, worauf es ankommt, findet man an der nächsten Straßenecke – und das ist deutlich greifbarer als die Liebe.«

»Hast du schon einmal versucht, einen Schmetterling mit bloßen Händen zu fangen, während du dich nicht vom Fleck bewegst?«

»Ist das 'ne Fangfrage?!«

»Liebe ist nur dann greifbar, wenn du sie nah genug an dich ranlässt, Kindchen.«

»... und kann dann genauso unschön enden wie Bungeejumping oder das Benutzen eines Femidoms.«

Während sich Coralie und Madame Porzellan den Joint teilen und abwechselnd – alten Lokomotiven gleich – den dicken, blauen Qualm inhalieren und wieder ausatmen, sitze ich in der Ecke, in der der Plattenspieler knistert.

»Ich glaube, dass Coralie in ihrem Leben andere Prioritäten setzt. Sie ist davon überzeugt, dass sie alle zwischenmenschlichen Beziehungen auf Körperlichkeit reduzieren kann.«

»Weil es handfest ist – zumindest, wenn es gut läuft«, lacht sie. »Ich bin nun einmal realistisch. Ich baue auf Hormone und Sexappeal.«

»Kindchen, du hörst dich an wie die Queen of Pop.« Madame Porzellan bringt sich schimpfend in aufrechte Position und rückt näher an Coralie.

»Ihr jungen Dinger müsst immer alles vor euch haben, alles sehen und anfassen. Die Liebe, Kindchen, ist überall. In allem, was wir tun. In der Art, wie wir uns anziehen oder kochen oder uns die Haare machen. Hast du schon einmal einen Epoisses probiert, Kindchen? Das ist Liebe. Es braucht keine Raumfahrt, um zu beweisen, dass der Mond immer da ist, auch wenn wir ihn einmal nicht sehen. Es gibt Hunderte von Arten zu lieben, vielleicht Tausende. Und wenn du mir nicht glaubst, dann schau doch bloß euch an und denk einen Moment darüber nach, was ihr einander bedeutet.«

Wie auf Befehl tauschen Coralie und ich Blicke aus, und für den winzigsten Bruchteil einer Sekunde meine ich, Cori erleichtert ausatmen zu sehen. Dann suchen unsere Augen verschämt den Boden zu unseren Füßen ab.

»Warst du einmal verheiratet?«, wechselt Coralie auf ebenso arglose wie unverschämte Weise das Thema.

Madame Porzellan macht schulterzuckend einen kleinen Hops, wie es nur alte Frauen können, begleitet von einem geistesabwesenden Grinsen, zwischen Milliarden von Hautfältchen gefangen.

»*Marier et être femme?*«, wispert es über Madame Porzellans Lippen. »Oh ja, Kindchen. Er war ein sehr kultivierter Bankier, dem Anzug und Krawatte standen wie keinem anderen. Jeden Abend habe ich sie gebügelt. Das war damals, noch bevor das Theater mich rief, und ist lange, lange her.«

»Wie sah er aus?«

»Oh, ich kann ihn euch zeigen. Er wohnt im Wandschrank.«

»Und die vielen Briefe sind auch von ihm, richtig?«

Als hätte Coralie mit ihrem letzten Satz eine Grenze überschritten, tritt in Madame Porzellans Gesicht eine uralte Nachdenklichkeit, hervorgehend aus noch älteren Erinnerungen.

»Nein, Kindchen, die sind nicht von ihm. Er konnte mit Zahlen umgehen und Schecks ausstellen, aber er hätte niemals einen Brief verfasst. Er hielt das für Zeitverschwendung.«

Die alte Frau nimmt dieselbe förmliche Haltung ein wie gewöhnlich. Die Haltung einer vornehmen, unnahbaren Dame, deren Worte so bedacht sind, wie die Wahl ihres Haarbandes.

Ich wechsle die Platte und setze die Nadel auf. Es prasselt und knirscht.

»Hör mir zu, Kindchen. Die Liebe ist keine Sache, die sich von Mikrowellen und anderem neumodischen Firlefanz einschüchtern lässt. Auch nichts, was früher einmal besser funktionierte als heute. Damals hat eine Ehe gehalten, weil sie eben halten musste. Der Mensch verbringt so viel Zeit damit, über die Liebe nachzudenken, dass er manchmal völlig vergisst, zu lieben. Dann sucht er nach diesem Gefühl, als sei es eine fehlende Socke, und weil er des Suchens müde wird oder Angst davor hat, es nicht zu finden oder gar verletzt zu werden, gibt er sich mit etwas anderem zufrieden.

Die Leute glauben, damals wie heute, die Ehe wäre eine Garantie für Liebe. Aber die Wahrheit ist, dass es keine gibt. Wenn du eine Garantie auf irgendetwas möchtest, dann kauf dir eine Waschmaschine, aber erwarte sie nicht im Tausch gegen ein Herz. Glaube mir, wenn ich dir sage, dass dich die Liebe, Kindchen, bis ans Ende der dir bekannten Welt tragen kann. Aber genauso gut kann sie dich in die Einsamkeit führen. Das ist das Risiko, das wir eingehen müssen, wenn wir nicht schon zu Lebzeiten Tote sein wollen.«

Wir sitzen lange beieinander. Selbst nachdem Madame Porzellans Worte verstummt und die winzigen Tränen, die ihre müden Augen hervorgebracht haben, längst verdunstet sind.

»Ihr könnt erzählen, was ihr wollt, aber letztlich haben wir doch nur einander«, prustet Coralie und drückt den Filter im Aschenbecher aus. »Niemanden sonst.« Mit jungem Elan, dessen Quelle ich nirgendwo über oder unter uns ausmachen kann, schwingt sie sich auf die Beine. »Wir sollten einen Klub gründen. Unsere kleinen, nächtlichen Partien hier verdienen es, einen Namen zu bekommen.«

»Ach herrje.«

Coralie zieht mich auf die Beine.

»Wir sind der Klub der Ungeliebten«, strahlt sie mit einer ebenso unglaubwürdigen wie gekünstelten Überzeugung.

»Der Klub der Ungeliebten?«, wiederhole ich.

»Ganz genau.«

»Ihr gehört schon einer bedauernswerten Generation an, die nichts begreift, Kindchen. Ihr zerstört eure Ohren mit synthetisierter Musik, eure Gehirne mit zu vielen Pillen und eure Herzen mit der Kälte, die euch umgibt.«

Später sitzen Coralie und ich auf dem Dach des Hauses – einem der schönsten Orte auf der ganzen Welt, der uns seit fast anderthalb Jahren in seinen Bann zieht. Wir öffnen das Fenster und klettern – den Griff am Rahmen – auf das Gesims, das sich seit Jahrzehnten den atmosphärischen Einflüssen ausgeliefert sieht. Vor uns breitet sich die abendliche Stadt aus, wie ein Meer bei ruhiger See.

Und plötzlich ist er wieder da – dieser unverwechselbare Duft, der durch die Abenddämmerung segelt. Doch diesmal währt er länger. Diesmal bleibt er mir in der Nase und endlich weiß ich, was das für ein Duft ist. Es ist der Duft schier unzähliger, vergangener Sommertage. Der Duft von Schnitzeljagden in harzschweren Fichtenwäldern und von am See aufgehängter Badekleidung. Ich blicke über die glitzernde Stadt, deren winzige, vielfarbige Lichtpunkte in der schwarzen Nacht versinken, und suche in den Windungen meines Gehirns nach den Ursprüngen dieser Erinnerungen.

Es war einer dieser langen Sommerabende, die wie das Zirpen unzähliger dämmerungsmunterer Zikaden klingen. Einer dieser Abende, mit denen die Kindheit allmählich ausklingt.

Ich war fünfzehn Jahre alt und lag zusammen mit Coralie ausgestreckt auf freiem Acker unter einem schwarzblauen Sternenzelt. Damals fragte mich das strohblonde Mädchen an meiner Seite, auf was für einen Typus Frau Jungen wohl stünden. Ich, der ich mich von ihrem plötzlichen Themenwechsel überrumpelt sah, schwieg, während sich die vertraute Hand des Unwohlseins um mein Herz legte. Ein Gefühl, das mich in den vergangenen Monaten immer wieder befallen hatte, so unberechenbar wie eine Sommergrippe.

Niemandem hatte ich bisher anvertraut, dass ich mich mehr für meine männlichen Mitschüler interessierte, als für die weiblichen. Ich hätte Coralie oberflächlich antworten können, dass Jungen Frauen mit melonengroßen Brüsten, schmalen Taillen und vollen Lippen bevorzugen würden – eine Antwort, die wohl mehr meine eigene Einschätzung vom Denken meiner gleichaltrigen Geschlechtsgenossen widergespiegelt hätte, als meine persönlichen Vorlieben. Denn ich nahm an, genau darauf zielte diese Frage eigentlich ab. Coralie zeigte sich, aus einem mir ebenso unersichtlichen Grund, nicht sonderlich überrascht von meiner ausbleibenden Antwort.

»Was machst du, wenn du dich wirklich einmal in einen Jungen verliebst?«

Ihre Augen suchten ein weit entferntes Geflecht aus Sternen, das sie so sorgsam mit dem Zeigefinger nachzeichnete, als konstruiere sie ein Stück Universum. Für einen weiteren Augenblick kam kein Wort über meine Lippen.

»Ich weiß nicht«, flüsterte ich irgendwann aus Angst, überhaupt keine Stimme mehr zu besitzen. »Ich glaub nicht, dass das passiert.«

Coralie wandte mir ihren Kopf zu. »Wieso nicht? Du bist anders.«

»Ich find' Männer ganz einfach schön.«

»Ja, aber was ist, wenn du dich tatsächlich einmal verliebst – in einen Jungen?«

»Ich weiß nicht. Dann ... ist es halt so, denk ich.«

Coralie schien sich mit dieser Antwort zufriedenzugeben. Zumindest legte sie den Kopf zurück in das Knäuel aus unendlich langen Haaren und ließ den Blick zurück in den Himmel schweifen. Es vergingen ein paar Sekunden, in denen wir schweigend nebeneinanderlagen.

»Meinst du, es ist schlimm, dass ich anders bin?«

»Nein, Alf ist auch anders.«

»Alf ist ein Außerirdischer«, brüskierte ich mich.

»Und er frisst Katzen«, fügte Coralie lachend hinzu. »Aber wenn auch nur ein Viertel der Menschheit so viel Herz hätte wie dieser Außerirdische, dann wäre die Welt ein besserer Ort. Schau mal da: der Große Wagen.«

»Sieht aus wie ein Löffel.«

»Ja«, kicherte sie. »Wer weiß, vielleicht liegt ja dein Heimatplanet irgendwo im Zeichen des Großen Löffels.«

Es war der Abend, an dem wir lachend neue Namen für uralte Sternbilder erfanden und Coralie mir die Angst vorm Anderssein nahm.

Ein Jahr später sollte sie der Schule verwiesen werden und ich mich zum ersten Mal in meinem Leben verlieben – sein Name war Jonathan. Nie hatte ich einen hübscheren Jungen gesehen, nie einen besseren Freund gehabt.

Jonathan war ein verkanntes Genie, was die Kunst betraf. Seinen Eltern zuliebe mimte er den Sportler. Er spielte als Mannschaftskapitän Handball im Verein. Seine wahre Passion erkannte man lediglich an der Art, wie er die Spraydose führte, wenn wir im Schutz der einfallenden Nacht jungfräuliche Hausfassaden beschmierten. Jonathan hatte die Garage seiner Eltern mit dem Eifer und dem Ehrgeiz eines jungen Picasso zu seinem Atelier gemacht. Dort lagerte er rollenweise grau meliertes Abdeckpapier, auf das er zunächst mit splitternder Zeichenkohle die scharfkantigen Umrisse geometrischer Figuren skizzierte, um dann dem Gerüst aus schwarzen Strichen mit hochviskosen Abtönfarben Leben einzuhauchen.

Was in der Garage seiner Eltern die Welt erblickte, war dazu verdammt, ein Schattendasein zu fristen. Egal ob es sich dabei um hohle Pappmaschee-Skulpturen, meterlange Wandbilder oder Collagen aus den unterschiedlichsten Gegenständen handelte, die ihrem Betrachter wie bunte Puzzlebilder entgegenleuchteten. Überhaupt waren es nicht die Figuren, die Jonathans Bilder besonders machten – es waren die Farben, die er ihnen gab.

Das Bild, das mir am Besten im Gedächtnis geblieben ist, stellte eine afrikanische Savanne dar: kahle, drahtige Dornenbüsche im Bildmittelpunkt und dazwischen ein froschgrüner Löwe mit weit aufgerissenem Maul. Ich erwischte mich oft dabei, dass ich atemlos vor diesem Werk stand, wie hypnotisiert von der Farbe, die so ganz und gar dem widersprach, was einem beigebracht worden war, und die sich dennoch so harmonisch und selbstverständlich in das Bild eingefügt hatte, als wäre sie Teil einer Fotografie.

Anfangs war es reine Faszination, die diese Szene auf mich ausübte. Später, nachdem meine gierigen Blicke das Bild bereits um die hundertmal abgetastet hatten, sodass die Farben längst abgegriffen hätten sein müssen, weckte es eher meine Neugier als meine Begeisterung.

Ich hinterfragte Jonathans Kunst nur ein einziges Mal – und es war eben dieses Bild, das den Anstoß gab.

»Wieso ist der Löwe grün und nicht braun?«, wollte ich wissen.

»Wie kommst du darauf, dass ihm Braun besser stünde?«

»Aber Löwen sind doch braun.«

»Sind sie das?«

»Ähm ... ja«, bestätigte ich verunsichert.

»Sind sie nicht vielleicht sandfarben?«

»Genau.«

»Oder ocker?«

»Ja, ocker!«, bekräftigte ich.

»Ich habe das Gefühl, du hast keine Ahnung, welche Farbe ein Löwe hat.«

Im Sommer, in dem Coralie und ich uns zusehends voneinander entfremdeten, weil sie seit dem vorangegangenen Winter zeitraubende Nachhilfestunden in Biologie nahm, die ihr wenig Spielraum für außerschulische Dinge ließen, verbrachten Jonathan und ich viel Zeit am See. Wir angelten hin und wieder mit der Rute seines Vaters und badeten – oftmals spontan und dann natürlich immer so, wie Gott uns geschaffen hatte. Aber das störte uns nicht, denn wir suchten uns verlassene Ufer aus, zwischen hohem Schilf, wo uns niemand sehen konnte.

Manchmal lagen wir nach dem Schwimmen nackt nebeneinander auf den Handtüchern. Andere Male holten wir uns einen runter. Hinter uns blühten duftende Fliedersträucher, die nadelschlanke Bienen und pummelige Hummeln anzogen.

Wenn Jonathan in den Himmel schaute, um Figuren in den Wolken zu erkennen, erforschte ich heimlich seinen Körper, den ich liebte und der athletisch und weich zugleich war. Mir gefielen seine breiten Schultern, seine schmalen Hüften, die Haare, die am Bauchnabel und darunter sprossen und die winzigen Brustwarzen, die sich nur dann richtig zeigten, wenn er eine Gänsehaut bekam.

Ich weiß nicht mehr wieso, aber irgendwann fiel mir der Löwe aus seinem Bild wieder ein, und ich hakte erneut nach: »Wieso ist der Löwe grün?«

Diesmal legte sich Jonathan auf die Seite und seine warme Hand auf meine Brust. Mit einem fast unsichtbaren Lächeln in den Augen sah er mich an und konterte: »Vielleicht aus dem gleichen Grund, aus dem du rot bist, wenn ich dich berühre.« Seine Antwort habe ich nie vergessen.

Wenig später schliefen wir zum ersten Mal miteinander. Es war das erste von vielen weiteren Malen, die folgten und die mich süchtig machten nach seiner Körperwärme und seiner Form, seiner Härte, seinen Augen, seinem Atem in meinem Nacken und seiner Stimme nahe meiner Ohren, nicht mehr, als ein leises, hauchendes Flüstern, von dem ich mir einbildete, es wären Liebeserklärungen. Und obwohl ich alles darum gegeben hätte, mich in diesen intensiven, klopfenden Momenten umzudrehen und seine zarten, immer einen Spalt geöffneten Lippen zu küssen, tat ich es nie. Nicht ein einziges Mal.

Coralie schnieft leise neben mir. Jenseits unserer formlosen Gedanken lassen sich Sterne durch die trübe Smogglocke erahnen, die über der Stadt liegt wie ein Glassturz. Die Luft knistert elektrisiert vor sich hin, während wir beide hier oben – Schulter an Schulter – auf dem Dachsims sitzen und unsere Füße gegen die niedrige, verbogene Balustrade stemmen.

Manchmal, so auch jetzt, befällt mich dieses tiefe Verlangen nach mehr. Nach den Dingen, die hinter den Vorhängen dieser Wohnung, noch weit, weit hinter der nächtlichen Stadtsilhouette liegen. Es ist eine fast verzweifelte Sehnsucht nach der Ferne, die in mir aufkeimt, bis sie erste Tränen hervorbringt.

»Was hältst du von dem, was Madame Porzellan vorhin gesagt hat?« Ich neige den Kopf in Richtung Fenster.

»Sie plappert viel. Was genau meinst du?«

Ich schaue Coralie mit einer beständigen Forderung an, bis sie schließlich meinen wortlosen Angriffen nachgibt.

»Was soll ich davon halten? Wenn du mich fragst, ist sie alt wie ein Saurier und hat schon viele Dinge erlebt. Ich nehme ihr auch das unschuldige Blumenkind nicht ab. Sie versucht sich mitzuteilen und schafft das nur auf ihre eigene, verschrobene Art, die niemand so wirklich versteht.« Coralie schnauft und lächelt.

»Manchmal frage ich mich, wo wir eigentlich hingehören«, flüstere ich vor mich hin. Coralie rührt sich nicht, blickt weiter den Punkt an, wo die Sonne vor Stunden schon zischend am Horizont versunken ist, als hätte sie dort einen Freund ertrinken sehen.

»Das tu ich auch.« Ihre Stimme ist dünn. Gedankenverloren spielen ihre Finger an dem kleinen Silberring, den ich ihr vor Jahren einmal geschenkt habe und der mir schon vorhin an ihr aufgefallen ist. Ich frage mich, wieso sie ihn nach all der Zeit wieder hervorgeholt hat und ob sie sich noch immer an das Geheimnis in ihm erinnern kann.

»Denkst du manchmal noch an unsere Eltern und unser altes Zuhause? Vermisst du sie?«

»Manchmal. Mehr die Erinnerungen, die geblieben sind, als die Menschen dort.«

»Es sind schon fast zwei Jahre.«

»Das spielt keine Rolle. Es könnten auch zehn sein, und die Erinnerungen wären trotzdem noch da.«

Jetzt stelle ich einen fadendünnen Bruch in ihrer Stimme fest.

»Glaubst du manchmal, es war ein Fehler, zu gehen?«

Ich warte auf eine Antwort, doch Coralie bleibt stumm. Manchmal meine ich, aus ihr nicht schlau zu werden. Ich habe hunderte von Stunden vergeudet, nach dem Grund zu suchen, wieso Coralie ist, wie sie ist, und muss immer wieder mit Schrecken feststellen, dass sie – meine zweite Hälfte – so undurchsichtig wie Blei oder ein anderes Schwermetall ist. Dass ich in ihr nicht lesen kann, obwohl ich ihr Alphabet kennen müsste. Es sind jene Momente, die mich nachdenklich machen, in denen ich mir überlege, ob ich den Menschen überhaupt noch kenne, mit dem ich mir einen Wohnungsschlüssel und eine Vergangenheit teile.

»Erzählst du mir, wo du in der letzten Nacht warst, Cori?«

»Willst du eine ehrliche Antwort?«

»Immer.«

Es dauert eine Weile, bis sich Coralie vom Horizont löst und ihre großen, glasigen Augen den Blick der meinen fordern. »Ich hab die Sache mit Marc beendet.« Ihre Aussage ist klang- und emotionslos.

»Das finde ich richtig«, versuche ich sie zu bestärken. »Und wie hat er reagiert?«

Im warmen, indirekten Licht der Straßenlaternen, die unter uns glimmen, sehe ich Coralies Lippen sich kräuseln.

»Gar nicht. Er hat gar nicht reagiert. Dazu hatte er keine Möglichkeit.«

»Wie meinst du das?«, kommt es mir über die Lippen, obwohl ich weiß, dass ich keine Antwort bekommen werde – obwohl ich mir die Antwort vielleicht ausmalen kann. Mit der Hand verbirgt sie unbewusst den Ring an ihrem Finger.

»Glaubst du ernsthaft an den Klub der Ungeliebten, Cori?«

»Wenn es die Liebe da draußen wirklich gibt, dann hat auch der Klub der Ungeliebten eine Berechtigung zu existieren, meinst du nicht?«

»Hm.«

»Irgendwo heißt es doch«, beginnt Coralie unerwartet, »dass man ein Niemand ist, bevor es jemanden gibt, der einen liebt. Manchmal hab ich Angst, aus mir könnte niemals ein Jemand werden.«

»Das versteh ich nicht ganz.«

»Das versteh ich selbst nicht ganz«, flüstert sie mit einem so erzwungenen Lächeln auf den Lippen, das es scheint wie das Zerspringen eines Tellers.

»Du könntest so viele Männer haben, Cori. Du bist diejenige, die alle von sich stößt.« Ich stupse sie an – nur ganz leicht, damit sie den Kontakt zwischen unseren Körpern spüren kann.

Sie nickt und hält plötzlich den kleinen Plastikbeutel in der Hand, der gefüllt ist mit den zerschnipselten Briefen ihrer Mutter.

»Feenstaub«, stelle ich fest. Mit einem stolzen Lächeln auf den Lippen öffnet sie den Beutel und wirft eine Handvoll Konfetti über meinen Kopf. »Ermöglicht das Reisen in fantastische Welten ...«

»... und hilft beim Vergessen«, beende ich ihren Satz, während ich ihr routiniert den Beutel abnehme und mit dem Inhalt ihre Haare und Schultern bestäube.

Es ist ein merkwürdiger Abend und eine merkwürdige Unterhaltung. Es ist einer dieser Abende, an denen Menschen merkwürdige Dinge sagen und tun. Einige weinen sich in den Schlaf, gezeichnet von einem gebrochenen Herzen. Andere teilen Ohrfeigen unter den Menschen aus, die sie am allermeisten lieben. Und wieder andere lassen sich ihrer Unschuld berauben, um die Leiden eines Freundes zu beenden. Es ist einer dieser Abende.

So sitzen wir noch eine Weile aneinander gelehnt auf dem Dach des Hauses, über den Köpfen der Menschen, kichern über Coralies Barockkleid, flüstern uns Gutenachtgeschichten zu und schweigen den abnehmenden Mond an.

Wir. Der kleine Prinz und die gebrochene Prinzessin. Der Klub der Ungeliebten.

Ich hasse Veränderungen. Ich hasse sie, weil sie unser Leben bestimmen, ohne dass wir etwas gegen sie tun können. Und ich hasse sie, weil sie so unberechenbar sind. Manchmal sind Veränderungen so winzig, dass wir sie kaum wahrnehmen, und ein anderes Mal kündigen sie sich an, wie der Regen vor einem mächtigen Sturm. Seit Jahren kann ich beobachten, wie sie in mein Leben eingreifen. Ihr Auftreten folgt keinem mathematischen Muster. Sie kommen dann, wenn es die Zeit so will.

Mit sechs Jahren wurde mir klar, dass mein Vater meine Mutter schlug. Es war der Tag, an dem ich meinen Vater zu hassen begann und mir schwor, mich niemals in meinem Leben zu verlieben, geschweige denn zu heiraten.

Mit elf Jahren begann mein Körper sich zu verändern. Ich bemerkte einen Geruch an mir selbst, den ich vorher nicht kannte und den ich mit keinem Deo der Welt übertünchen konnte. Irgendwann gelang es mir nicht mehr. Ich begann, meine Umwelt mit anderen Augen zu sehen. Menschen, die ich beinahe täglich gesehen hatte, kamen mir fremd und neuartig vor. Zwei Jahre später setzte meine Periode ein – mitten im Wald.

Ungefähr zu diesem Zeitpunkt begann mein Vater, auch mich zu schlagen. Er brauchte keine Gründe. Es reichte, wenn der Weg von der Kneipe nach Hause ihm wieder einmal zu lang vorkam. Ab diesem Zeitpunkt fing ich an, auch meine Mutter zu hassen. Dafür, dass sie sich nie zwischen uns stellte.

Mit fünfzehn begannen die Veränderungen sich zu häufen, mich rascher heimzusuchen. Ich fing an, mit meinen eigenen Prinzipien zu brechen und mein Herz für Dinge zu öffnen, die ich niemals an mich heranlassen wollte. Ich entfremdete mich von Adam und lernte ihn als Freund wieder neu schätzen. Alles schien im Wandel. Die ganze Welt, so formbar wie der Inhalt einer Lavalampe.

Mit 17 war es diese plötzlich auftretende Übelkeit. Kurze Zeit vorher war meine Regelblutung ausgeblieben. Parallel dazu wurde ich der Schule verwiesen.

In den vier Jahren seitdem übte ich für sechs verschiedene Vorgesetzte sechs verschiedene Berufe aus. Ich arbeitete für einen Telefondienst, in einem Supermarkt, als Bedienung in einem Café, als Kellnerin in einem Restaurant und als Barkeeperin. Schlussendlich landete ich mit etwas Glück als Empfangsdame in einer Anwaltskanzlei. Doch seit einigen Tagen spüre ich sie: die Veränderung, die in mir wächst und mich in rascher Wortfolge zur Eile ruft. Ich kann ihre Stimme hören, und ich spüre ihre nach mir ausgestreckten Arme. So wie jedes Mal.

Ich schrecke aus meinem Schlaf und schlage instinktiv Adams Hand aus meinem Gesicht. Im Bruchteil einer Sekunde sind die Traumbilder verblasst, und ich liege langgestreckt über der modrigen Couch. Als meine Augenlider versuchen zu protestieren, stupst Adam mir erneut gegen die Nasenspitze.

»Aufwachen, Prinzessin«, grinst er und scheint Gefallen am Zucken meiner Gesichtsmuskeln gefunden zu haben.

»Heilige Scheiße, wie spät ist es?«

Adam dreht sein Handgelenk und wirft einen Blick auf die Armbanduhr.

»Hm, kurz vor acht.«

»Kurz vor ...«, verdammte Scheiße!

Ich versuche mit einem Satz auf den Beinen zu sein, habe aber nicht mit dem Kleid gerechnet, dass sich vor mir aufbauscht wie ein Airbag. Während ich mich panisch am Couchtisch vorbei zwänge und nach meinen Schuhen suche, verfluche ich meine Unpünktlichkeit und Verantwortungslosigkeit. Adam legt sich auf die Couch und beobachtet das Trauerspiel um den verschwundenen Schuh.

»Adam, Adam, Adam, Adam ... Scheiße, Scheiße, Scheiße!«

»Sag das nicht zu oft hintereinander, sonst verknotest du dir die Zunge.«

»Ich komme zu spät zur Arbeit.« Endlich finde ich den vermissten Schuh in einer Ecke und darin das Katzenbaby, das wir im Verlauf der gestrigen Nacht Sir Tobey getauft haben: »Oh, oh, oh, ich hab ihn, ich hab ihn.«

»Bravo!«

»Was ...Wie ...«, ich nehme Sir Tobey in den Arm und schlüpfe in den Schuh. »Was mach ich denn jetzt bloß?«

»Was hältst du davon, die Füße in die Hand zu nehmen und loszurennen?«

»Gute Idee.« Ich setze Adam das Kätzchen auf den Bauch, drücke ihm einen Kuss auf die Stirn und sprinte los.

»Vergiss nicht, mich anzurufen«, erinnere ich Adam und mich selbst an den heutigen Tag, auf den wir seit einer Woche hinfiebern, und stürze aus der Tür.

Auf den Straßen gehen Menschen geschäftig auf und ab. Autos brausen an mir vorbei, während ich auf pfennigbreiten Absätzen wie eine Konkubine über den Zebrastreifen tipple und auf das Taxi zusteuere. Hinter mir schleifen Tüll und der unterste Metallring des Reifrocks über den Asphalt. Als ich über meine eigenen Füße stolpere und kurz hinter dem Taxi in die Knie gehe, schlüpft eine Dame auf die Rückbank und gibt dem Fahrer das Zeichen zum Fahren.

Ich hocke auf dem Pflaster, und die verschiedensten Optionen stürmen durch meinen Kopf, der mir viel schwerer als gewöhnlich vorkommt. Entweder liegt es an meinem Kater oder aber es sind diese Unmengen an Haaren, die aufgetürmt auf ihm lasten.

Ich überlege nicht lange und haste zum Bus, der gerade an der Haltestelle wartet. Irgendwer haut auf die Hupe. Einmal. Zweimal. Ein drittes Mal. Allein für diese Unverschämtheit lasse ich mir Zeit – die ich nicht hab – und ziehe mir meine Schuhe aus, um meine Hetze barfuß fortzusetzen. Als ich endlich den Bus erreiche, eingestiegen bin, zwischen fremden Menschen gequetscht das Liniennetz studiere und meine, alles im Griff zu haben, sehe ich plötzlich in ein vertrautes Gesicht: die Bedienung, die ich erst kürzlich über ihren Kollegen ausgefragt habe.

»Sag bloß, heute ist ein Feiertag, von dem ich nichts weiß«, lächelt er mich an und schaut dann von oben nach unten an mir herab.

Erst jetzt fällt mir wieder ein, dass ich aussehen muss, als wäre ich irgendeinem Kostümfest entlaufen. Plötzlich gibt es einen Ruck. Wie eine Reihe Dominosteine kippen wir nach vorn, und ich spüre einen brennenden Schmerz im Nacken, der sich langsam an meiner Wirbelsäule hinunterschleicht. Es riecht nach Kaffee. Der Haarturm ist nach vorn zusammengebrochen und baumelt mir vor dem Gesicht.

Jemand zieht mich zurück auf die Beine. Es sind zwei kräftige Arme. Hübsche Arme. Für den Bruchteil einer Sekunde erspähe ich eine blasse Narbe am Handgelenk.

»Ist alles in Ordnung mit dir?«, will der Kellner wissen. »Hast du dir was getan?«

»Heiß«, stammele ich. »Heiß.«

Er wirft einen Blick über meine Schulter: »Ja, das sieht nach Kaffee aus.«

Ein Mann hinter mir nickt und entschuldigt sich vielmals für das Missgeschick. Hätte mir der Kaffee nicht den Rücken verbrüht, würde der Stoff nicht nass an meiner Haut kleben, hätte ich nicht noch immer das elende Kleid an und wäre meine Frisur nicht ein einziges Chaos, dann könnte ich vielleicht genauso über mich lachen, wie der Kellner es jetzt tut.

»Das ist nicht lustig.«

»Oh doch«, lacht er. »Irgendwie ist es das.«

Allein der Gedanke daran, die nächsten fünf Minuten auf engstem Raum mit ihm zu sein, macht mich wütend. Darum wende ich mich von ihm ab. Trotzdem lässt mich diese Narbe nicht mehr los.

Es bedarf schon etwas Übung, eine der völlig verzogenen Schubladen zu öffnen. Immerhin hat jede einzelne von ihnen bereits mehrere Jahreswechsel hinter sich. Daher hat es sich als hilfreich erwiesen, die Schubladen ein paar Mal hin und her zu rütteln, bevor sie sich schließlich – mit etwas Einfühlungsvermögen und einer Extraportion Körperkraft – bewegen lassen. Hat man es geschafft, entschädigen die in ihnen verborgenen Kostbarkeiten alle Bemühungen und so manchen eingerissenen Splitter.

Ich sitze im Hinterhof des Cafés und lese Lewis Carrolls *Alice im Wunderland* – eine Geschichte, an der ich früher nie Gefallen fand, die mich an diesem ruhigen Tag aber auf eigenartige Weise fesselt. Ich erinnere mich an den Zeichentrickfilm selben Titels, den Coralie so oft schaute, bis der Videorekorder nur noch flackernde Halbbilder wiedergab und sich das Medium schlussendlich als knitternder Bandsalat aus dem Laufwerk ziehen ließ.

Auf der ersten Seite des Buches findet sich eine Bleistiftsignatur, die ich nicht entziffern kann. Darunter das Jahr der Ausgabe: 1946.

Ein Schatten holt mich in die Wirklichkeit zurück. Als ich aufschaue, gefriert mein Blick, wie mit flüssigem Stickstoff übergossen. Ich blicke ihm in die Augen. In diese dunklen, braunen Augen.

»Kann ich dir noch was bringen?«

Seine Stimme ist tief und irgendwie singend. Sie ist wie Musik, die nicht von dieser Erde stammt. Ich würde am liebsten antworten, aber ich habe nicht einmal eine Ahnung, wo sich meine Zunge befindet, geschweige denn, wie ich diese verdammten Lippen bewege. Und plötzlich höre ich sie wieder, diese überirdische Melodie, die die Luft in Schwingung versetzt. Ganz genauso, wie bei unserem allerersten Treffen. Ich kann mich von diesem Gesicht nicht lösen. Ich will. Aber ich kann nicht.

Er macht einen Schritt auf mich zu, geht in die Knie und holt einen Block aus seiner Gesäßtasche. Seine Bewegungen sind so geschmeidig, von einer solchen Leichtigkeit, dass sie Konturen hinter sich herziehen.

»Was darf's bei dir sein?«, fragt er noch einmal.

»Was?«

Die Zeit fließt weiter. Fließt um mich herum wie zähflüssiges Magma. Ich rieche ihn – den erdigen Duft. Er runzelt die Stirn und kratzt sich am Dreitagebart.

»Ich will wissen, ob ich dir irgendetwas bringen darf.« Zwei Finger jonglieren den Bleistift in seiner Hand. »Den Käsekuchen kann ich empfehlen. Der ist einsame Spitze.«

»Na, wenn das so ist ...« Ich hole zum ersten Mal seit einer gefühlten Ewigkeit Luft, und es fühlt sich unglaublich gut an. »Dann nehm ich den Kuchen.«

»Gute Wahl.« Er krakelt unleserliche Buchstaben. Das Geräusch des Bleistiftes, dessen Mine sanft über das raue Papier schabt, bereitet mir eine Gänsehaut. »Und willst du dazu etwas trinken?«

»Ich kenne leider eure Karte nicht. Ich bestelle viel zu wenig hier.«

»Was hältst du von 'nem Kaffee dazu?«

»Wenn der genauso gut ist wie euer Kuchen ...«

»Nun, wenn du etwas möchtest, das auch nur annähernd an unseren Käsekuchen herankommt, dann würde ich dir eine hausgemachte Limo empfehlen.«

Ich nicke. Mein Herz macht einen Sprung. Er kommt aus der Hocke hoch und lässt den Notizblock verschwinden. Gedankenverloren klappe ich das Buch zu, das noch immer in meinen Händen steckt.

»Was liest du?«

Er legt den Kopf schräg, um den Titel des Buches zu lesen. Ein wenig verlegen, kippe ich das Buch, sodass er einen besseren Blick darauf hat, und kommentiere: »Alice.«

»... im Wunderland?«

»Ich überfliege es gerade.«

»Bücher sollte man nicht überfliegen. Bücher sollte man lesen.« Eine Reihe gebleckter Zähne strahlt mich an. »Für diesen Zweck wurden sie schließlich geschrieben.«

»Was liest du denn zurzeit?«

»Also um ehrlich zu sein, lese ich seit Monaten immer wieder das gleiche. Rauf und runter. Runter und rauf. Manche Werke fesseln einen. Man kann sie einfach nicht mehr aus der Hand legen. Man denkt sogar über sie nach, während man versucht einzuschlafen.«

»Klingt aufregend. Was ist das für ein Buch?«

»Na ja, es ist eigentlich kein richtiges Buch. Es ist etwas Unveröffentlichtes. So eine Art Typoskript, ich hab es immer bei mir.«

»Zeig es mir!«, rutscht es mir heraus. Während meine peinliche Überschwänglichkeit unbeachtet zwischen uns hin und her trottelt, tritt eine kurze, fast unangenehme Pause ein.

»Ich nehme an, du bist einer der wenigen, die den Bücherbaum für sich entdeckt haben?«, verscheucht er die Betretenheit. Die Bewegung seiner Hand geht in Richtung der alten Esche im Hintergrund.

»Schon vor einer Weile«, antworte ich. »Darum bin ich eigentlich hier.«

»Das ist eine verrückte Idee, hm? Ich würde gern wissen, wer sich ausgedacht hat, Wissen in einen Baum zu stecken.«

»Waren das nicht die Götter?«, fällt mir ein.

»Wie meinst du das?«

»Ach nichts.«

»Komm schon. Klär mich auf.«

»Der Baum ist ein uraltes Symbol für Wissen, vor allem aber für Erkenntnis. Hast du noch nie etwas vom Weltenbaum gehört?«

Er schüttelt nicht mit dem Kopf, aber seine Reaktion fordert mich auf, fortzufahren.

»Yggdrasil.«

»Wie bitte?«

»Das ist der Name des Weltenbaums. Er verbindet der Legende nach die drei Ebenen des Seins: Oberwelt, Erde und Unterwelt. Als der Gott Odin versucht, hinter die Geheimnisse des Universums zu kommen, knüpft er sich selbst kopfüber am Baum auf, um an seinen Wurzeln Erkenntnis zu erlangen. Dort baumelt er tagelang und grübelt über sich selbst und die Welt. Sogar in der Bibel wird ein Baum der Erkenntnis erwähnt. Wer von ihm kostet, dem wird die Welt plötzlich gewahr.«

»Ich dachte, derjenige wird aus dem Paradies geschmissen?«

»Na ja, Wissen ist Macht. Und der Gesetzgeber teilt nur ungern.«

»Von dieser Seite hab ich den Bücherbaum noch nie betrachtet.«

»Also ich finde das irgendwie einleuchtend. Ich denke, es ist symbolisch gemeint. Und ziemlich zweideutig noch dazu. Es geht dabei weniger um verborgenes Wissen, auch nicht um Bücher, sondern darum, was sie im Leser selbst bewirken ... *Nosce te ipsum.*«

»Erkenne dich selbst«, übersetzt er. »Das ist ziemlich clever.«

Wir tauschen gegenseitiges Grinsen aus.

Gegen sechs Uhr komme ich nach Hause. Coralies Schuhe liegen, achtlos auf den Boden geschmissen, im Flur. Ich werfe einen Blick in ihr Zimmer, finde dieses aber leer vor. Im Bad höre ich den Wasserhahn sprudeln.

»Cori?« Ich klopfe an die Badezimmertür, bekomme aber keine Antwort. »Du wirst nicht glauben, mit wem ich heute gesprochen habe.« Noch immer erhalte ich keine Reaktion. Daher setze ich mich einfach vor die Tür und fange an zu plaudern: »Sein Name ist Martin, Cori. Martin. Er war heute im Café, ganz so, wie sein Kollege es gesagt hat.«

Ohne Vorwarnung fliegt die Tür auf, und Coralie steigt über mich hinweg und verschwindet in ihrem Zimmer. Sie trägt ihren Bademantel und hält das Handtuch, das ihr Haar wie ein Turban bedeckt, auf dem Kopf.

»Ist alles okay mit dir?«

Wieder keine Antwort.

»Coralie. Ich warne dich. Erzähl mir sofort, was los ist oder ich sehe mich gezwungen, deine Freundin Madame Porzellan zu rufen!« Sie stürmt auf den Flur und wirft ihr Handtuch auf den Boden.

»Verdammt Adam, sechsundfünfzig!«

»Sechsundfünfzig was?«

»Sechsundfünfzig Minuten bin ich heute zu spät gekommen.« Coralie stürmt in die Küche und kramt im Schrank nach einer Tasse. Ich folge ihrer gespielten Dramaturgie.

»Und ist das meine Schuld?«

»Hab ich das behauptet?« Ein Teebeutel landet hart auf dem Tassenboden. »Nicht nur, dass ich zu spät gekommen bin, ich steckte auch noch in einem gigantischen Zirkuszelt.« Coralie setzt den Teekessel auf.

»Ach, und das ist meine Schuld?«

»Nein! Hör endlich auf mit den Schuldzuweisungen! Weißt du, das wäre Grund genug gewesen, mich zu feuern. Ausgerechnet jetzt, wo alles so gut läuft. Ich kann von Glück reden, dass Sylvia Wechselkleidung da hatte, sonst hätte ich im Korsett hinterm Tresen sitzen dürfen. Das ist eine Anwaltskanzlei, Adam, nicht das verdammte *Moulin Rouge*. Und dann war da auch noch dieser idiotische Typ.«

»Welcher idiotische Typ?«

»Ach dieser ... dieser Kellner, aus dem Café, den ich neulich ausgequetscht habe. Er war auch da und hatte nichts Besseres zu tun, als mich die ganze Hinfahrt über blöd anzugaffen.«

»Was erwartest du, Cori? Für die meisten hier sind Holzfällerhemden und kneifende Leggings völlig normal, wohingegen sie geradezu ignorant reagieren, wenn du wie Marie Antoinette durch die Straßen stolperst.«

Ich ernte einen giftigen Blick und einen Stoß in die Schulter. Wenig später pfeift der Teekessel.

»Irgendein Idiot hat seinen Kaffee über mir verschüttet.« Coralie gießt das kochende Wasser über den Filterbeutel. Dann lässt sie sich auf einem der Küchenhocker nieder. Nachdem sie an dem dampfenden Pott genippt hat, entspannt sich ihr Gesicht.

»Weißt du, jedem anderen hätte ich ordentlich eingeheizt, aber was hätte ich diesem Typ denn sagen sollen? Immerhin war er neulich so verdammt freundlich zu mir.«

Und in diesem Moment erkenne ich den wahren Grund für Coralies schlechte Laune: Es ist ihr Stolz, der heute etwas angeknackst wurde. Ich lege tröstlich einen Arm um sie.

»Wer heißt Martin?«, hakt sie nach.

»Er, Coralie. Er«, strahle ich.

»Du warst heute tatsächlich da? Und was hat er gesagt?«

»Wir haben hauptsächlich über Bücher gesprochen.«

Coralie rümpft die Nase.

»Du solltest den Käsekuchen dort probieren – der ist grandios.«

»Kriegst du Provision dafür, dass du das sagst?«

»Natürlich nicht. Er hat mir sogar etwas geschenkt.«

»Er hat dir etwas geschenkt?«

Unter Coralies neugierigem Blick, ziehe ich die kleine Streichholzschachtel aus meiner Hosentasche und lege sie vor Coralie auf den Tisch.

»Er hat dir Zündhölzer geschenkt?« Coralie nimmt die Schachtel in die Hand und betrachtet das aufgedruckte Etikett, das wie das Blatt eines nostalgischen Kartendecks aussieht und eine kleine Putte darstellt.

»Martin sagt, die Phillumenie ...«

»Oh, Gott, ist die heilbar?«, unterbricht mich Coralie.

»Phillumenie«, wiederhole ich. »Das heißt, er sammelt Streichhölzer. Seit Jahren schon. Diese hier hat er doppelt.«

Coralie gibt mir die Schachtel zurück: »Er schenkt dir 'ne Streichholzschachtel mit einem gewickelten Baby drauf?«

»Das ist Amor, du Nuss.«

»Nicht der, den du mir früher einmal beschrieben hast. Erinnerst du dich? Deiner hatte furchterregende Schlangenköpfe. Der hier hingegen sieht ganz zutraulich aus.«

»Was sagst du?«

Coralie zuckt mit den Schultern. »Vielleicht geht dir mit denen endlich ein Licht auf«. Als sie sieht, dass ihre Antwort mich ein wenig enttäuscht, fügt sie rasch hinzu: »Was soll ich dazu großartig sagen? Dein Traumprinz sammelt Streichholzschachteln – wenn ich es nicht besser wüsste, würde ich denken, er trägt 'ne Hornbrille und Birkenstocksandalen. Also wenn diese Phillumenie weder etwas mit Vorhautverengung zu tun hat, noch ansteckend ist, dann hast du meinen Segen.«

Coralie gibt mir einen Kuss auf die Stirn und zieht sich mit ihrer Teetasse in ihr Zimmer zurück.

Ich sitze auf dem Boden und betrachte das Schreiben meines Vorgesetzten, bis mich fast die Übelkeit befällt. Während Sir Tobey hinter meinem Rücken vergeblich um die Aufmerksamkeit meines Fußes buhlt, nehme ich einen Schluck aus meiner Tasse. Die schwüle Luft steht unter der Zimmerdecke. Ich frage mich, wieso ich Tee trinke. Meine Füße schmerzen noch immer – vor nicht einmal einer Stunde steckten sie noch knöcheltief in High Heels. Die alte Federkernmatratze quietscht erschöpft, als ich mich nach hinten fallen lasse. Die Bettwäsche ist kühl. Sir Tobey krabbelt zu mir hinauf und legt sich, wie ein geschossenes Karnickel, zwischen meine Beine. Ich streichle durch sein Fell. An meinem Finger blitzt der Giftring auf.

»Cori, ich muss dir etwas erzählen.«

Ich hatte Adam nie so aufgeregt erlebt, wie an jenem Tag, an dem er mir von dem Geheimnis erzählte, das er mit Jonathan teilte.

»Du und Jonathan?«, fragte ich ihn mehrmals im Verlauf unseres Gespräches, bis ich es irgendwann zu begreifen begann.

»Jupp«, lachte er, Wangen und Nase – wie der Rest seines Körpers – puterrot vom ständigen Sonnenbaden am See. »Aber versprich mir, dass du es niemandem erzählst. Er will das nicht an die große Glocke hängen, verstehst du? Eigentlich hätte ich nicht einmal dir davon erzählen sollen.«

Natürlich verstand ich das. Ich verstand es um einiges besser, als es Adam bewusst war.

»Habt ihr denn darüber geredet?«

»Worüber?«

»Über den Sex natürlich.«

»Ähm, na ja, nicht wirklich. Man redet nicht über Sex, Cori, man hat ihn.«

»Aber ihr seid schon zusammen, oder nicht?«

Adam kratzte sich vorsichtig im Nacken, wobei er helle Flecken auf der geröteten Haut hinterließ – ein Zeichen, dass die sengende Sonne ihn auch hier gezeichnet hatte.

»Na ja, keine Ahnung. Spielt das denn so eine große Rolle? Es ist toll, er ist toll und ich genieße es. Also ist es doch okay. Richtig, Cori?«

»Sicher«, bestätigte ich Adam.

Ich weiß nicht genau, was in jenen Tagen in seinem Kopf vorging, aber es war eine Veränderung, die die folgenden Ereignisse einläutete, wie die Schulglocke den Unterricht.

In den kommenden Tagen verbrachte Adam mehr und mehr Zeit mit Jonathan. In der Schule kursierten bald die ersten Gerüchte, mit Adam würde etwas nicht stimmen. Auf der Mädchentoilette platzte ich in eine Unterhaltung zwischen Kathi und Laura, laut denen es einen Jungen in unserem Jahrgang gäbe, der Frauenkleider und Absatzschuhe trüge. Wenig später trat eine Mitschülerin, mit der ich nie zuvor auch nur ein Wort gewechselt hatte, mit der Frage an mich heran, ob es stimme, dass mein Cousin mit Puppen spiele.

Dem wohl merkwürdigsten Gespräch von allen lauschte ich nach dem Sportunterricht aus sicherer Entfernung zu den vier Jungen, die sich zu einer Traube vor der Turnhalle zusammengeschlossen hatten.

»Was haltet ihr von der kleinen Dreyer?«, fragte ein kräftiger Kerl, dessen Namen ich nicht kannte, der mir aber schon oft auf dem Sportplatz aufgefallen war.

»Das ist 'ne eiserne Jungfrau, Alter. Genauso wie diese Coralie. 'Ne Eisprinzessin, wie sie im Buche steht«, antwortete der schlanke, großgewachsene Junge, der sich in mein Gedächtnis getrieben hatte, wie ein Splitter. Max war über die letzten Sommerferien ganz erheblich gewachsen. Sein flachsblondes Haar war dunkler geworden, der abgebrochene Schneidezahn nahtlos mit irgendeinem Kunststoff aufgefüllt worden.

»Was die zu wenig hat, hat ihr Cousin Adam zu viel.«

»Stimmt es, dass er 'n Homo ist?«, wollte ein dritter jetzt von Jonathan wissen.

»Du hängst doch so viel mit dem ab.«

Ich hätte gern Jonathans Blick gesehen, traute mich aber nicht, um die Ecke zu schauen.

»Nein, Mann«, verteidigte sich Jonathan. »Ich häng' bestimmt nicht mehr mit ihm ab als ihr.«

»Also, was meinst du, Jona?«, fragte der kräftige Kerl. »Homo? Oder einfach nur Waschlappen?«

Erstaunlicherweise vergingen ein paar Sekunden, ehe Jonathan dem inneren Druck in seinem Kopf nachgab. Sekunden, in denen ich den Atem anhielt, um keine Silbe seiner Antwort zu überhören. Dann gestand er: »Ja, vermutlich 'n Homo.«

Drei Tage nach diesem Gespräch kehrte Adam mit einer klaffenden Platzwunde an der Stirn und Prellungen am ganzen Körper nach Hause zurück. Der Inhalt seines Ranzens fand sich auf dem Weg von der Schule auf zweihundert Metern verstreut. Nachdem der Notarzt Adams Stirn geklammert hatte, fragten ihn seine Eltern, wer ihn so zugerichtet hätte. Erst, nachdem sowohl seine Mutter als auch sein Vater das Zimmer verlassen hatten, vertraute er mir die Namen der Schüler an.

»Homo«, flüsterte Adam, »haben sie mich genannt.«

Ich setzte mich auf Adams Bettkante und nahm ihn in die Arme.

»Kannst du mir einen Gefallen tun, Cori?«

»Das weißt du doch.«

»Kannst du Jonathan Bescheid sagen? Vielleicht kommt er ja her.«

Ich nickte mit zugeschnürter Kehle und einer mühlsteingroßen Last auf dem Herzen. Natürlich erzählte ich Adam zunächst nichts von dem Gespräch, das ich zwischen den Jungen belauscht hatte. Erst als sich die Wunde an seiner Stirn zu einer juckenden Schramme zusammengezogen hatte und die Prellungen zu schattenartigen Blutergüssen verblasst waren, beichtete ich ihm, was ich an jenem Tag vor der Sporthalle mitbekommen hatte. Und löste damit einen wochenlangen Streit zwischen uns aus.

Sir Tobey ist zwischen meinen Beinen eingeschlafen. Weil ich nicht möchte, dass das quirlige Miezekätzchen aufwacht, versuche ich möglichst lautlos aufzustehen.

Ich finde Adam in seinem Zimmer. Er liegt auf dem Rücken und hält die Streichholzschachtel in die Luft, als wäre sie ein Heiligtum.

»Ich hab es mir noch mal durch den Kopf gehen lassen.«

Ich trete an sein Bett und nehme ihm den kleinen Karton ab. In ihr rascheln die Zündhölzer.

»Mir sind Streichholzschachteln wesentlich sympathischer, als alle Dinge, die du vorher hattest.«

Adam grinst mich an und schnappt sich mit einem flinken Griff die Schachtel. Ich wende mich um und schließe die Tür hinter mir. Es ist Zeit für Zucker. Ich frage mich, was der Kellner wohl gerade macht.

Am heutigen Tag komme ich zu einem für mich untypischen Fazit: In welcher Gestalt sie auch immer in unser Leben treten, Veränderungen suchen uns meist dann heim, wenn wir es am wenigsten erwarten. Manchmal sind sie so klein, dass sie in eine Streichholzschachtel passen, manchmal sind sie so gewaltig wie ein Faustschlag ins Gesicht. Die prägendsten Veränderungen sind jedoch jene, vor denen wir bewusst die Augen verschließen.

Kapitel 4

Seltsamkeiten

Adam

Großblättriger Löwenzahn und anderes Unkraut quellen aus jeder Fuge des Straßenpflasters und säumen die Füße der Verkehrsschilder. Hunderte von Menschen haben die Parkanlagen für sich entdeckt und tummeln sich wie übergroße Insekten auf den Grünflächen. Jeder, der das Glück hat, heute nicht arbeiten zu müssen, hat sich einen Platz im Freien gesichert. Wenn ich die Zeit dafür hätte, würde ich mich in eines der hiesigen Freibäder stürzen, die dieser Tage Ozeane kreischender Kinder und entnervter Mütter sind. Aber ich zerbreche mir über ganz andere Dinge den Kopf.

Wieso ist das Gras grün? Wie sieht ein Gefühl aus? Was ist der Sinn des Lebens? Und wieso verlieben wir uns?

In Anbetracht des baldigen Semesterendes habe ich mich entschieden, die unfertige Hausarbeit vom letzten Jahr, von der ich nicht einmal eine Kopie angefertigt hatte, ein zweites Mal auszuarbeiten.

Speziell für diesen Zweck trage ich seit einigen Tagen unentwegt eine Kladde mit mir herum – ein kleines, gebundenes Heft mit blinden Seiten, die darauf warten, mit Inhalt gefüllt zu werden. In dieser Kladde sammele ich all die Ideen, die sich zu jeder Tages- oder Nachtzeit in meinen Kopf schleichen. Einschließlich der Dinge, die mir besonders am Herzen liegen: Da wären eine Fotokopie der Streichholzschachtel, die mir Martin geschenkt hat, ein gepresster Fliederzweig, sowie der vergilbte Faltbogen mit den Worten *Ich bin bloß eine Idee*, den ich einst aus Madame Porzellans Briefsammlung entwendet habe.

Die Eiswürfel klimpern gegen das Glas, als Martin die Limonade vor mir auf dem Tisch abstellt. Sein Gesicht ist nicht mehr als ein Grinsen: »Die geht aufs Haus!«

»Vielen Dank.« Ich ziehe anerkennend am Strohhalm. »Exzellent!«

Martin macht eine tiefe Verbeugung, sodass ihm das Haar vors Gesicht fällt. Mit einer geübten Handbewegung, die jede Teenieband nicht besser hätte ausführen könne, wischt er sich den Pony beiseite.

»Was liest du?«

Ich werfe einen Blick auf mein Buch. »Irgendetwas von Jean-Paul Sartre«

»Oh, auf fran-zö-siesch!?«, imitiert er den akzentgefärbten Franzosen. »*Parlez-vous français?*«

»Ähm, nein, nicht wirklich. *Un petit peu.* Ich habe festgestellt, dass ich ein Wörterbuch bräuchte, um das hier zu verstehen. Was ist mit dir?«

»*Le français, c'est la plus belle langue du monde.*«

Die Worte fließen wie Wein aus seinem Mund. Martin lächelt und zuckt verschämt die Achseln.

»Dein Französisch ist ja geradezu perfekt.«

Die Sonne steht hoch. Obwohl sie ihren jährlichen Zenit bereits vor einigen Tagen erreicht hat, brennt sie seit geraumer Zeit mit einer konstanten Stärke. In den öffentlichen Verkehrsmitteln ist diese Hitze fast unerträglich. Umso glücklicher bin ich, dass mein Fahrrad mich in kürzester Zeit an jeden Ort der Stadt bringt – zumindest innerhalb dieses Bezirkes.

»Wie lang bist du denn noch hier?« Martin klopft mit dem Finger demonstrativ auf die Armbanduhr, die er ungewöhnlicherweise am rechten Handgelenk trägt.

»Keine Ahnung.«

»Also solltest du dich festlesen und in zwei Stunden hier noch sitzen, dann werde ich einfach zu dir stoßen. Dann hab ich nämlich Feierabend.«

»Klar.« Meine Stimme ist ein unangenehmes Quietschen.

Während Martin nickend zurück an die Arbeit geht, versuche ich mit der Limo meinen amourös bedingten Stimmwechsel zu bekämpfen.

Mein Gefühl verrät Coralie, noch ehe ich sie entdeckt habe. Sie kommt zielstrebig auf mich zu: Noch immer in ihren Arbeitsklamotten steckend, den obersten Knopf der schwarz-weiß gestreiften Bluse luftig geöffnet. Seit Kurzem gibt sie sich nicht einmal mehr Mühe, ihre Eitelkeit hinter künstlichem Chaos zu verbergen. Nichts und niemand könnte es mit der Perfektion ihrer Frisur aufnehmen. Ich vermute dahinter einmal mehr die Nachwirkung einer Trennung – in diesem Fall von Marc, dessen Nachrichten auf dem Anrufbeantworter ich beinahe schon zu vermissen beginne. Nach einem letzten verzweifelten Anruf, in dem er unter Tränen und brechender Stimme seine Unschuld beteuerte, habe ich nichts mehr von ihm gehört. Ruhe ist in Coralies Liebesleben eingekehrt – ich bin gespannt, für wie lange.

»Was machst du denn hier?«

Coralie setzt ihre Sonnenbrille ab und faltet sie zusammen.

»Wonach sieht's denn aus? Ich wollte mir etwas Lektüre besorgen.«

»Ja, sicher«, lache ich. Coralie und Bücher verhalten sich ähnlich zueinander wie Fuß und Handschuh.

»Ich wollte dich natürlich abholen. Du treibst dich seit Tagen hier herum, als hättest du nichts Besseres zu tun.«

»Ich habe nichts Besseres zu tun.«

»Ich dachte immer, wer auf die Uni geht, kann nicht mehr richtig geradeaus gucken vom vielen Lesen.«

»Nö.«

»Wenn das so ist, dann werde ich mich wohl für das kommende Semester einschreiben.« Coralie schnappt sich einen Stuhl und setzt sich neben mich.

»Wie war dein Tag?«

»Wie jeder andere auch, fürchte ich. Ich habe gestempelt, gelocht, getippt, kopiert, telefoniert, Klienten durchgestellt, Mittagspause gemacht und an Korrekturflüssigkeit geschnüffelt ... Solange bis mir ganz trieselig war.«

»Du hörst dich ein wenig unterfordert an.«

»Ja, vielleicht. Aber das muss nicht so bleiben.«

Ich biete Coralie wortlos einen Schluck von meiner Limonade an.

»Ist das ein Long Island Ice Tea?«

»Leider nein, hausgemachte Limo.«

Trotzdem nimmt sie sie sichtlich dankbar an.

»Was meinst du damit, das muss nicht so bleiben?«

»Mir wurde eine Beförderung angeboten. Ich könnte Chefsekretärin werden. Meine Aufgaben blieben dabei größtenteils die gleichen. Ich würde allerdings mehr verdienen.«

»Das hört sich gut an. Und wovon hängt diese Beförderung jetzt ab?«

»Davon, ob ich meinem Chef den Schwanz lutsche oder nicht.« Coralie zuckt die Achseln und beginnt dann zu lachen. »Jetzt krieg' dich wieder ein. Das war ein Scherz. Es hängt natürlich von meiner Zu- oder Absage ab.«

Mit dem Strohhalm stochert sie vergeblich nach einem Eiswürfel.

»Was hält dich dann ab?«

»Die Tatsache, dass ich nicht weiß, was morgen ist.«

Ich lege meine Stirn sichtbar in Falten – immer ein untrügliches Zeichen, dass Coralie direkter sein muss, wenn sie möchte, dass ich etwas verstehe.

»Schau«, holt sie aus, »wenn ich diesen Job annehme, wäre das nicht mehr irgendein Teilzeitjob. Es wäre dann so ein richtiger Job – eine richtige Arbeit. Viele Freiheiten würden wegfallen. Viele Verantwortungen dazukommen.«

»Willkommen in der Welt der Erwachsenen, Wendy.«

»Die Welt der Erwachsenen ist ein großer Haufen Scheiße. Ich mag das Nimmerland, Peter, und ich weiß nicht, ob ich wirklich auf die langen Nächte mit dem Klub der Ungeliebten verzichten möchte.«

»Na ja, du sitzt immerhin im Vorstand.«

»Eben drum.«

»Andererseits wäre es einen Versuch wert.«

»Ja, das sagt sich so leicht.«

»Das ist nun mal das Leben.«

»Arbeit?«

»Entscheidungen treffen – permanent. Was ist deiner Meinung nach der Sinn des Lebens?«

»Nicht doch. Hast du mir die gleiche Frage nicht schon letztes Jahr gestellt? Was ist aus dem Aufsatz von damals geworden?«

»Das war kein Aufsatz, sondern eine Hausarbeit. Ich hab sie nie abgeben können.« Ich schnaufe. »Also sag schon: Worin besteht deiner Meinung nach der Sinn des Lebens?«

»In der Fortpflanzung«, entgegnet Coralie so schnell und resolut, als jage sie einen Kanonenschuss in die Atmosphäre. »Schlicht und einfach in der Fortpflanzung.«

»Vielen Dank. Damit machst du mich unnütz in diesem Leben.«

»Wieso?«

»Das weißt du ganz genau.«

»Ach, Adam. Du wolltest von mir meine persönliche Meinung, und die hab ich dir gegeben. Du wirst dich vielleicht nie biologisch fortpflanzen – aber vielleicht auch doch. Ich wünschte, ich könnte dir irgendwelche esoterischen Glückskeksweisheiten nennen, aber ich bin nun einmal nicht Madame Porzellan.«

Über Coralies Schulter hinweg beobachte ich Martin, der die Bestellungen der übrigen Gäste aufnimmt und dabei auf ausbalancierten Tabletts literweise Limonade an die Tische trägt.

»Was ist nun, kommst du mit?« Sie steht auf.

»Ähm, nein.«

»Was soll das heißen? Nein? Erinnerst du dich, dass ich vor einer Minute von den Freiheiten gesprochen habe, die ich so liebe? Ich dachte, es wäre mal wieder an der Zeit für ein Gin Tonic-Picknick heute Abend. Ich wollte noch ein paar Sachen vom Markt holen.« Coralie wirkt sichtlich enttäuscht.

»Tut mir leid, ich bin quasi verabredet.«

»Mit wem?«

Ich nicke an Coralie vorbei in Martins Richtung. Genau in dem Moment, in dem sie sich zu Martin umwendet, wirft er einen Blick zu uns rüber. Ich beobachte, wie ihre Augen ihn von der Nasenspitze bis zu den Knöcheln abtasten, und sehe Martin selbiges tun.

Die Bewegungen ihrer Augäpfel sind so flink wie Pingpongbälle. Ich weiß nicht wieso, aber mein Herz macht einen Sprung, es hinkt, strauchelt und stolpert. In mir wächst ein Gefühl, das ich nicht einzuordnen weiß. Es ist wie Lampenfieber oder das Gefühl kurz vor dem Schluckauf. Dann endlich lächeln sich beide an. Ich atme auf.

»Schon verstanden«, entgegnet Coralie, als sie sich mir wieder zuwendet. »Ist er das?«

»Ja.«

»Einen süßen Hintern hat er.«

»Ich weiß.«

»Okay, du hast bis um neun Uhr Ausgang. Und unser Picknick veranstalten wir danach – ich brauche meine regelmäßige Dosis Gin Tonic.«

»Was du brauchst, ist eine Einweisung in die Betty-Ford-Klinik.«

Coralie lacht. »Ich bin um neun zuhause – versprochen.«

»Ich wusste, du könntest dem Gin nicht widerstehen.«

Coralie verabschiedet sich von mir mit einem Kuss auf die Wange. Ich schau ihr noch hinterher, bis sie aus dem Hinterhof verschwunden ist, ziehe dann Stift und Kladde aus meiner Tasche, schlage das Heft auf und halte nüchtern fest: *Das Leben dient der Fortpflanzung.*

Noch in der neunten Klasse war Coralie ein hübsches, aber unscheinbares Mädchen. Ihr hellblondes Haar und die milchige Haut verliehen ihr bereits aus hundert Metern Entfernung den Ausdruck von solch einer Unschuld und Reinheit, den sonst nur frisch gefallener Schnee besitzt. Die zierliche Statur eines Gänseblümchens teilt Coralie noch bis heute mit ihrem einstigen Ich. Ihre sündlose Schönheit war dabei von solch einer starken Ausdruckskraft, dass sie hie und da Menschen die Tränen in die Augen trieb, wenn sie sie erblickten.

Einmal fiel eine Nonne vor ihr auf die Knie und begann – einfach so, aus heiterem Himmel – zu weinen. Vielleicht hielt sie Coralie für eine Art wiedergeborene Madonna.

Vielleicht roch sie auch den seltsamen Duft von Lilien, der Coralie umgab.

Von was für einer fast verklemmten Natur meine Cousine war, zeigte eine Situation im Biologieunterricht:

Damals hatten einige unserer Klassenkameraden in ihrer Schultasche sechs wassergefüllte Präservative versteckt. Als Coralie ihre Tasche öffnete, zeigte sie sich beim Anblick der Kondome so peinlich berührt, dass sie die Tasche fallen ließ und das Dutzend ›Wasserbomben‹ über den Boden hopste und sprang, als sei es zum Leben erwacht. Coralie, der alles Blut in den Kopf geschossen war, ergriff unter Tränen die Flucht. Auf der Mädchentoilette harrte sie für nicht weniger als vier Stunden aus, bis auch der letzte Schüler das Gelände verlassen hatte.

Eine völlig andere Coralie flanierte ein Jahr darauf mit einer fünfzehnminütigen Verspätung in den Französischunterricht und strahlte dabei eine solch seltsame Selbstsicherheit aus, dass sogar unserer Lehrerin kein angebrachter Tadel in den Sinn kam. Die langen blonden Haare, die sie noch vor dem Wochenende besessen hatte, waren einer tiefschwarzen Koloration zum Opfer gefallen, fügten sich aber dennoch ganz selbstverständlich in ihr neues Auftreten ein; wie der scharlachrote Lippenstift, den sie benutzt hatte.

»Der Unterricht beginnt bei uns um acht Uhr früh. Und zwar pünktlich«, unternahm Madame Délbee einen verzweifelten Versuch, das Murmeln der Schüler zu unterbinden und die Kontrolle über ihren Unterricht wiederzuerlangen. Ich beobachtete, wie sie ihren Brustkorb nach vorn schob, als wollte sie so mit ihrem längst eingetrockneten Dekolleté aufrüsten, um gegen Coralies nicht zu leugnendes sexuelles Charisma anzukämpfen.

Diese hingegen störte sich weder an ihrem eigenen Zuspätkommen, noch an der Unruhe, die sie in die Klasse gebracht hatte, sondern begab sich direkt zu ihrem Platz in der Reihe vor mir. Als ich ihr im Laufe der Stunde unauffällig eine dahingekritzelte Nachricht nach vorn reichte, um in Erfahrung zu bringen, was um alles in der Welt passiert sei, ließ sie mich wortlos in meiner Unwissenheit zurück.

Lediglich der sonnenförmige Giftring, den sie am Finger trug und von dem ich mit eigenen Augen gesehen hatte, wie sie ihn vor Tagen bereits im hiesigen See versenkt hatte, warf die Reflexion einer düsteren Vorahnung an die Raumdecke.

Unmittelbar nach dem Schellen der Pausenglocke heftete ich mich an Coralies Fersen und folgte ihr auf den Schulflur.

»Was hast du mit deinen Haaren gemacht, Cori?«

»Gefärbt«, antwortete meine Cousine.

»Ja, das sehe ich.« Wir traten gemeinsam hinaus auf den Pausenhof. »Aber wieso?«

»Mir war nach einer Veränderung.«

Ich versuchte angestrengt einen Hinweis in Coralies Mimik zu finden, musste aber zu meinem Erschrecken feststellen, dass sich in ihrem Gesicht nicht einmal die kleinste Falte hob oder senkte. Ihr Gesicht war noch immer so elfenbeinfarben, als hätte die Sonne es nie geküsst. Eine Maske aus einer griechischen Tragödie, durch die nicht die kleinste Gefühlsregung sickerte. Erst jetzt bemerkte ich, dass die Blicke einiger Mitschüler an Coralie kleben blieben.

»Hast du von der Feier gehört, die vorgestern bei Max lief?«

»Ja. Ich war da.«

»Du warst was?«

»Sprech ich heute so undeutlich? Ich war da«, wiederholte Coralie. »Es war ziemlich öde, wenn's dich interessiert.«

Sie wusste ganz genau, dass es mich interessierte. Es war ungewöhnlich, dass sie zu Partys eingeladen wurde, geschweige denn hinging.

Just in diesem Moment erkannte ich Max vor uns – an der Stelle, wo er die Schülermenge teilte, wie Moses einst das Rote Meer. Sein Blick traf mich für den Bruchteil einer Sekunde voller Verachtung, aber nicht lange genug, um mir ernsthaft schaden zu können, denn augenblicklich glitten seine Augäpfel nach rechts und fixierten Coralie. Ich konnte seinen Blick ebenso wenig deuten wie ihren. Es war kein Hass, keine Verachtung. Es war weder Arroganz, noch Überheblichkeit, die für gewöhnlich hinter seinen Augen saßen.

Nach einer gefühlten Ewigkeit gab Max schließlich auf. Er riss sich von Coralies Blick los und stahl sich so schnell und unauffällig wie möglich an uns vorbei. Was auch immer damals – in direkter Luftlinie über den Schulhof und uns anderen hinweg – zwischen Coralie und Max an stummen Informationen ausgetauscht wurde, habe ich nie verstanden. Doch von einer Sache bin ich bis heute überzeugt. Ich hätte schwören können, dass mir genau in jenem Moment, in dem ich auf dem Schulhof an Coralies Seite stand, der flüchtige Duft von Lilien in die Nase stieg, der mich an jenen erinnerte, den Coralie einmal verströmt hatte.

Blumig-schwer, jedoch welk, wie zum Zeitpunkt ihres Verblühens. Das war das letzte Mal, dass ich den Duft der Blume an Coralie wahrnahm.

Ich überquere die Hauptstraße auf dem mir wohlbekannten Zebrastreifen, als ich plötzlich hinter mir eine Stimme wahrnehme.

»Hey, warte mal einen Augenblick.« Ein Blick über die Schulter enthüllt ein vertrautes Gesicht.

»Was willst du?«

»Was sind wir heute freundlich?«, kontert der Kellner, der erst vor wenigen Sekunden Feierabend gemacht hat und keuchend neben mir zum Stehen kommt. »Mein Gott, hast du einen Zahn drauf. Die Stöckelschuhe hat eure Hoheit wohl heute zu Hause gelassen.«

»Sprech ich Chinesisch? Was willst du?«

»Zunächst einmal wollte ich mich entschuldigen, für neulich. Der Kaffee, du weißt schon.«

»Solange das Kaffee-Unglück keine von dir inszenierte Gemeinheit war, brauchst du dich für gar nichts entschuldigen.«

Er lacht, obwohl dies unpassend ist. Das stört ihn aber nicht.

»Also ich glaube trotzdem, dass ich mich nicht richtig verhalten habe. Oh ...« Eine große, kräftige Hand streckt sich mir entgegen. Sehnen spannen sich über den Handrücken und verlieren sich irgendwo hinter dem Handgelenk, unter dünnen, blonden Haaren, die in Richtung Arm an Wuchs und Dichte zunehmen. »Bevor ich's vergesse, vielleicht machen wir es einmal ganz förmlich: Ich bin Yannick.«

Der Höflichkeit halber lege ich meine rechte Hand in seine und drücke sie kurz: »Coralie.«

»Ein ungewöhnlicher Name. Freut mich, Coralie.«

Ich ziehe meine Hand aus seiner.

»Die Umstände, unter denen wir uns bisher getroffen haben, waren vielleicht nicht ganz so vorteilhaft, hm?«

Ich beschließe, meinen Weg fortzusetzen, werde jedoch von Yannicks schnellem Reaktionsvermögen eingeholt: »Hey, warte mal. Lauf doch nicht gleich wieder weg. Ich dachte mir ... Ach, ich weiß auch nicht so recht. Hast du vielleicht Zeit für einen Kaffee?«

»Bei den Temperaturen?«

»Wir können auch etwas anderes trinken, vorausgesetzt du hast Zeit.«

»Zeit ist nicht das Problem.« In Gedanken überlege ich, welche Besorgungen ich noch machen muss.

»Reagierst du immer so biestig auf Einladungen?«

»Schon möglich. Das hängt von der Mondphase ab.«

Er greift mich am Arm und hält mich zurück.

»Und hast du immer einen coolen Spruch auf Lager, um deine Unsicherheit zu überspielen?«

Während ich die Waage der Anti- und Sympathie bis zu diesem Zeitpunkt mit schweren Contra-Gewichten gefüllt habe, wirft Yannick einen so schweren Messkörper der Beharrlichkeit in die positive Waagschale, dass sich beide Behälter in der Schwebe halten.

»Du gibst nicht gerne auf, oder?«

»Das kommt auf den Gewinn an«, grinst er schelmisch und steckt mich damit an.

Aus der unverrückbaren Wand meines Widerstands löst sich ein riesiger Felsbrocken: »Na schön.«

»Du willst also einen Kaffee trinken?«

»Ich will vor allem auf den Wochenmarkt«, antworte ich. Unbewusst setzen wir den Gang im gemütlichen Tempo fort.

»Wozu das?«

»Ich brauch ein paar Dinge. Für ein Picknick. Heute Abend.«

»Verstehe. Also, ob du's glaubst oder nicht, ich bin ein ziemlich guter Picknickkorb-Zusammensteller.«

Ich schaue zu Yannick auf und erwidere den Blick, den er mir durch beinahe zugekniffene Augen zuwirft – die Sonne scheint uns ins Gesicht: »Das werden wir ja sehen.«

Zum Wochenmarkt ist es bloß ein Katzensprung. Auf dem Weg halten Yannick und ich Smalltalk, der von kleinen Sticheleien bestimmt ist. Immer wieder lachen wir uns gegenseitig mehr aus als an. Dutzende von bunten Verkaufsständen säumen heute den Landwehrkanal und ergeben zusammen ein impressionistisches Kunstwerk, dessen Farben sich wie mit dem Pinsel getupft in all den Obst- und Gemüsesorten, in Fisch und Fleisch und Schnittblumen wiederfinden.

»Was verschlägt ein Mädchen aus der Kleinstadt plötzlich in die Metropole?«

Yannick und ich kosten die Kirschen, die uns ein Händler anbietet. Wenige Minuten später hat Yannick eine Tüte voll gekauft, und wir schlendern weiter.

»In erster Linie meine Eltern«, antworte ich.

»Wieso? Was haben die damit zu tun?«

»Nun, sie hassen mich. Und ich hasse sie.« Ich muss niesen.

»Gesundheit«, wünscht mir Yannick. Noch einmal. Neben uns blühen Goldrute, Beifuß und Johanniskraut. »Wieso hassen sie dich?«

»Wahrscheinlich, weil mein Denken ihnen und dem Rest dieses kleinen Kaffs zu weltlich und aufgeschlossen ist.«

»Was genau meinst du?«

»Na ja, sagen wir's so: In der Kleinstadt bringt der Storch die Babys, und venerische Krankheiten erklärt man sich durch Nutzen öffentlicher Toiletten. Jeder, der etwas anderes behauptet, landet vor der Inquisition.«

Yannicks Lachen ertönt so laut und unvorhergesehen, dass ich für einen Moment denke, er nimmt mich auf den Arm; als hätte ich mich versprochen oder irgendeine witzige Grimasse geschnitten.

»Du bist nicht auf den Mund gefallen«, stellt er fest.

Der Geruch von Meerwasser steigt uns in die Nase. Links von uns liegen Speisefische und Meeresfrüchte in einem Totenbett aus zerschlagenem Eis und träumen von ihrem früheren Leben in den unendlich blauen Weiten der Ozeane.

»Hey, was hältst du von Fisch?«, will Yannick wissen.

»Prinzipiell hab ich nichts gegen Fische. Ich musste sie früher sogar selbst ausnehmen.«

»Echt wahr?« Yannick berührt das Schuppenkleid eines mächtigen Karpfens. »Schau dir den an!«

Der Karpfen ist deutlich größer als jene Artgenossen, die mein Vater früher aus dem nahegelegenen See gezogen und mit nach Hause gebracht hat. Von seiner Haut geht ein tümpelgrüner Schimmer aus. Seine Augen sind klar und durchsichtig. Die scharlachroten Kiemen verraten, dass dieser

Karpfen vor noch nicht allzu vielen Stunden quicklebendig gewesen ist.

»Kauf mich!«, vertont Yannick den Fisch, indem er dessen Maul auf- und zuschnappen lässt, bis der Fischhändler ihm einen eisigen Blick zuwirft. Offenbar findet dieser das improvisierte Puppentheater weniger lustig – ganz im Gegensatz zu Yannick, der sich vor Lachen fast in die Hosen pinkelt.

»Hör schon auf mit dem Quatsch!«

»Du hast wohl schlechte Erfahrungen mit Karpfen gemacht. Vermutlich wurde dein Hund beim Baden von einem verschlungen?«

»Ich hatte nie einen Hund. Nur eine Schildkröte.«

»Dann wurde deine Schildkröte von einem Karpfen gefressen?«

»Nein. Ich hab sie selbst umgebracht.«

»Du hast was? Ach hör auf.«

Ich nicke. Wir lassen den Fisch hinter uns und erreichen einen Obst- und Gemüsestand. Sonnengelbe Zitronen und grellorangene Apfelsinen drücken ihre noppigen Körper befreundet aneinander.

»Erzähl mir von den vielen Lebewesen, die du auf dem Gewissen hast.«

»Das sind vor allem Männer.«

»Was du nicht sagst«, Yannick wirft seine Stirn gekünstelt in Falten und kratzt sich am stoppeligen Kinn. »Eine beachtliche Summe, nehme ich an?«

»Fragt man eine Frau nach ihren Männern?«

»Sollte eine Frau denn im Plural sprechen, wenn es um ihr Liebesleben geht?«, spielt Yannick aus, wobei sein unterschwelliger Sarkasmus nicht zu überhören ist.

»Ist es nicht seltsam? Wenn ein Mann viele Frauen im Bett hat, feiert man ihn als coolen Typen. Wenn aber eine Frau viele Männer im Bett hat, wird sie damit automatisch zur Schlampe.« Ich gebe dem Obsthändler zwei große Orangen in die Hand. »Ich hätte gerne noch einen schönen Salatkopf und Radieschen.«

Der füllige Mann nickt und legt Obst und Gemüse in eine Papiertüte. Yannick macht mich auf die leuchtenden Wassermelonen aufmerksam, und gemeinsam klopfen wir die grüngelb gesprenkelten Kürbisfrüchte ab, horchen nach ihrem Klang und warten nach mehrmaligem Fragen, ob jemand zu Hause ist, auf eine Antwort.

Irgendwann reicht Yannick die ausgebeulte Papiertüte an mich weiter, und ich bezahle den Gemüsemann.

»Hast du schon mal Kern-Weitspucken gespielt?«, will Yannick wissen und beißt herzhaft in ein Stück Melone.

»Ja, klar«, lache ich. »Das haben wir als Kinder immer gespielt.«

Ich erinnere mich daran, dass ich zu Adams Verdruss aus irgendeinem Grund das Weit-Spuck-Turnier immer gewonnen habe. Irgendwann weigerte er sich, weiterhin gegen mich anzutreten.

»Wie kommt das?«, will Yannick wissen.

»Wie kommt was?«

»Dass jemand wie du auf meinen Kollegen scharf ist?«

»Ich bin nicht scharf auf deinen Kollegen.«

»Bist du doch.«

»Nein, bin ich nicht. Als ich neulich nach ihm gefragt habe, da war ich im Auftrag eines anderen unterwegs.«

Yannick nimmt die Antwort hin, obwohl er mir vermutlich noch immer nicht glaubt, und reicht mir die Tüte mit den Kirschen als versöhnliches Angebot.

Die Zeit verrennt athletengleich schnell, ohne dass wir es mitbekommen. Irgendwann verlassen wir – kirsch- und wassermelonenkernspuckend – den Markt und flanieren schließlich die Straßen hinunter. Die Sonne glüht orangen und berührt bereits die ersten Dachspitzen.

»Wieso kellnerst du eigentlich? Ist deine große Klappe in diesem Job nicht maßlos unterfordert?«

Yannick greift in die Tüte mit den Kirschen.

»Nun ja, weil mir die Arbeit dort Spaß macht.« Während er erzählt, hebt er den Arm und kratzt sich verlegen am Kopf. Dabei fällt mein Blick auf die Narbe, die seinen

Unterarm von der Handwurzel an ziert. Der Eindruck ist flüchtig, bleibt aber im Gedächtnis.

»Du bist Vollzeitkellner?« Wir biegen in die Straße ein, in der ich wohne.

»So ist es«, strahlt Yannick, sichtlich stolz. »Zumindest jetzt noch. Was als nächstes kommt, kann man ja nicht wissen.«

»Das ist wohl wahr«, stimme ich zu. »Und wie ist das passiert?« Ich zeige auf Yannicks Narbe, die er so schnell und reflexartig mit der anderen Hand verbirgt, als wäre sie eine ansteckende Hautkrankheit.

»Ach das. Das ist gar nichts. Ein dummer Unfall, als ich noch klein war. Echte Jungs raufen nun mal gern.«

Wir kommen langsam vor der Haustür zum Stehen. Zur einen Seite des Hauses wuchert der Efeu bis übers Dach und verschleiert die alten, von Wind und Wetter an einigen Stellen abgedeckten Giebel.

»So. Da sind wir.«

Yannick blickt ungläubig an der alten Fassade empor.

»Das ist es also?«

»Richtig«, bestätige ich. Allmählich wird die Szene ein wenig peinlich. Ich weiß nicht genau, was Yannick von mir erwartet. Wenn ich recht darüber nachdenke, weiß ich nicht einmal, was ich selbst von mir erwarte.

»Richtig«, wiederholt er. »Ich hatte irgendwie mit einem Schloss gerechnet, mit spitzen Türmchen, vielleicht in einem zarten Rosa gestrichen.«

Wir stehen einander gegenüber, zwischen uns ergibt sich ein gesunder Abstand, für dessen Einhaltung die Papiertüte sorgt. Ich muss mein Kinn ein wenig heben, um in Yannicks Augen zu schauen.

Plötzlich wirkt alles seltsam. Ich frage mich, ob die Proportionen meines Gesichtes stimmen und ob die vielen kleinen Bartstoppeln in seinem Gesicht irgendeinem genetischen Muster folgen. Ich frage mich, ob meine Frisur richtig sitzt oder wieso sich seine Augen plötzlich von mir abwenden und über meine Schulter schauen, um die alte Frau zu beobachten, die um seine Aufmerksamkeit heischt.

Auf einmal kommt mir Madame Porzellan unwirklich klein vor – viel zu klein für den großen Korb, den sie mit beiden Händen vor sich herträgt und den sie immer wieder unter Schnaufen und Pusten absetzen muss: »*Mon Dieu. Mon Dieu!*«

»Kennst du diese Dame?« Yannick nickt in Madame Porzellans Richtung.

»Ja, sie wohnt über uns.«

Noch ehe ich Näheres erklären kann, ist Yannick hinter mir verschwunden und hat Madame Porzellan den Korb abgenommen.

»Soll ich Ihnen dabei helfen? Sehen Sie, ich gehöre zu Coralie. Mein Name ist Yannick«, erklärt er Madame Porzellan mit einer solchen Einfühlungsgabe, als rede er mit einem Kleinkind.

»Oh. Vielen Dank, junger Mann.« Madame Porzellans gespielte Hilflosigkeit weicht einem geschmeichelten Lächeln und einer oscarreifen Schamesröte. Sie lässt Yannick vorangehen und weist ihm den Weg durch die Haustür.

»Endlich einmal ein Mann mit *Étiquette*«, flüstert sie im Vorbeigehen, leise genug, dass nur ich es verstehen kann. Dabei zwinkert sie mir demonstrativ – mit zwei Reihen übereinander angeklebter, künstlicher Wimpern – zu.

Etwa einen Monat, nachdem der Rohrbruch in der Wohnung über uns behoben war, begann Adam mehr und mehr Zeit mit der seltsamen Alten zu verbringen, die für den Wasserschaden in unserer Küche verantwortlich war. Für mich blieb sie ein Phantom. Eine schräge Figur aus einem barocken Musiktheater – mal aufgemacht wie ein Zirkuspferd, dann wieder grau und unscheinbar wie ihr Echthaar.

Eines Abends hatte ich einen Mann im Schlepptau, der sich auf die aufdringlichste Art und Weise weigerte, sich abschütteln zu lassen. Irgendwann fanden wir uns draußen vor meiner Haustür wieder, und aus meiner anfänglichen Belustigung über die Hartnäckigkeit dieses Typen wurde allmählich Panik vor seinen ständigen Berührungen.

»Ich glaub, es ist besser, wenn ich jetzt reingehe«, versuchte ich ihm zu erklären, während ich mich sanft von seiner Brust stieß, die mir gefährlich nahe gekommen war.

»Das kannst du gern machen«, grinste er, »aber ich komme mit.« Er machte einen Schritt auf mich zu. Mein Rücken stieß gegen die Hauswand, in raschelnden Efeu.

»Das glaub ich weniger.«

»Häschen ...«

»Lass den Quatsch, ja?« Ich wischte seine Hand von meinem Oberschenkel.

»Was spielst du dich jetzt so auf? Du willst es doch auch.« Ungeniert griff er in meinen Schritt.

»Lass das!«

Meine Handfläche hatte seine Wange mit einem lauten Klatschen erreicht. Als Reaktion auf die Ohrfeige versetzte er mir einen Stoß.

»Was bist'n du für 'ne kranke Schlampe? Erst heißmachen und dann stehen lassen, hm? So läuft das aber nicht ...«

Im nächsten Augenblick scharrten die Absätze zweier Reiterstiefel aus rotem Kunstleder über den schattigen Bürgersteig.

»Schau dir einmal diesen jungen Burschen an, Katalena!«, hopste die unbekannte, hohe Stimme der Stiefelträgerin durch die Nacht, gefolgt von dem holpernden Kinderwagen, der sich aus der Dunkelheit ins Licht der Straßenlaternen schob.

»Rüde Flegel wie dieser haben keinerlei Manieren mehr und noch weniger Gespür dafür, wie man eine Dame zu behandeln hat.«

Die unheimliche Gestalt trat in den Lichtkegel der Laterne. So wuchs Stück für Stück die verrückte Frau aus dem Stockwerk über uns aus der Nacht. Ihre dürren Beinchen steckten in einer weißen Stiefelhose mit verstärktem Lederbesatz auf den Schenkelinnenseiten, der Oberkörper bedeckt von einem karminroten Blazer.

»Verschwinde, du alte Hexe«, rief der Typ vor mir.

»Was plapperst du da schon wieder, Katalena?« Madame Porzellan hielt den Kinderwagen an und hob eine der gegeneinandergelehnten Couchpuppen heraus. »Sprich ein bisschen lauter, Liebes! Du weißt, wie schlecht meine Ohren sind«, forderte sie die Puppe auf und drückte sie sich dicht ans Ohr.

Mein Begleiter verfolgte das merkwürdige Treiben mit ebenso großer Skepsis, wie ich selbst.

»Ach was!? Du hast recht. Jetzt fällt mir das auch auf. Vielleicht könnte man einfach einen Knoten binden oder ... Was denn?! Abschneiden, sagst du? Ja, wenn du meinst, dass das notwendig ist, werde ich ihn natürlich ein wenig zurechtstutzen.«

Der Kerl kniff die drogenmüden Augen zusammen, um besser sehen zu können, was die Alte im nächsten Moment aus dem Kinderwagen zog: eine Küchenschere, deren blanke Schneiden im Halbdunkeln silbern funkelten, wie Katzenaugen. Als Madame Porzellan mit der Schere auf uns zukam, strauchelte er einen Schritt zurück.

»Komm mal her, Bürschchen!«

»Bleib weg, du Verrückte!«

»Ich will ihn dir abschneiden, sonst fällst du noch drüber.«

Es hatte keine zwei Sekunden gedauert, bis der Kerl begriff, dass die alte Frau es ernst meinte. In schwankenden Ausfallschritten ergriff er – kleinlaut fluchend – die Flucht und ließ mich mit der Puppenmutti zurück.

»Ist mit dir alles in Ordnung, Kindchen?« Madame Porzellan ließ die Schere sinken und verstaute sie wieder zwischen den Puppen.

Ich nickte.

»Weißt du«, fuhr sie fort, während sie ihren Wagen in Richtung Haustür schob, »diese Art von Mann solltest du meiden, Kindchen. Die haben nichts im Kopf und ziehen den Schwanz ein, sobald eine alte Dame ihnen die offenen Schnürsenkel kürzen möchte.« Der Kinderwagen stieß an die Haustürstufe. »Meinst du, du könntest mir dabei helfen, meine Kleinen hier nach oben zu bringen?«

»Selbstverständlich.«

Noch immer leicht zögerlich griff ich nach dem Puppenwagen und zog ihn auf den Absatz.

»Danke, Kindchen.«

Mit vereinten Kräften arbeiteten wir uns Stufe für Stufe zur Wohnung hinauf. Es war jene Nacht, in der Madame Porzellan mir eine wichtige Lektion beibrachte: nämlich, dass eine winzige Geste aus Fremden Freunde machen kann.

»Diese Frau ist großartig«, lächelt Yannick. Nachdem er Madame Porzellan samt ihren Einkäufen in den obersten Stock gebracht hat und wir vor meiner Wohnungstür zum Stillstand gekommen sind, ziert ein roter Lippenstiftabdruck seine Wange – fast wie ein gestempeltes Herz. »Und ziemlich seltsam.«

»Sie ist etwas ganz Besonderes«, nicke ich.

»Das ist sie bestimmt. Ist sie eine Freundin?«

»Sie ist mehr so etwas wie unsere gute Fee, nur dass ihr Zauber nicht um Mitternacht endet, sondern erst dann richtig beginnt. Sie passt auf uns auf und versucht uns irgendwie den richtigen Weg zu weisen.«

»Das klingt wundervoll. Ich wünschte, ich hätte auch jemanden, der mir die Richtung weist.«

»Hast du das denn nötig?«

»Ich denke schon. Ich verliere mich oft in Situationen, aus denen ich so schnell nicht wieder rauskomme. Ich hab auch keinen guten Orientierungssinn und verlege ständig irgendwelche Dinge – das kommt noch dazu.«

»Was zum Beispiel?«

»Mein Herz zum Beispiel.«

Ich muss über den Kitsch lächeln, den er mir serviert. »Alles kehrt früher oder später zu einem zurück, Yannick. Alles. Auch dein Herz.«

Yannick sieht sich verlegen im Treppenhaus um. Irgendwie scheint keiner von uns beiden mehr zu sagen zu haben, als bereits vorhin vor der Haustür.

»Den Weg wirst du doch aber wieder nach unten finden, oder?«, breche ich das verlegene Schweigen.

»Coralie«, fügt Yannick hastig hinzu, »der Tag heute war sehr schön. Ich hoffe, wir können das bei Gelegenheit wiederholen?«

»Sicher«, lächle ich. »Du wirst es kaum glauben, aber ich fand die letzten Stunden auch ziemlich angenehm.«

»Ein Kompliment. Aus deinem Mund?«

»Bild dir nicht zu viel drauf ein.«

Yannick grinst.

»Das meine ich ernst.«

»Was meinst du, darf ich dich zum Abschied drücken?«

»Wozu?«

»Na ja, unter Freunden macht man das so.«

Es ist ein seltsames Gefühl und dauert nur wenige Sekunden. Dann nämlich hat sich Yannicks zaghafte Umarmung von mir gelöst, und er nähert sich dem Treppenabsatz. Noch ehe er einen weiteren Schritt machen kann, hält er plötzlich inne:

»Was ist das für ein Parfum?«

»Keins«, antworte ich, während ich die Tür aufschließe.

»Seltsam.«

»Was?«

»Ach, nichts.« Der Moment treibt ihm Farbe ins Gesicht. »Ich hätte schwören könne, das seien Lilien.«

Dann wendet er sich kopfschüttelnd um und ist in weniger als fünf Sekunden aus meinem Sichtfeld verschwunden. Spiralförmig. Den Stufen nach unten folgend.

ADAM

Der Wind treibt die wattebauschgroßen Pollen der Pappelbäume wie Schneeflocken durch die Gegend. Sie schweben beinahe schwerelos in der Luft und sammeln sich an Bordsteinkanten und Bushaltestellen. Wenn ich es nicht besser wüsste, würde ich annehmen, irgendwo in der Nähe läuft eine alte Zuckerwattemaschine heiß und spinne ungehalten ein Endlosband der weißen Süßigkeit, die der Wind in Fetzen reißt und davonträgt.

Martin und ich laufen Seite an Seite die Straße entlang – mein Fahrrad schiebe ich auf gleicher Höhe neben uns her. Mittlerweile ist es kurz nach sechs.

Aufmerksam beobachte ich Martin, dessen schlanke Finger eine Zigarette aus der Schachtel fischen und sie zwischen seine vollen Lippen stecken, die ihrerseits die Zigarette fast berührungslos halten.

»Was genau studierst du, Adam?«, nuschelt Martin so verständlich wie möglich. Er zieht eine Streichholzschachtel hervor, entnimmt eines der klappernden Hölzer und steckt sich die Zigarette an.

»Philosophie und Religionswissenschaft«, antworte ich schnell, ehe ihm auffallen kann, dass ich jeden seiner Handgriffe verfolgt habe.

Martin nimmt einen tiefen Zug.

»Religionswissenschaft? Willst du Priester werden?«, hüstelt er. Wie ein zu langer Blick in die pralle Sonne brennt sein Lächeln Löcher in meine Netzhaut.

»Nein. Sicher nicht.«

»Dann möchtest du vielleicht auch eine?«

Für einen kurzen Augenblick überlege ich, ob ich nach der schmalen Zigarette greifen soll, die Martin so mühelos aus der Schachtel geschüttelt hat, lehne dann aber dankend ab.

»Jetzt begreife ich zumindest auch, woher deine Baum-der-Erkenntnis-Analogie kommt. Also erzähl schon: Wie kommt man darauf, Religionen zu studieren, wenn man doch eigentlich gar nicht Priester werden möchte?«

»Religion und Philosophie sind zwei verschiedene Herangehensweisen, sich mit dem Sein auseinanderzusetzen. Das eine basiert auf dem Glauben und das andere auf dem Denken. Beide ergänzen sich, sind unterschiedliche Wege zum gleichen Ziel, die sich dann und wann kreuzen können.«

Martin hat kein einziges Mal während meiner Aussage seinen Blick von mir genommen. Ich hingegen hielt meinen so gut wie konstant in der Umgebung, in den Bäumen oder im Himmel, um ihm nicht in die Augen sehen zu müssen.

Der Tabak knistert leicht, während Martin an der Zigarette zieht.

»Das klingt wie von einer Cornflakes-Packung abgelesen. Welches Ziel? Wonach suchen Religion und Philosophie?«

»Nach dem Sinn«, antworte ich.

»Nach dem Sinn worin?«

»Nach dem Sinn des Lebens. Nach dem Sinn, wieso wir existieren, wieso es uns gibt und was wir für eine Aufgabe haben.«

Unbewusst habe ich die Stirn gerunzelt. Martin lächelt und knabbert nachdenklich an seinem Daumennagel. Wenige Zentimeter daneben glüht die Zigarette.

»Wieso muss es einen Sinn geben?« Er befeuchtet sich die Lippen und sieht mich herausfordernd an.

Wir sind dem Lauf der Straße auf die Brücke gefolgt, die den alten und den neuen Stadtteil verbindet. Unter unseren Füßen strömt der Fluss, der sich seit Jahrtausenden mehr und mehr durch das Erdreich beißt und längst an Größe und Tempo zugenommen hätte, würden ihn die stählernen Uferbefestigungen nicht in seine gegenwärtige Form pressen. Beide Fahrbahnen sind abgesperrt, wer auf die andere Seite der Stadt will, ist in den nächsten Tagen gezwungen, der Umleitung zu folgen und die Schlaglöcher im Asphalt der Brücke zu umgehen.

»Na ja, weil doch nichts keinen Sinn hat. Alles ist zu irgendetwas gut. Lebewesen atmen Sauerstoff. Pflanzen produzieren Sauerstoff. Insekten bestäuben diese Pflanzen und helfen ihnen bei der Fortpflanzung. Und so weiter und so fort.«

»Ja, du sprichst von Symbiosen in Flora und Fauna. Aber Tiere und Pflanzen glauben nun einmal nicht. Sie philosophieren auch nicht. Sie brauchen weder das eine noch das andere. Aber was ist mit dem Menschen? Wieso sollte er einen Sinn haben zu leben? Er ist nicht mehr Teil einer solchen Zweckgemeinschaft, oder? Er lebt doch in seinem eigenen Biotop, ohne dass er von Pflanzen oder Insekten abhängig ist. Seit Kurzem ist er sogar in der Lage, andere Lebewesen aus Stammzellen zu züchten.«

Ich gehe in mich. Nie hätte ich gedacht, dass ein Gespräch mit Martin so schnell in eine philosophische Grundsatzdiskussion umschlagen könnte. Von der Seite spüre ich sein Lächeln – es glüht wie der hellste Stern; verschüchtert und selbstbewusst zugleich.

Wir sind auf der Hälfte der Brücke angekommen. Von hier folgt mein Blick dem Kanal und sucht vergebens einen fixen Punkt im Stadtprofil, aber er findet keinen – obgleich sich dort der Fernmeldeturm in den Himmel erhebt wie ein betongrauer Lolli. Die Gebäude, die sich links und rechts des Flusses erheben – ihn säumen, wie Trauerweiden – sind so vielfältig in ihrer Bauart und Größe, dass jedes Haus ein Einzelgänger sein könnte. Kein Gebäude ist gleich. Die Stadt funkelt. Millionen von winzigen, elektrischen Lichtern sind über diesem unruhigen Haufen verstreut, der doch so harmonisch wirkt, als wäre er aus einem Guss.

»Entschuldige«, höre ich Martin in einem fast flüsternden Ton.

Wir sind beide zum Stehen gekommen, ohne dass es mir aufgefallen ist. Jetzt lehnen wir an der alten Brüstung, die fünf Meter von uns entfernt bereits abgebaut ist und einen ungesicherten Abgrund freilegt.

»Wofür?«

»Ich wollte dich nicht in die Enge treiben. Manchmal gehe ich ein bisschen zu weit. Vor allem, wenn es um so philosophische Themen wie das Leben selbst geht. Das tut mir leid.«

Martin drückt die Zigarette, deren Glut fast den Filter berührt, am Geländer aus und schnipst sie in einer lockeren Bewegung hinunter. Der Stummel dreht sich, der Erdanziehung folgend, vergnügt im Kreis.

»Das macht gar nichts«, gebe ich zurück.

Ohne große Mühen hat sich Martin mit einem Satz auf die Balustrade gezogen; beinahe so, als würde sein Körper der Schwerkraft trotzen. Jetzt sitzt er, nur mit einer Hand gesichert, da. Hinter ihm geht es fünf Meter in die Tiefe.

»Wieso soll all das hier überhaupt einen Sinn haben?« Sein Blick ist an den Horizont geheftet. In dieser Gebärde, wie er sehnsüchtig versucht, über die Stadt und den Fluss hinweg zu schauen, erinnert Martin mich an Coralie auf dem Dach unseres Hauses. Vielleicht haben diese zwei grundlegend unterschiedlichen Figuren nichts weiter gemein. Aber in diesem winzig kleinen, glitzernden Moment zwischen Wasser und Himmel, erkenne ich einen Gedanken, den beide teilen. Vielleicht ist es auch bloß der Bruchteil eines Gedankens, vielleicht nur ein Wort oder eine Silbe. Nur eine Silbe, ein Wort oder ein Gedanke zwischen den beiden, auf den ich eifersüchtig bin.

»Nun haben wir fast eine Viertelstunde über Philosophie und Religion gesprochen, ohne dass du meine eigentliche Frage beantwortet hast«, stellt Martin erstaunt fest. Doch statt weiter nachzuhaken, gibt er sich mit meinem schweigenden Blick zufrieden. Und ich mich mit seinem.

Jonathan zog mit seinen Eltern in unser Dorf, als ich dreizehn Jahre jung war. Ich lernte ihn in den Sommerferien am Badesee kennen – an der gleichen Stelle, an die wir uns drei Jahre später immer wieder zurückzogen, um anfangs gemeinsam zu baden und irgendwann miteinander zu schlafen.

Jonathan war immer ein wenig in sich gekehrt. Als hütete er ein Geheimnis, das er um nichts in der Welt preisgeben wollte. In Wirklichkeit – so stellte ich irgendwann für mich selbst fest – war Jonathan selbst dieses Geheimnis.

Wenn wir miteinander Sex hatten, dann teilte ich mit ihm nicht nur meinen Körper und dessen Bewegungen, sondern eines meiner entscheidendsten Organe und jenen Teil von mir, der weder sichtbar noch greifbar war. Für Jonathan hingegen blieb der Sex zwischen uns eine mechanische Sache. Bloße Körperlichkeit. Gliedmaßen, die sich über- und ineinanderschoben. Der Austausch von Körperflüssigkeiten. Vielleicht – im besten Fall – ein paar gemeinsame Minuten in unseren jungen Leben, in denen wir zusammen das Gefühl der Ungewissheit vertrieben.

Aber bis ich dies begriffen hatte, vergingen Wochen und Monate. Bis dahin allerdings war Jonathan zu meinem besten Freund geworden, der Coralie gegenüber einen entscheidenden Vorteil hatte: Er war ein Junge.

Der Tag, an dem mir Max zusammen mit ein paar anderen Jungen aus meinem Jahrgang auf dem Weg von der Schule aufgelauert und mich beinahe bewusstlos geschlagen hatte, markierte jenen Punkt, an dem mein Kontakt zu Jonathan einbrach. Nicht, weil ich das gewollt hätte, sondern weil er sich mehr und mehr von mir abwandte. Egal, wie sehr ich mich auch bemühte, ihn zu halten, er glitt mir allmählich zwischen den Fingern hindurch wie feinster Zuckersand. Auf dem Schulhof ging er mir so gut er konnte aus dem Weg. Wann immer wir länger als eine halbe Minute beieinander verbrachten, taten wir dies nicht, um viele Worte zu wechseln. Wir schliefen nur noch selten miteinander – in der Umkleidekabine nach dem Sportunterricht, auf der Schultoilette, kaum noch unter dem duftenden Fliederstrauch am Seeufer.

Obwohl wir fast ebenso wenig Zeit miteinander verbrachten, war Coralie die Einzige, die zu bemerken schien, dass ich selbst unter diesen Bedingungen mehr und mehr zu verblassen begann. Dass ich drohte, ein Gespenst zu werden, zwischen dem Dies- und dem Jenseits gefangen.

An einem warmen Sommerabend machten Coralie und ich einen Spaziergang um den See. Ich hatte meine Cousine über den ganzen Sommer hinweg so selten gesehen, wie noch nie zuvor. Ich war der Meinung, unsere Treffen im Kopf zählen zu können. Sie war schlanker geworden.

Eine lange Zeit liefen wir schweigend um den See und genossen einfach nur die Anwesenheit des jeweils anderen. Ich wurde jedoch das Gefühl nicht los, dass auch Coralie eine bleischwere Last auf der Seele lag.

»Was hast du heute so lange in der Schule gemacht, Cori?«

»Nachhilfe.«

Das komplette Jahr hatte Coralie Nachhilfe in Biologie genommen, ohne dass sich ihre Noten zu verbessern schienen.

»Und du? Warst du wieder mit Jonathan zusammen?« In Coralies Stimme schwang ein mir unbekannter Ton, den ich weder deuten noch begreifen konnte.

»Nein. Wir haben uns schon seit einiger Zeit nicht mehr getroffen.«

»Und das macht dich traurig?«

»Ja. Schon. Ich weiß nicht, was mit ihm los ist. Er war ja immer irgendwie abweisend, aber jetzt ...«

Wir erreichten eine kleine Holzbrücke, die durch ein mannshohes Schilfmeer führte. Unter unseren Füßen gluckerte das Wasser. Ein beißender Geruch nach Fisch und Morast stieg uns in die Nase.

»Vielleicht steht er gar nicht auf Männer?«, mutmaßte Coralie in beiläufiger Stimmlage.

»Ich weiß nicht, ob er auf Männer oder Frauen oder auf beides steht. Ich weiß nur, dass ich ihn nicht verlieren will.«

»Vielleicht ist er nicht einmal dein Freund.«

»Ach hör auf, Cori. Du bist mit ihm nie wirklich warmgeworden.«

»Liebst du ihn?«, wollte sie wissen.

»Ich weiß nicht. Vielleicht.«

Über ihre Stirn wanderte eine Woge, eine Welle der Besorgnis. An ihrer Hand schimmerte matt die kleine silberne Sonne.

»Er liebt dich nicht, Adam.«

Coralies Worte schmeckten nach Metall. Wie Pfennigstücke. Wie die Klinge des Messers, das sie mir mit ihrer Aussage in den Rücken rammte. Ein Dolchstoß, bei dem mir für einen Moment das Herz stehen blieb.

»Was?«

»Tut mir leid, Adam. Ich wollte dir das nicht sagen.«

»Wie kommst du dazu, Coralie? Du kennst ihn doch gar nicht. Du hast dich nie mit ihm anfreunden wollen.«

»Ich hab es gehört. Kurz bevor dich die Wichser verprügelt haben.«

»Jonathan hat mich nicht verprügelt.«

»Nein, aber er hatte auch nichts dagegen.«

Unbemerkt waren unsere Stimmen lauter geworden – ihre Echos hüpften über den Wasserspiegel. Coralie und ich waren auf der Hälfte der Brücke angekommen und hatten innerhalb unseres Wortgefechts angehalten.

»Du erzählst Blödsinn. Schwachsinn.«

»Es ist wahr. Ich habe die Jungs vor der Turnhalle belauscht, und dein Jonathan war einer von ihnen. Homo haben sie dich genannt, und er hat ihnen zugestimmt.«

»Das ist nicht wahr«, schrie ich nun. »Du bist eifersüchtig. Wie du es immer warst. Du bist eifersüchtig, dass du niemanden hast, dass du den ganzen Tag in der Schule festsitzt, ohne dass die Nachhilfestunden was bringen. Du bist eifersüchtig, dass ich guten Sex mit ihm habe und ...«

»Ihr habt Sex, Adam. Nichts weiter als Sex. Aber während du meinst, das sei die Vorstufe für eine pompöse Hochzeit, ist es für ihn bloß ein schneller Fick zwischendurch, der ihm zu peinlich ist, um dazu zu stehen. Nur eine Übung.«

Coralie strauchelte unter meinem Stoß, der so reflexartig wie schnell erfolgte, nach hinten und hatte Mühe, das Gleichgewicht zu halten.

»Erzähl keinen Scheiß«, donnerte ich.

»Adam, ich sage das, um dich zu schützen. Der Kerl verarscht dich. Er ist falsch.«

»Du bist falsch, Coralie. Du!«

Ich drehte ihr den Rücken zu und stampfte wütend zurück. Unter mir hörte ich die alten Planken knarren. Und dann sah ich ihn an mir vorbeiziehen, flüchtig wie eine Sternschnuppe: Der silberne Giftring sauste in einem flachen Winkel an mir vorbei, stieß an das Geländer der Brücke und versank, zusammen mit der Freundschaft, die an ihm hing, im See.

So ging der Giftring verloren.

Ich sprach wochenlang kein Wort mit Coralie. Wir gingen uns aus dem Weg – in einer Kleinstadt ein Unternehmen wie das Fangen von Nebel mit den bloßen Händen. Dass wir es doch irgendwie schafften, zeigte nur, wie versessen wir es versuchten.

Obwohl wir uns praktisch nie sahen und ich um nichts in der Welt ihre Nähe wollte, dachte ich beinahe täglich an meine Cousine. Ich wusste nicht, was mich stärker verletzt hatte: die Tatsache, dass sich meine beste Freundin gegen mich gestellt hatte oder dass ich nicht sicher war, ob sie nicht vielleicht doch recht haben könnte.

Das Schuljahr lief allmählich aus. Bis zu den Sommerferien, in die ich alle Hoffnungen gesetzt hatte, waren es nur noch knapp vier Wochen. In der Schule hagelte es gemeine Attacken – oft so klein, dass sie für andere kaum sichtbar waren: hässliche Kritzeleien, die ich plötzlich in meiner Federtasche entdeckte. Schulbücher, die verschwanden. Auf den Jungenklos tauchten schlampig ausgeführte Graffitis auf.

Eines Morgens erreichte ich wie gewöhnlich mein Klassenzimmer, in dem sich bereits der gesamte Mob meiner Mitschüler versammelt hatte. Anders als sonst, sorgte bereits mein Eintreten für das erste hysterische Gekicher meiner Klassenkameradinnen. Als ich ihren Blicken folgte, stolperte ich vor Schreck beinahe über meine eigene Schamesröte: Grüne Versalien klebten kleckshaft an der Schultafel und flossen teilweise, lange Läufer bildend, die Vertikale hinab. Nicht mit Kreide geschrieben, sondern mit längst getrocknetem Acryllack. Das Wort, das sie bildeten, erstreckte sich in vier Buchstaben über eine wackelige Zeile: HOMO.

Aber das war nicht das Schlimmste. Als ich an mein Schülerpult trat, wurde mir das wahre Ausmaß des Streiches gegen mich bewusst. Ein dicker Pinselstrich zog sich von der Tafel über den Boden bis zu meinem Sitzplatz. Dort hatte irgendjemand das aus einem Biobuch gerissene Bild eines nackten Mannes auf die Tischplatte genagelt. Ich war starr vor Angst, wäre am liebsten im Boden versunken.

Vor meinem geistigen Auge schlich der unnatürlich grüne Löwe, den ich in Jonathans Garage immer bestaunt hatte, die gleichfarbige Straße entlang. Der Löwe, in dessen Mähne sich die gleiche Farbe fand, wie in dem Schriftzug an der Tafel.

Ich weiß nicht, was ich gemacht hätte, wenn Coralie nicht plötzlich an meiner Seite gestanden hätte. Sie warf einen Blick nach vorn, marschierte schnurstracks geradeaus, griff sich ein Stück Kreide und schrieb in schnörkellosen Buchstaben weiter:

»Sind wir nicht alle HOMO sapiens?«

Darunter zeichnete sie ein beinahe makelloses Herz, und an ihrem Finger schimmerte der Giftring, den ich längst verloren geglaubt hatte. Die Unruhe verebbte augenblicklich, als unser Lehrer das Klassenzimmer betrat und Coralie vor uns allen stehen sah.

Für das mutwillige Zerstören von Schuleigentum erhielt Coralie ihren ersten Eintrag in ihre Schulakte und verbrachte das Wochenende mit der Säuberung der ihr angedichteten Schmierereien.

Im Sommer scheint die Sonne niemals richtig unterzugehen. Es ist, als hielte sie sich mit drei ihrer kräftigsten Sonnenstrahlen jeden Abend aufs Neue an der Silhouette der Stadt fest, um nicht vom Rand der Erde zu rutschen.

Ich habe mich pünktlich von Martin loseisen können, um rechtzeitig zum Picknick zu kommen. Coralie und ich befinden uns auf dem Dach des Hauses, das im seichten Winkel zur Straße hin abfällt. Mit dem Po auf den aufgeheizten Preolitschindeln, die Füße langgestreckt und gegen die niedrige Balustrade gedrückt.

Coralie liegt flach auf dem Rücken. Über uns leuchtet der Himmel – ein Obstsalat aus Kirschen, Aprikosen und Wassermelonen. Dieselben Früchte mischen sich gewaschen, geputzt und in mundgerechte Scheiben geschnitten in Coralies Picknickkorb. Das Tonic Water gluckert schäumend und knisternd in den Gin und sprudelt lebhaft über den Rand. Ich lecke mir die Finger sauber, bevor ich das Glas an Coralie weiterreiche.

»Wie ist er so?«, will sie wissen.
»Anders.«
»Anders?«
»Anders als ich ihn mir vorgestellt habe.«
»Positiv oder negativ?«
»Sehr ruhig. Trotzdem nicht introvertiert. Er ist wie ein Buch, das ich nicht lesen kann. Ein kleines bisschen wie du«, erkläre ich.
Coralie schnieft daraufhin belustigt und dreht sich auf die Seite.
»Worüber habt ihr euch unterhalten?«
»Dies und das und gleichzeitig nichts.«
»Das kommt mir sehr bekannt vor.« Sie legt ihre Zeigefinger mahnend auf eine alte Erinnerung in meiner Brust.
»Nein«, verteidige ich mich, »er ist nicht wie Jonathan. Er ist ganz anders.«
»Das sollte er auch sein, findest du nicht? Immerhin ist er ein paar Jahre älter.«
Ich stimme ihr zu, klaube mir ein paar Kirschen aus dem Korb und lasse sie in mein Getränk plumpsen. Coralie kann sich ein Grinsen nicht verkneifen. Fast provokant nimmt sie einen extragroßen Schluck ihres bitteren Gin Tonics.
»Und wie war dein Tag heute noch?«, will ich wissen.
»Das würdest du mir nicht glauben.«
»Wieso? Was ist passiert?«
»Dieser Kellner aus dem Café hat mich heute abgefangen und auf den Markt begleitet.«
Ich lege mich auf die Seite und beobachte sie.
»Was wollte er?«
»Ich hab absolut keine Ahnung. Er hat sich einfach an meine Fersen gehängt und ist mit mir auf den Markt ...«
Coralie zieht die Augenbrauen zu einer grinsenden Miene in die Stirn. Für gewöhnlich spricht sie nicht über Dinge, die sie nicht interessieren. Allein die Tatsache, dass sie diesen Mann erwähnt, bedeutet mehr.
»Und wie ist er?«
»Nett.« Sie überlegt kurz. »Ja, er ist wirklich nett.«

Mehr hat Coralie mir nicht zu sagen. Sie schweigt, lächelt stumm in sich hinein. Das Firmament hat sich indigoblau verfärbt. Nur am hintersten Winkel des Horizonts finden sich noch ein paar blassrosa Schleier.

»Deine Männer sind Masochisten, dass sie sich in dich verlieben, Cori«, murmele ich schläfrig vor mich hin. Ich sehe sie durch meine geschlossenen Augen lächeln.

Eine angenehme Stille tritt zwischen uns. Zum zweiten Mal heute befinde ich mich zwischen Himmel und Erde. Ich stelle mir vor, wie ich die Hände in die Luft strecke und zu den Sternen greife. In meiner Vorstellung würde ich zwei zu fassen kriegen: der eine blassrosa und lebhaft funkelnd, der andere fast ebenso stetig und hell strahlend wie die Sonne. Ersteren erhielte Coralie, unmittelbar, nachdem ich ihn ihr gepflückt hätte. Den anderen aber würde ich aufbewahren. Ich würde gleich morgen eine schöne Schachtel kaufen, den Stern in Seidenpapier schlagen und ihn verpacken. Martin würde das Geschenk vor seiner Tür finden, vermutlich nach einem besonders schweren Arbeitstag, und wenn er die Schachtel dann neugierig öffnete, würde der Stern ihm die ganze Nacht hindurch leuchten.

»Kindchen?«, dröhnt es blechern aus der leeren Konservendose, die an der Brüstung befestigt ist. Coralie robbt hinüber, greift nach dem Dosentelefon und bedeckt damit ihren Mund: »Beide anwesend. Over.«

Kichernd drückt sie sich die Büchse ans Ohr. Das dünne Kabel, dessen Enden an beiden Dosenböden befestigt sind, wickelt sie sich aufgeregt um den Finger.

»Du musst die Schnur spannen«, erkläre ich ihr.

»Ich spüre da so ein Ziehen in den Knochen«, flüstert Madame Porzellan aus ihrer Wohnung. »Ein Sturm zieht auf, Kindchen.«

Coralie und ich tauschen belustigte Blicke. Über unseren Köpfen spannt sich das abendliche Himmelszelt wie ein ruhiges Nachtlager. Es weht kein Lüftchen.

Da lässt der Zug auf das Kabel schon nach. Die Leitung verstummt. Coralie hängt das Büchsentelefon zurück an die Brüstung und legt sich zu mir.

So dösen wir vor uns hin, bis uns die Nacht blind zum Abstieg zwingt. Schläfrig taumeln wir wie zwei Mondsüchtige durch die dunklen Flure der Mansarde, schnappen uns Sir Tobey und erreichen Augenblicke später unsere Wohnung.

Ich bin umringt von einem Haufen Plunder. Kistenweise tragen Adam und ich an diesem Wochenende die ausgedienten Kleider, Röcke und Blusen aus Madame Porzellans Kleiderschrank nach unten in den Hausflur, wo sie sich – zum Verdruss der Nachbarn – seit Stunden zu einer beachtlichen Wand gruppiert haben. Die Freude darüber, dass wir Madame Porzellan endlich dazu bewegen konnten, sich von einigen der unnötigen Habseligkeiten, die sich seit Jahrzehnten unberührt in ihren Schränken sammeln, zu trennen, ist angesichts der Dimensionen an altem Krempel längst verblasst.

Die Herrin des Hauses hingegen gibt sich gut gelaunt. Fast die ganze Zeit übersetzt sie uns die Geschichten, die die vielen Dinge in ihrer Wohnung uns über sich erzählen, kocht nebenbei schwarzen Tee und unterhält sich zwischendurch mit Katalena, Daphne und ihren übrigen Puppenkindern.

Ihre Garderobe gleicht dem schillernden Geschirr orientalischer Zirkuspferde: paillettenbestickte Hosenanzüge schimmern hummerrot neben mit Seide broschierten Tarlatankleidern. Mausernde Federboas schlängeln sich in allen Farben durch unzählige Stirnbänder, Schleifen und Kopfbedeckungen. Strapshalter und Strumpfbänder, gläserne Pumps und flache Sandalen quellen aus den unteren Schrankfächern. Die unzähligen Halsketten, die keinen Platz an den versteiften Hälsen der schneeweißen Puppenköpfe gefunden haben, baumeln in all ihrer Vielfalt als Meterware, teils so stark verknotet, dass nur noch eine Schere das Wirrwarr lösen könnte, an den Innenseiten der Schranktüren.

Jedes einzelne Teil dieser glitzernden Chaoswelt ist ein Überbleibsel aus den großen Zeiten des Theaters. Manche dieser Dinge haben bereits über sechzig Jahre Bühnenerfahrung nachzuweisen, sind von gerühmten Damen schwindsüchtig über die Bretter dieser Welt getragen worden und haben im flirrenden Scheinwerferlicht das gierige Publikum in Atem gehalten.

Die wenigen Dinge, die wir über Madame Porzellans Vergangenheit wissen, sind, dass sie jahrzehntelang Teil eines großen Theaterensembles gewesen ist. Jene Art von Schauspielerin, deren reibeisenraue Stimme ein Massenpublikum mit ohrenbetäubendem darstellerischem Gejammer in seine Sitze nagelte, um sich, nach dem Fallen des Vorhanges, unzählige Male vor klatschenden Händen bodentief zu verbeugen. Madame Porzellan war jene Art von Schauspielerin, deren tabakneblige Garderobe überquoll vor Blumensträußen – ein Gebinde mächtiger als das andere – und deren Spiegelleuchten ununterbrochen glommen, während sie sich mit ihren männlichen Verehrern ein Stelldichein nach dem anderen gab.

Und wenn man sich auf diese Tatsachen nur stark genug konzentriert, meint man sogar, den Absinth riechen zu können, der zu jener Zeit aus dickwandigen Flaschen geflossen ist.

Ich reiche Adam ein zusammengelegtes Mieder, das sofort in einem weiteren Umzugskarton verschwindet.

»Das ist das letzte Teil«, stöhnt Adam erleichtert, als er den Karton verschlossen und beschriftet hat. Er schiebt die Kiste beiseite und versinkt in seinem Schneidersitz.

Sofort kommt Sir Tobey herangeschlichen und legt sich schnurrend in seinen Schoß. Ich schlüpfe in eine furchtbar hässliche, ärmellose Weste und setze mir einen Zylinder auf den Kopf.

»Mir kannst du nichts vormachen. Ich weiß, du liebst den Krempel hier«, lache ich.

Adam krault über Sir Tobeys Fell. »Nicht so sehr wie du, schätze ich.« Er setzt den verärgerten Sir Tobey ab und schnappt sich den Zylinder. »Damit siehst du aus wie Marlene Dietrich.«

»Meiner Zeit voraus, meinst du?«

»Nein, einfach nur wie 'ne Frau mit Hut, mein ich.« Der Zylinder dreht sich in der Luft und landet in meinen Händen. »Na los, lass uns weitermachen.«

»Wieso? Wir werden ohnehin den ganzen Tag dafür brauchen.« Ich bin wieder in dem riesigen begehbaren Kleiderschrank verschwunden. »Es ist ja nicht so, als hätten wir etwas Besseres zu tun.«

»Kindchen«, säuselt es aus der Küche, »schwarz oder mit Milch?«

»Schwarz!«, schreien Adam und ich wie aus einem Mund, wohl wissend, dass wir den heutigen Tag nur mit unverwässertem Teein überstehen werden. Kurz darauf klimpert das gute Teeservice in Madame Porzellans zittrigen Händen und wird schließlich vor der Kommode geparkt.

»Wie kommt man zu dem ganzen Zeug hier?« Adam nimmt Madame Porzellan eine Tasse ab und führt sie an seine Lippen.

»Weißt du Kindchen, mit den Lebensjahren sammelt man wohl auch jede Menge Erinnerungsstücke.«

Meine blinden Hände fingern nach einem großen Kasten, der sich, unterhalb der Bügelstange, zu meinen Füßen befindet. Das warme Licht der frei unter der Decke schwingenden Glühbirne enthüllt einen großen, ledernen Koffer.

»Was ist mit dem hier?«

»Oh, nein, Kindchen, der bleibt, wo er ist!«

Angesichts der Eindringlichkeit von Madame Porzellans Reaktion weiche ich erschrocken zurück. Mit unbewusstem Kopfschütteln ist die alte Frau zu mir getippelt und schiebt den Koffer zurück in die Dunkelheit. Als sie aus unseren Blicken die Verwunderung liest, quält sie sich zu gekünstelter Gelassenheit: »Ja, ja, alte Damen sammeln viel Krimskrams. Mit einigen Dingen werden sie über die Jahre so vertraut, als seien es Kinder. Man will sie unter keinen Umständen hergeben.«

Ich entferne mich demonstrativ von der Stelle, indem ich mich neben Adam aufs Bett setze.

Allmählich beginnt Madame Porzellans aufgescheuchtes Herz, sich wieder zu beruhigen. Ein erleichtertes Kichern – mehr einem nervösen Hicksen gleichend – entweicht ihr.

»So, nun wollen wir unseren Durst erst einmal an einem schönen Teechen stillen.«

Das schwarze Gebräu gluckert schlückchenweise in unsere Tassen. Steinharte Kekse machen auf einem gesprungenen Teller mit Goldrand die Runde. Für einen Augenblick ist das Knuspern und Knäuspern des Gebäcks das einzige Geräusch.

»Ach, Kindchen«, flüstert Madame Porzellan erklärend, »ihr könnt eine alte Dame nicht mit den Relikten ihrer Jugend erschrecken. Da wird man schnell wehmütig, wisst ihr?« Sie lächelt schüchtern. Ihr Gesicht ist furchig und die Stellen, die die weiße Puderquaste nicht erreicht hat, zeichnen sich wie rote Risse in einer weißen Fassade ab.

»Wenn diese Relikte in einen Koffer passen, können sie nicht so übel gewesen sein«, versuche ich einzulenken.

»Stimmt«, fügt Adam hinzu. »Der Koffer für Coralies Jugendsünden hätte wohl eher die Größe eines Containerschiffs.«

Mein Knuff schlägt ihm fast die Tasse aus der Hand.

»Was ist? Stimmt doch. Du könntest deine Verflossenen natürlich auch zerstückeln, dann passen mehr in ein Volumenmaß.«

»Woran liegt es, dass wir in jedem Gespräch auf meine Verflossenen zurückkommen?«

»Vielleicht an ihrem Gesprächspotenzial?«

»Zerstückelt?«

»Püriert!«, nickt Adam.

Madame Porzellan schmunzelt über die Szene, die wir spielen. In Wirklichkeit fühlt sie vielleicht noch immer den Einfluss, den der Inhalt des Koffers auf sie ausübt – eine unbeschreibliche Kraft, ähnlich wie Magnetismus.

Wir trinken unsere Tassen leer und arbeiten in den folgenden drei Stunden weiter daran, den Kleiderschrank auszumüllen. Wie vorhergesehen, werden wir an diesem Tag nicht fertig, dennoch belassen wir es bei diesem Ergebnis und nehmen uns fest vor, ein anderes Mal weiterzumachen.

Auf dem Weg nach unten laufe ich in die Arme einer mir vertrauten Person.

»Was machst du hier?«, will ich von Yannick wissen, als ich realisiert habe, dass er scheinbar vor unserer Wohnungstür wartet. Beinahe ebenso verwundert dreht er sich zu mir um und bleibt an Sir Tobey hängen, nachdem er, wie im Reflex, die Hand ausstreckt.

»Ich wollte dich abholen.«

»Du wolltest mich abholen?«, wiederhole ich, während ich skeptisch – fast ein wenig enttäuscht – mit ansehe, wie zutraulich meine Katze auf den Fremden reagiert.

»Wie heißt sie?«, will er wissen.

»Er«, korrigiere ich.

»Wie heißt er?«

»Tobey. Sir Tobey.« Ich wechsle Sir Tobey in die andere Hand. »Yannick, wozu willst du mich abholen?«

»Du hast mir einen Kaffee versprochen. Und du hast dieses Versprechen noch nicht eingehalten.« Als er die Hand erneut nach dem Katzenbaby ausstreckt, schlage ich sie weg. »Ich hatte gehofft, du hättest Zeit.«

Ich schließe die Wohnungstür auf, setze Sir Tobey hinein und ziehe die Tür wieder zu.

»Yannick, du kannst nicht einfach vorbeikommen, wie es dir gefällt!«

»Wieso? Stör ich dich bei deinen Motto-Partys?«

»Bei meinen was?«

»Bei deinen Motto-Partys. Immer, wenn ich dich sehe, bist du irgendwie seltsam verkleidet. Er steht dir aber.«

»Wer?«

»Der Hut.«

Mit Schrecken wird mir klar, dass der Zylinder noch immer auf meinem Kopf sitzt. Weil ich mir vor Yannick allerdings nicht die Blöße geben möchte, lasse ich ihn auf, als gehöre er genau dort hin.

»Danke.«

»Und, was ist nun? Hast du Zeit?« Sein Charme hat mich eingewickelt, fester als Isolierband, noch ehe ich eine Möglichkeit habe zu entkommen.

Am Alten Markt scharrt ein Schwarm Tauben über das Pflaster und pickt anspruchslos nach Dreck und Krumen. Aus der Richtung der alten Kaffeerösterei weht ein aromatischer Duft nach gebrannten Arabica-Bohnen zu uns herüber. Ich halte meinen geeisten Café frappé in der Hand und werde das Gefühl nicht los, dass Yannick jeden meiner Schritte mit Argusaugen verfolgt.

»Musst du heute nicht arbeiten?«

»Nein, heute hab ich frei. Ich habe die ganze Woche gearbeitet«, erklärt er.

Ich beschließe, den Smalltalk etwas zu verkürzen und komme gleich auf den Punkt: »Und welche neurologische Störung zwingt dich an deinem einzigen freien Tag vor meine Wohnungstür?«

Yannick schaut mich erschrocken an, findet dann aber zu Sprache und Verstand zurück. »Was, wenn es kein neurologisches Problem ist? Was, wenn es eher ein erhöhter Herzschlag ist?«

»Dann würde ich dir nahelegen, dringend einen Kardiologen aufzusuchen, der sich die Sache mal ansieht.«

»Autsch.« Yannick vergrößert den Abstand zwischen uns um einen unangenehm großen Raum. »Ich muss schon zugeben, so einen unsensiblen Eisblock wie dich hab ich noch nie kennengelernt. Wo hast du deine ersten Erfahrungen gesammelt – bei einem Fernfahrer?«

»Um ehrlich zu sein, waren es zwei Mitschüler.«

»Du hattest dein erstes Mal gleich mit zwei Jungs?« Durch sein Schweigen höre ich die Räderwerke in seinem Kopf arbeiten. »Dann habe ich dich völlig falsch eingeschätzt.«

Wir laufen eine Weile stillschweigend über die gepflasterte Straße.

»Hör zu, Yannick. Ich mag dich wirklich gern. Du bist ein lieber Kerl. Wirklich.«

»Aber?«

»Du scheinst mir viel zu nett zu sein, als dass du es verdient hättest, dass man dir das Herz bricht.«

»Ich bitte dich. Ich bin zu nett? Das ist die einfachste Art jemandem zu sagen, dass man kein Interesse an ihm hat, ohne ihn zu verletzen.«

»Darum geht es nicht«, verteidige ich mich. »Ich will dir weder eine Zu- noch eine Absage geben. Aber ...«

Yannick dreht sich in einem gewaltigen Schwung zu mir um, sodass wir nun Angesicht zu Angesicht voreinander stehen.

»Glaubst du, ich hätte mich nicht unter Kontrolle? Hältst du mich wirklich für so naiv, nicht zu wissen, dass ich in dir ertrinken könnte?«

Seine Stimme ist feinkörniges Schleifpapier.

»Du kannst nicht schwimmen?« Ich bereue den Satz, noch ehe ich ihn beendet habe.

»Glaub mir, Coralie, ich will dich sicher nicht überfallen. Ich weiß nicht genau, wieso ich heute vor deiner Tür stand. Und ich weiß nicht, worum es hier eigentlich gerade geht. Was ich weiß, ist, dass ich dich mag und dass ich dieses klebrige Zuckerzeug hier trinke«, Yannick schaukelt seinen Café frappé demonstrativ in der Hand, »obwohl ich es eigentlich gar nicht leiden kann.«

Wohlwollend nehme ich ihm seinen Becher aus der Hand und werfe ihn in den nächsten Abfalleimer.

»Okay. Dann schlag ich vor, wir sind Freunde.«

»Das ist doch schon einmal ein Anfang.«

Kapitel 5

Sturm

ADAM

Burgunderroter Wein plätschert in unsere Gläser wie verflüssigte Rubine. Coralie und ich sitzen in der Küche. Die erste Flasche Wein wurde kurzerhand zum Kerzenständer umfunktioniert und wartet nun darauf, von der zweiten Gesellschaft zu bekommen. Allmählich spüre ich, wie der Alkohol mich zu schunkeln beginnt. Durch das Fenster scheint der Mond und zieht die Fäden an unseren Gliedmaßen wie ein Puppenspieler.

»Dieses dämliche Thema«, quietscht Coralie. »Was heißt überhaupt verliebt?« Ihre Nase glüht rot.

»Verliebt«, überlege ich. »Das ist, jemanden zu lieben.«

»Nein«, antwortet sie. »Verliebt heißt, dass mit dir etwas nicht stimmt.«

»Mit dir stimmt definitiv etwas nicht«, lache ich.

Der Flaschenhals klirrt gegen Coralies Weinglas. Nachschub.

»Verliebt heißt, dass du merkst, irgendetwas läuft verkehrt. Darum heißt es ja verliebt. So wie man sich verschreibt oder verläuft. Verliebt ist, wenn du plötzlich nicht mehr weißt, wer du bist oder was in deinem Körper vor sich geht«, folgert Coralie. Ihre Augen werden dabei so groß wie Golfbälle mit zwei Reihen schwarzer Wimpern.

Während sie erzählt, überlege ich, ob es dieses Gefühl ist, dass sie bei ihren Männern spürt, wie eine schleichende Erkältung. Ob es genau dieses Gefühl ist, dass sie vielleicht lenken kann, weil sie es zugleich liebt und fürchtet.

»Bist du verliebt?«, will ich wissen.

Coralie befeuchtet sich die blutroten Lippen, während sie ihr welliges, dunkles Haar im Nacken zusammenrafft und mit mir unbegreiflicher Leichtigkeit verknotet.

»Bist du es denn?«

Hinter meinen geschlossenen Augenlidern hat sich Martin längst eingenistet. Ich rieche den würzigen Rauch seiner Zigarette und fühle die Wärme seiner Hand, die ich vor ein paar Stunden versehentlich gestreift habe.

»Ich denke, sogar sehr«, antworte ich und öffne die Augen.

»Dann sei schön vorsichtig, denn es könnte Liebe werden.«

»Was wäre schlimm dran?«

»Es ist gefährlich.«

»Wie gefährlich?«

Es ist nicht Coralie, die antwortet. Der Klang ihres Namens lässt die Nacht vibrieren.

»Coralie!«

Für einen kurzen Augenblick überlege ich, ob ich es bin, der vor sich hingesprochen hat. Ob es meine eigene Stimme war. Dann ertönt der Ruf ein zweites Mal: »Coralie!«

Beide sind wir dem Ruf ihres Namens zum Fenster gefolgt und drücken aufmerksam unsere Nasen gegen die Scheibe.

»Coralie!«, dröhnt es erneut. Durch die Nacht sickern die Umrisse einer kräftigen Gestalt. Dort unten steht ein Mann auf dem Pflaster der einsamen Straße. Neben ihm zappelt eine weitere, filigranere Person.

»Coralie!«, schreit der schemenhafte Hüne erneut und versetzt dabei der hageren Frau neben sich einen Stoß. Der gesamte Körper meiner Cousine fährt herum und sucht Schutz neben dem Fensterrahmen.

»Wer ist das?«, will ich wissen. »Und was will er von dir?«

Schweigen. Ich beobachte, wie der Mann die Frau neben sich an den Haaren packt und vor sich auf die Knie wirft.

»Ich schwör dir bei Gott, Coralie, ich bring dieses kleine Flittchen hier um, wenn du mir nicht die Tür öffnest!«

Coralie reißt das Fenster mit einem solchen Schwung auf, dass es scheppernd an die Wand schlägt.

»Was willst du, Marc?«

»Mit dir reden«, lärmt es von unten – ruhiger, aber nicht weniger aggressiv.

»Da gibt es nichts zu reden.«

Marc drückt die junge Frau tiefer auf den Asphalt.

»Halt mich nicht zum Narren, Coralie, oder ich schwör' dir, ich bring diese Hure um.«

Schluss jetzt!

»Ich ruf die Polizei.« Ich stürme in den Flur und greife nach dem Telefonhörer. Noch bevor ich die Nummer wählen kann, liegt Coralies Hand auf dem Gabelumschalter.

»Was soll das?«

»Nicht.« Da ist eine Angst in ihren Augen, die ich nicht einordnen kann.

»Was?«

»Nicht«, wiederholt Coralie und nimmt mir den Hörer aus der Hand. Von unten klingt Marcs Stimme und dann das gequälte Wimmern der mir unbekannten Frau. »Ich habe eine Idee.« Sie stürmt zurück in die Küche und lehnt sich gefährlich weit aus dem Fenster. »Also gut. Komm hoch!«

»Was?« Jetzt bekomme ich es mit der Angst zu tun. »Bist du lebensmüde?!«

»Lass ihn rein, Adam.« Sie schließt das Fenster ebenso schwungvoll, wie sie es zuvor bereits geöffnet hat.

»Vertrau mir! Ich hab einen Plan.«

Widerwillig drücke ich den Türöffner. Coralie reißt den Küchenschrank auf, schnappt sich ein großes Weinglas und dreht den Hahn auf. Ich beobachte, wie sie das gefüllte Glas abstellt und mit zitternden Fingern den Silberring an ihrer linken Hand zu lösen versucht, während ich bereits hektische Schritte auf den Treppen im Hausflur wahrnehme. »Was tust du da?«

Ich bekomme keine Antwort. In ihren Händen springt das geheime Fach unterhalb des Ringkopfes auf.

»Coralie?« Ich kann nicht erkennen, was sich in dem Ring verbirgt.

»CORALIE!?«

Der Ring rutscht zwischen ihren ungeschickten Fingern hindurch und bleibt auf dem Boden des Weinkelches liegen. Es wirbelt weiß im Wasser. Schneegestöber. Keiner von uns sagt etwas. Wir beobachten, wie sich die Wolke in dem Glas ausdehnt. Durch meinen Kopf flimmern Dias von mächtigen Atompilzen.

»Was ist das?«

Neben mir werden die Schritte hinter der Tür lauter. Coralie fischt den Ring mit einer Gabel aus dem Wasser und verrührt das Pulver, bis es sich aufgelöst hat, und sich die Flüssigkeit wieder klärt.

»Was hast du vor, Coralie? Was zur Hölle hast du vor?«

Neben mir schlägt Marc mit einer solchen Kraft gegen die Wohnungstür, dass ich befürchte, er reiße sie aus den Angeln.

»Lass ihn schon rein!«, fordert Coralie mich auf. »Und dann überlass' mir die Sache!«

»Das ist verdammter Selbstmord. Bist du lebensmüde?!«

»Mach schon!«

Es dauert weniger als eine Sekunde, in der ich den Riegel umlege, die Klinke drücke und die aufschlagende Tür mich mit so harter Wucht am Kopf trifft, dass ich zurückstrauchle. Ein brennender Schmerz, als würden Flammen aus meiner Stirn schlagen. Kleine, silberne Sterne funkeln vor meinen Augen. Ich habe das Gefühl, mich übergeben zu müssen.

Marc macht sich weder die Mühe, einen Blick hinter die Tür zu werfen, noch diese zu schließen. Mit wenigen Schritten, bahnt er sich seinen Weg durch den Flur, schleudert im Vorbeigehen den Anrufbeantworter vom Hocker, erreicht Coralie in der Küche und greift links und rechts nach ihren Oberarmen. Mit Leichtigkeit reißt er ihr die Küchenschere aus der Hand, die sie in einer Art Selbsterhaltungstrieb aus der Schublade gerissen hat, um sich zu schützen.

»Was soll der Unsinn, hm?« Marc packt Coralie am Nacken und drückt sie auf einen der Küchenhocker. »Wir wollen uns doch bloß unterhalten, Zuckerpüppchen!«

Coralie und Marc sitzen nebeneinander am Küchentisch. Das Wachs der Kerze ist fast vollständig bis in den Flaschenhals heruntergebrannt. Feine, weiße Adern aus Paraffin schlängeln sich am Glas hinunter und erstarren irgendwann auf halbem Weg zum Küchentisch.

Ich stehe an der Küchenspüle, in direktem Blickfeld des ungebetenen Besuchers. Passanten, die die Straße unterhalb des Küchenfensters überqueren und – bei einem Blick nach oben – unsere lang gestreckten Schattenbilder an der Zimmerdecke flackern sehen, könnten annehmen, hier fände ein gemütlicher Abend unter Freunden statt.

Die Wahrheit ist jedoch, dass diese Passanten die große Hand nicht sehen, die mit grobem Feingefühl Coralies Nacken streichelt und sie dabei gleichzeitig an Ort und Stelle hält. Sie können das regelmäßige Pochen nicht hören, das in meiner Stirn tickt, wie eine übergroße, blau anlaufende Zeitbombe. Sie sehen nicht das zerborstene Plastik, das einmal der Anrufbeantworter gewesen ist. Sie können die blanke Haushaltsschere nicht einmal erahnen, deren Spitze von Marc geistesabwesend und mit akribischer Stetigkeit in die Tischplatte gedreht wird.

Ich suche Coralies Blick. Doch dieser klebt weiterhin an dem Weinglas, das unberührt vor ihr steht. Vermutlich überlegt sie, wie sie aus dieser Situation ausbrechen kann. Ich für meinen Teil sehe keinen Ausweg. Es könnte alles Mögliche passieren.

»Jetzt schau doch nicht so betrübt, als wäre dir hier gerade dein Eis in den Dreck gefallen.« Marc stößt Coralies Kinn an und wirft mir dann einen Blick zu: »Jetzt lacht doch mal! Los!«

Keiner von uns beiden denkt auch nur im Entferntesten daran, dem ungebetenen Gast seine absurden Wünsche zu erfüllen. Wo auch immer die Frau von der Straße hin ist, sie wird ihre wiedererlangte Freiheit kosten, als hätte sie ein Leben lang in Gefangenschaft verbracht.

»Wisst ihr«, lallt Marc. »Es gibt da diese Bar. Ein ganz cooler Schuppen. Einer dieser englischen Pubs. Da gibt es echtes Schwarzbier. Ein Guinness zum Feierabend, versteht ihr? Na ja, nicht zum Feierabend, eher vor der Arbeit. Jedenfalls war ich dort in den letzten Wochen. Hin und wieder. Was ist schon groß dabei? Und heute mach ich mich nach ein paar Bierchen auf den Weg nach Hause und überlege mir, noch einen kurzen Abstecher zum Bahnhof zu machen. Und was meint ihr, wen ich da sehe, hm?« Marc gibt Coralie einen kleinen Klaps auf den Hinterkopf.

»Denk mal nach, Zuckerpüppchen!« Er grinst breit. »Bingo!« Seine Hand saust auf den Tisch wie auf einen unsichtbaren Buzzer. »Da steht diese kleine Nutte, die neulich in meinem Bett lag. Und weißt du, was das Unfassbare ist?! Diese Nutte ist tatsächlich 'ne Nutte. Ich pflücke sie also vom Bordstein und unterhalte mich ein wenig mit ihr im Auto. Und dann erzählt sie mir von dem Geld, das sie von dir bekommen hat und davon, was sie dafür erzählen sollte.«

Coralie wirkt müde, fast gelangweilt, arrogant und teilnahmslos. Sie nimmt das Weinglas in die Hand und schwenkt das Wasser, als handle es sich um einen teuren Bordeaux. Mir hingegen fällt es schwer, Marcs Geschichte zu verstehen.

»Sag mir, dass das kleine Miststück lügt, Zuckerpüppchen, ja? Sag mir, dass du sie nicht angeheuert hast!«

Coralie bleibt desinteressiert. Langsam führt sie das Glas an ihre Lippen, als wolle sie einen Schluck nehmen.

»SAG'S MIR, CORALIE!«

Marc reißt ihr das Glas aus der Hand und schleudert den Tisch ohne Mühe in die andere Ecke der Küche, wo dieser – die Beine zur Zimmerdecke – liegen bleibt. Wein schlängelt sich wie Blut um die Glasscherben über den Boden. Coralie sitzt erstarrt auf ihrem Stuhl. Mein Herz hämmert so stark gegen meine Brust, dass es schmerzt, als Marc sich durch die Küche bewegt und das Glas grob auf der Arbeitsplatte abstellt. Ein Teil des Inhalts schwappt über den Rand auf den Tisch.

Während er sich bückt, um die Schere aufzuheben, schlüpfe ich an ihm vorbei zu Coralie.

»Ist alles okay?«

Sie nickt.

»Ob alles okay ist, fragt er«, flüstert Marc hämisch. »Was ... was machst du beruflich, Adam?«

»Ich studiere«, antworte ich knapp.

Er grinst und kommt auf uns zu. Seine Augen liegen so tief in seinem Gesicht, dass sich unter ihnen schwarze Halbmonde herausbilden. Der Preis des Nachtlebens, denke ich.

»Was studierst du?«

»Marc, wieso gehst du nicht einfach?« Coralie ist aufgestanden und hat sich zwischen uns beide geschoben. Marc überragt sie um einen Kopf.

»Ich versuch, mich mit dem kleinen Brandon Walsh hier zu unterhalten, Herzchen.«

»Und ich finde, du solltest jetzt gehen.«

Sowohl Coralie als auch Marc halten unentwegt Augenkontakt. Die Luft im Raum gerinnt, wird zäh wie Kautschuk.

»Liebst du mich, Coralie?«

»Nein.«

Ich greife vorsichtig Coralies Hand, um sie daran zu erinnern, dass ich hinter ihr stehe.

»Sag mir, dass du diese Hure nicht angeheuert hast, um mich zu linken.«

Ich drücke ihre Hand fester.

»Wir sind nicht mehr zusammen, Marc.« Coralies Stimme klingt so kalt wie die Schneiden der Küchenschere.

In einem unvorhergesehenen Halbkreis jagt Marcs Hand durch die Luft und trifft Coralies Gesicht mit einer solchen Wucht, dass sie – dem Küchentisch gleich – in der anderen Ecke des Raums landet. Ein innerer Impuls treibt mich zum Angriff, wird jedoch von der Küchenschere zurückgehalten.

»Jetzt wag es nicht zu heulen, Zuckerpüppchen, hörst du? Du hast keinen Grund zum Heulen. Weißt du, wie sich das anfühlt? Weißt du das?«

Marc packt sie am Kinn und dreht ihren Kopf in seine Richtung. Eine feine Linie Blut ist der Fliehkraft gefolgt und zieht sich nun über Coralies Wange.

»Weißt du, wie es sich anfühlt, zu wissen, dass du nicht mehr da bist? Jeden Morgen mit diesem schlechten Gewissen aufzuwachen und wieder einzuschlafen? Weißt du, wie es sich anfühlt, dass du auf keinen meiner Anrufe reagierst? Ich hab dich nicht betrogen, Zuckerpüppchen.«

Bevor ich eingreifen kann, erkenne ich in dem riesigen Mann in unserer Küche einen gebrochenen Jungen. Einen Jungen, dem man das Herz aus der Brust geschnitten und zum Ausbluten zurückgelassen hat.

»Hörst du?«, weint Marc, während er versucht, das Blut aus Coralies Gesicht zu wischen und in ihrer verhärteten Miene jenes hübsche Wesen zu finden, in das er sich so hoffnungslos verliebt hat.

Ich reiche Coralie ein Küchenkrepp und vergewissere mich, dass es ihr gut geht. Neben uns hustet Marc trocken, während er sich die alkoholmüden Augen reibt.

»Du verdammter Wichser«, flüstert Coralie.

Er räuspert sich mehrmals, würgt zähen Schleim hoch und findet das Wasserglas wieder, dessen Inhalt er unter unseren gebannten Blicken in einem Zug runterspült.

»Setz dich!«, befielt Marc.

»Was?«

»Du sollst dich setzen!«

Er schiebt den frei stehenden Küchenstuhl vor sich. Coralie folgt seiner Aufforderung nach kurzem Zögern und nimmt Platz. Marc wirft mir einen misstrauischen Blick zu und kniet sich dann vor Coralie auf den Boden.

Schweigen.

»Was willst du noch hier?«, fragt sie. Obwohl es makaber erscheint, muss ich an einen Heiratsantrag auf dem elektrischen Stuhl denken.

»Ich will dich, verdammt. Ich will dich«, Marcs Stimme bricht. »Ich will dich so sehr. So sehr. Ich war mir nie so sicher, Coralie. Noch nie.«

»Du säufst wie'n Loch.«

»Na und? Was kümmert's dich!«

»Du bist krank. Du brauchst Hilfe.«

»Ich bin nicht krank, Coralie. Nur das hier«, Marc tippt mit der Spitze der Schere gegen seine Brust, »das ist krank und will nicht mehr richtig schlagen.«

Und wieder das Herz, denke ich. Immer, immer das Herz.

Ich spüre, wie sich meine Eingeweide verkrampfen. Ich schließe die Augen, um den Mann nicht sehen zu müssen, dessen ganze Liebe in Verzweiflung umschlägt, während er immer noch versucht, sein lebensgefährlich verletztes Herz der Frau seiner Träume in den Schoß zu legen.

Coralie hingegen verzieht nicht die geringste Miene.

»Marc. Wir sind nicht mehr zusammen.«

»DOCH, DAS SIND WIR! DAS SIND WIR! DAS SIND WIR!«

In weniger als einem Herzschlag hat Marc sie an den Haaren gepackt und zu Boden geschleudert. Die Schere wirbelt durch die Luft. Ohne darüber nachzudenken, springe ich auf seinen Rücken.

Ritsch. Ratsch.

Dunkle Strähnen segeln zu Boden, wie geschorenes Lammfell. Ich rutsche von seinen Schultern und lande rücklings auf einem der Tischbeine. Als Marc die Schere fallen lässt, herrscht in unserer Küche düsterer Altweibersommer.

Marc zieht Coralie auf die Beine und hält ihr ein Büschel Haare vor die Nase. »Wir sind so lange zusammen, bis das hier nachgewachsen ist! Hörst du?«

Als sich sein Griff löst, rutscht sie weinend auf die Fliesen und schlägt die Hände schützend über ihrem Kopf zusammen. Neben ihr dreht sich die Schere leicht geöffnet um die eigene Achse.

Übelkeit kriecht durch meinen Körper wie ein verwesendes Tier und lässt mich erbrechen. Wie von Sinnen schüttelt Marc die langen schwarzen Haare von seinen Händen, fast panisch, und verrenkt unnatürlich den Kopf. Auf einer plötzlichen Woge des Unwohlseins schlenkert er zur Seite. Im nächsten Moment torkelt Marc blind durch die Küche und stürzt schließlich zuckend zu Boden.

Im Leben eines jeden Kindes gibt es Alltäglichkeiten, die sein Leben bestimmen. Der Gang in den Kindergarten, der Nachtisch nach dem Gemüse, Geschenke an Heiligabend. Meine Mutter buk jeden Samstag wunderbaren Pflaumenkuchen und stieg jeden Abend heimlich auf den Kühlschrank, um das Bier meines Vaters zu vergiften.

Ich war acht Jahre alt, als ich eines Abends nach dem Spielen nach Hause kam und meinen Vater auf dem Boden im Wohnzimmer liegen sah – nicht zum ersten Mal. Meine Mutter hing über ihm und blies ihm in steten Abständen Luft in den Mund. Dabei hielt sie seine Nase mit zwei Fingern verschlossen und seinen Kopf in einem so überstreckten Winkel, dass ich beim ersten Mal fürchtete, er könnte nach hinten weg von der Wirbelsäule brechen. Aber Gewohnheit schafft Geborgenheit, und so störte ich mich nicht sonderlich an dem Bild, denn als untrügliches Zeichen dafür, dass meine Mutter die Beatmung richtig ausführte, blähte sich der Brustkorb meines Vaters auf imposante Weise auf.

»Was ist mit Papa passiert, Mama?«

Meine Mutter antwortete nicht, sondern setzte ihre Wiederbelebung mit einer erneuten Herzmassage fort. Bei genauerem Betrachten bemerkte ich, dass meine Mutter geweint hatte; wohl weniger darum, dass mein Vater in ihren Armen sterben könnte, als vielmehr aus Angst, wie sie die Situation den Beamten erklären sollte. Diese nämlich würden sie auf die erhöhte Menge des Schlafmittels ansprechen, welche die Gerichtsmedizin in seinem Körper nachweisen würde – ein Schlafmittel, das sie ihm verabreicht hatte, das sie ihm täglich verabreichte.

Ich erinnere mich daran, dass meine Mutter ihn – aus Furcht, das Sedativum könnte ihrem Mann vielleicht doch den Rest gegeben haben – hin und wieder mit kräftigen Ohrfeigen aus seinem künstlichen Schlaf riss. Weil aber auch diese Methode nicht zu helfen schien, wuchs die Panik in ihr.

»Soll ich die 112 anrufen, Ma?«

»Nein, Coralie«, weinte sie.

Eins, zwei, drei, vier, fünf, sechs.

Ich hatte meinen Vater nie friedlicher gesehen, als an jenem Abend auf dem Teppich im Wohnzimmer. Weil ich mir aber Sorgen um meine Mutter machte, beschloss ich, nicht weiter unbeteiligt herumzustehen, sondern in die Küche zu huschen, wo ich einen Eimer mit kaltem Wasser füllte und der Stimme meiner Mutter aus dem Nebenzimmer lauschte.

»Du verdammter Bastard, ich höre dich doch atmen!«

Klatsch. Klatsch.

Als der Eimer beinahe zum Überschwappen voll war, trug ich ihn wackelig ins Wohnzimmer, wo sie noch immer Schläge austeilte. Der große, blaue Fleck, der sich seit ein paar Stunden wie ein Rorschachtest auf ihrem Oberarm ausbreitete, war mir längst aufgefallen. Er war der stumme Zeuge häuslicher Gewalt. Ohne weiter darüber nachzudenken, trat ich über meinen Vater, hielt den Eimer über seinen Kopf und entleerte ihn. Wie ein Stehaufmännchen schwang sein Oberkörper in die Luft.

Marcs Augen sind glasig und gerötet. Die Pupillen, groß wie Frisbeescheiben, reagieren auf keinerlei Lichtreize. Während Adam die Wiederbelebungsversuche aufnimmt, gehe ich in der Küche auf und ab und knabbere mir, auf der Suche nach einem klaren Gedanken, die Nagelbetten blutig. Mein Kopf ist so schwer wie ein Medizinball.

»Verdammt, was hast du ihm gegeben, Cori?« Adam unterbricht die Beatmung. Sie ist so sinnlos wie das Staubsaugen in der Wüste. »Was für'n Scheiß hast du ihm da gegeben?«

»GHB«, heule ich und wische mir den Rotz aus dem Gesicht.

»Was ist das?«

»Ein Sedativum«, erkläre ich. »Wie K.-o.-Tropfen.«

»K.-o.-Tropfen? Du hast ihm Drogen gegeben? Gott, Coralie. Wir müssen einen Krankenwagen rufen. Wir müssen einen beschissenen Krankenwagen rufen. Er braucht Hilfe. Er braucht verdammt noch mal beschissene Hilfe.«

»Wozu, Adam? Der Mann ist tot, da gibt es nichts mehr zu verarzten!«

Ich raufe mir die Haare und werde daran erinnert, dass sie um einiges kürzer sind als gewohnt. In meinen Händen kleben sie vereinzelt wie düstere Spinnweben. Das Gefühl der Verzweiflung verebbt. Mein Puls wird langsamer.

»Wir können ihn doch nicht einfach hier liegen lassen. Wir müssen die Polizei rufen.«

»Verstehe! Lass mich vorher noch in meinen gestreiften Pyjama steigen, dann erspare ich mir diesen Schritt auf der Wache.« Ich suche in den Taschen von Marcs Lederjacke und werde schnell fündig: eine halb volle Schachtel Marlboros und ein Feuerzeug.

»Es war Notwehr«, beteuert Adam.

»Ja, sicher.« Ich nehme einen tiefen Zug und setze mich zu den beiden auf den Boden. Wir bilden ein seltsames Trio – zwei ungleiche Jahrmarktschausteller und ihr somnambules Medium.

»Wie kannst du jetzt bloß rauchen?« Adam schüttelt verständnislos den Kopf.

»Das beruhigt.«

»Bullshit. Sie gehören nicht einmal dir.«

»Nein, sie gehören der Leiche«, schniefe ich atemlos, während das Nervengift des Glimmstängels in mein Blut übergeht. Wortlos reiche ich die Zigarette an Adam weiter, der sie zögerlich annimmt. Mit wenig Erfolg, versuche ich mir die zerlaufene Wimperntusche von den Wangen zu wischen, verschmiere sie aber nur noch mehr.

»Was machen wir jetzt?«, prustet Adam.

»Scheiße. Ich hab keine Ahnung.«

Wir teilen uns die Zigarette, bis die Glut den Filter erreicht hat, und beobachten den riesigen Mann, mit den leblosen roten Augen, dessen Seele sich längst von seinem Körper und dieser Welt gelöst hat.

»Wie kommst du zu diesem Scheißzeug, Cori? Ich meine, wozu hast du das?«

»Das ist eine lange Geschichte. Nicht sonderlich aufregend.«

»Coralie, ich wäre dir dankbar, wenn deine Geschichte nur halb so aufregend ist, wie die Tatsache, dass hier ein toter Mann in unserer Küche liegt.«

»Ich hab dieses Zeug für Marc gebraucht.«

»Ja, das hab ich mitbekommen.«

»Schon vorher. Ich benutz den Stoff kaum. Nur manchmal, wenn es mir wieder ein bisschen zu viel wird.«

»Zuviel was?«

»Zuviel von Marc und den anderen tausend Kerlen«, platzt es aus mir heraus, und zum ersten Mal wird mir klar, wie viele es in den letzten zwei Jahren wirklich waren. Leichtathleten in einem Staffellauf.

»Seit wann?«

»Spielt das eine Rolle?«

»Nein, eigentlich nicht. Ich versuche dich bloß zu verstehen.«

»Sehr witzig!«

Stille. Adams Blick verliert sich im Nirgendwo.

»Marc. Madame Porzellan«, murmelt er.

»Was soll das? Zählen wir jetzt alle Namen auf die uns in den Sinn kommen?«

»Wir müssen es ihr sagen. Sie weiß, was zu tun ist.«

»Natürlich weiß sie, was zu tun ist. Vermutlich würde sie den Herd anschmeißen und Sülze kochen.«

»Im Ernst!« Adam ist lauter geworden. »Ich erkenn dich überhaupt nicht wieder. Was ist das hier alles für 'ne Scheiße? Lass uns Madame Porzellan informieren. Lass uns die Polizei rufen. Der Typ ist quasi in die Wohnung eingebrochen, er hat dich geschlagen. Das hier war Notwehr.«

»Adam, das war Mord verdammt. Mord! Ich arbeite für Anwälte. Notwehr ist nur dann Notwehr, wenn sie erforderlich ist, um einen Angriff von sich oder einem anderen abzuwenden.«

»Ich weiß!«

Er vergräbt sein Gesicht in seinen Händen und fängt an, leise zu schluchzen. Ich rücke näher an ihn heran und lege meinen Kopf auf seine Schulter. Wie von selbst suchen unsere Hände einander und finden sich in einem festen Griff.

So sitzen wir eine ganze Weile in der Küche und weinen stumm vor uns hin, während sich ein Karussell aus geschrienen Gedanken um den toten Mann vor uns dreht.

»Der Wagen«, raunt Adam.
»Was sagst du?«
»Ist er mit dem Auto hier?«
Plötzlich begreife ich. Ich krieche zu Marc hinüber und taste seine Jacke ab. In seinen Innentaschen greife ich in zwei leere Koksbriefchen, ehe ich den Autoschlüssel des Wagens, der unten vor dem Haus parkt, hervorziehe und ihn Adam präsentiere: »Bingo!«
»Meinst du, wir kriegen ihn zusammen die Treppen runter?«

Was in den folgenden Stunden passiert, nehme ich selbst wie ein Beobachter wahr. Wie ein Außenstehender. Als hätte ich meinen Körper verlassen.
Die Nacht schneidet scharfe Schatten aus der Finsternis. Konturen von Straßenlaternen und Verkehrsschildern verwandeln sich in Rasierklingen und aufgerichtete Messer, die der schwarze Mittelklassewagen so aufmerksam umfährt, als könne er sich an ihnen die Reifen zerfetzen. Im Schein der Frontscheinwerfer flammt das weiß-rote Absperrband auf, das Sekunden später von der Karosserie zerrissen wird.
Als der Wagen ruckartig zum Stehen kommt, stößt der Motor einen letzten, erschöpften Seufzer aus. Zwei schemenhafte Gestalten steigen aus dem Auto – eine davon bin ich. Sie öffnen die hintere Beifahrertür und ziehen den Mann aus dem Auto. Einige Augenblicke kämpfen die beiden mit dem Gewicht des Mannes, mit seinen Beinen und Armen, in denen sich bereits die ersten Anzeichen der Totenstarre zeigen, und hieven ihn dann mit vereinten Kräften auf den Fahrersitz. Leise knacken die starren Fingerglieder, als die Hände des Toten um das Lenkrad geklammert werden.
»Weg! Weg! Weg!«, rufe ich Adam zurück und schmeiße die Fahrertür zu, eine Sekunde, bevor Marcs rutschende Hand dazwischen geraten kann.
»Meinst du, uns hat irgendjemand gesehen?«
Schwärze umgibt uns. Lediglich die trüben Lampen der Absperrtafeln schimmern grüppchenweise in der Nacht. Unsere Köpfe drehen und wenden sich zu allen Seiten.

»Nein«, flüstert Adam.

Ich nicke, mehr um mich selbst in Sicherheit zu wiegen, als einer Zustimmung wegen.

»Coralie, willst du das wirklich tun?« Adam hält mich am Arm. »Ich meine, bist du dir sicher?«

Ich versuche seinen traurigen, grauen Augen auszuweichen. Sie wirken viel zu sanft und gutgläubig, als unter einer derart angeschwollenen Stirn hervorzuschauen. Ich weiß, dass mich selbst der kleinste Lichtreflex in ihnen aus dem Gleichgewicht bringen und von dem schmalen Grat abbringen könnte, auf dem ich wanke – einem Trapezkünstler gleich, ohne Netz unter mir.

»Ich war mir noch nie so sicher!«

Sein Griff löst sich. Ich greife durch das geöffnete Fenster und versenke den Autoschlüssel im Zündschloss. »Es ist ja nicht so, als hätten wir irgendeine Wahl.«

Der Schlüssel stößt auf Widerstand, als ich ihn auf die Stellung der Starterbatterie drehe. Das Autoradio knistert und quietscht zwischen zwei Frequenzen vor sich hin.

»Wie willst du das Gaspedal treten, ohne im Auto zu sitzen?«

»Verdammt!«

»Was? Hast du das etwa nicht bedacht?!«

»Lass mich kurz nachdenken.« Mein Kopf scheint leerer als ein Vakuum und größer als das Weltall. Ich schniefe protestierend und gebe mich der einzig praktischen Lösung geschlagen: »Na los, wir schieben die beschissene Karre!«

Meine Stimme bricht, und ich habe Mühe, nicht augenblicklich zu Boden zu stürzen und so laut ich kann zu schreien.

Von einem Gewölbebogen beobachten räudige Stadttauben das nächtliche Treiben und die zwei Gestalten, die mit vereinten Kräften den schwarzen Wagen in Bewegung setzen – angetrieben von zwei schnell klopfenden Herzen, die für einen winzigen Augenblick des Kraftaufwands im gleichen Takt klopfen. Zwei Menschen, verbunden durch ein Band, das stärker ist als Stahl und schärfer als der dünnste Draht.

Fast wie in Zeitlupe rollen sie das Auto auf die fehlende Brüstung zu, bis ihnen schließlich das Gesetz der

Schwerkraft die Arbeit aus den wund gescheuerten Händen nimmt und das Auto über den Rand der Brücke befördert. Eine Weile trudelt das Fahrzeug auf dem Wasser, dann füllt sich der Innenraum und alles geht sehr schnell. Während der Grund gierig an der Leiche zerrt – mit all der verzweifelten Liebe, die an ihr hängt –, versinkt auch ein Teil jener beiden Menschen in dem stillen Kanal. Genau an jener Stelle, an der ihre Blicke über die Kante der Brücke hinaus gehen und auf das Autodach fallen, das wie von Quecksilber umschlossen wird.

Noch ehe uns irgendjemand erwischen kann, sind Adam und ich verschwunden. Wir nehmen die Nachtlinie in Richtung Innenstadt und versinken in ihrer düsteren Anonymität. Endlich zu Hause angekommen, verwischen wir ebenso sorgsam wie wortlos unsere Spuren. Wir fegen zerbrochenes Glas und Mobiliar zur Seite und schwören uns abschließend bei unser beider Leben, dass nie auch nur die kleinste Silbe über das, was stattgefunden hat, über unsere Lippen gehen wird. Dass wir dieses Geheimnis mit ins Grab nehmen werden. Wir besiegeln dieses Versprechen mit so vielen Tränen der Reue, Verzweiflung und Schuldgefühlen, bis die ersten, zarten Sonnenstrahlen durch die Fenster schleichen und die Nacht verblasst wie ein böser Traum.

Wir waren acht Jahre alt, als mir Adam ein selbst gezeichnetes Bild schenkte. Es zeigte eine pummelige Kindergestalt, die mit einem weißen Lendentuch bekleidet war und von einem Paar rosafarbener Flügel über dem Boden getragen wurde.

»Das ist Amor«, erklärte mir Adam sichtlich stolz auf sein eigenes Kunstwerk, wohingegen ich mich eher erschreckt zeigte, angesichts der Tatsache, dass die kleine Putte keinen Kopf besaß. Stattdessen waren ihr drei schuppige Drachenhäupter auf die Schultern gesetzt worden, deren Mäuler bedrohlich aufgesperrt waren.

»Damit du die Liebe erkennst, wenn du sie siehst, und dich vor ihr schützen kannst«, hatte Adam sein Geschenk erklärt.

Heute weiß ich, dass er unbewusst schon damals verstanden hatte, dass die Liebe genauso gefährlich wie zärtlich sein kann.

»Ich muss Sie bitten zu gehen, Monsieur. Sie können hier nicht schlafen.«

Martins Stimme ist dunkle Seide, die in der Luft weht und mich so sanft aus diesem Tagtraum in die Wirklichkeit zurückführt, dass Realität und Fantasie für einen Moment ineinander verschwimmen. Seine Konturen wirken weich, wie eine auf nassem Papier ausgeführte Aquarellmalerei. Ich liege im Gras am Fuße des Bücherbaums und schaue zu ihm auf, meine Augenlider noch immer unwirklich schwer. Seine Beine wirken übermenschlich lang und athletisch. Die schmalen Hüften stecken in ausgewaschenen Blue Jeans. Vorsichtig setze ich mich auf. In der Abenddämmerung schaukeln viele, kleine Lampions an den kahlen Ästen des Bücherbaumes auf und ab.

»Bist du meinetwegen hier?«, will er lächelnd wissen, während er in die Hocke geht, um mit mir auf gleicher Höhe zu sein.

Weswegen sonst, möchte ich antworten, doch stattdessen werfe ich irgendeinen belanglosen Spruch in den Raum. Umringt von den vielen kugelförmigen Laternen wirkt Martin wie ein Teil eines Miniaturuniversums, dessen unmittelbares Zentrum er ist. Der Inhalt meines Beutels liegt verstreut neben mir im Gras. Mein Blick fällt auf den dünnen Prospekt, den ich mitgebracht habe: »Ich habe Nahrung fürs Gehirn dabei.«

»Nur zu.«

Er steht auf, wirbelt in einer einladenden Geste mit seinem Küchenhandtuch und geht in eine leichte Verbeugung, während ich mir eine der Schubladen des Bücherbaumes aussuche und den Prospekt darin verschwinden lasse. Dann schwingt er das Handtuch über seine Schulter und greift zu der Zigarette, die hinter seinem rechten Ohr steckt.

Langsam gelange ich in der Wirklichkeit an.

»Hast du keine Seminare?«

»Da war ich schon«, antworte ich müde. Aufrecht stehend sind wir fast gleichgroß – es sind nur wenige Zentimeter, die er mich überragt.

»Und du? Hast du Feierabend?«

»Ja, so gut wie. Ich bin in fünf Minuten fertig. Reicht dir das?«

Martin lässt mir keine Zeit, auf seine Frage zu reagieren. Noch während er sie stellt, ist er auf dem Weg ins Café. Ich bücke mich und sammle meinen Beutelinhalt zusammen.

Es ist ein gutes Dutzend Papierlaternen, das im schwarzen Skelett des Bücherbaums leuchtet. Ich nehme meinen Gedanken wieder auf. Das Ganze wirkt wie ein längst überholtes Modell des Planetensystems: Gravitative Gestirne, die sich, in periodischen Bahnen gebunden, um ihren gemeinsamen Mittelpunkt bewegen, der weniger ein hell erleuchteter Stern, als vielmehr das traurige Überbleibsel einer einst prächtigen Esche ist. Oder mein Mittelpunkt, der unwissentlich noch vor wenigen Minuten Martin war.

Eine Viertelstunde später laufen wir in Richtung Innenstadt. Dabei rasselt er beiläufig immer wieder mit der Streichholzschachtel, die er bei sich trägt.

»Was ist mit dir los?«

»Was meinst du?«

»Du wirkst so abwesend – seit ein paar Tagen schon.«

»Wirke ich so?« Ich muss nicht lang überlegen, tue ihm zuliebe aber trotzdem als ob.

»Ist irgendetwas vorgefallen?« Ich spüre seine Hand auf meiner Schulter und widerstehe der Versuchung, mich umzudrehen und meine Lippen auf seine zu pressen.

»Ich meine, du bist von Grund auf ein wenig anders, aber das ist ja nichts Schlechtes.«

Nun drehe ich mich doch zu ihm um.

»Wie kommst du drauf, ich sei anders?«

»Ich weiß so einiges über dich.«

»Zum Beispiel?«

»Du wohnst mit deiner bildhübschen Cousine in einem alten Haus, in irgendeiner seltsamen Konstellation mit einer skurrilen Großmutter, die mit Puppen spricht.«

Ich erschrecke angesichts der Ausführlichkeit dieser oberflächlichen Beschreibung.

»So hübsch ist sie gar nicht«, lüge ich, als sei Coralies Aussehen das Einzige an seiner Aussage, das mich aus der Fassung bringt.

»Ach nein?«

»Nein«, wiederhole ich energisch. »Wer erzählt solche Sachen?«

»Die Leute eben.«

»Geht das genauer?«

»Mein Kollege zum Beispiel.«

Vielleicht will er mich auf die Probe stellen, mich und meine Belastbarkeit testen. Obwohl ich keinen Sinn darin sehe, beschließe ich, mich nicht sonderlich überrascht zu zeigen. Am meisten verwundert mich die Tatsache, dass Martin erkennen könnte, wer ich wirklich bin.

»Ich hasse es«, flüstere ich.

»Was?«

»Dass die Leute reden.«

»Soll das ein Witz sein? Begreifst du nicht, wieso sie das tun? Verstehst du nicht, was du für ein unglaubliches Glück hast? Die Leute da draußen beneiden dich still und heimlich dafür und versuchen dies mit Ignoranz zu verbergen. In Wirklichkeit wissen sie, dass es nichts Langweiligeres gibt, als gewöhnlich zu sein. Und das macht ihnen Angst.«

Martin legt mir seinen Arm um die Schulter und zieht mich – meinen Körper und meine Seele – zu sich heran. Und ich weiß, ich liebe diesen Mann mit jeder Faser meines Körpers.

Der Sommersturm erreicht in den frühen Morgenstunden, noch ehe die Sonne aufgegangen ist, die Stadt. Mehrere Hundert Millionen Volt zerreißen dröhnend den Himmel, während der brausende Regenschauer sich über uns entlädt. Die Menschen auf den Straßen verbergen sich anfangs unter unzähligen, vielfarbigen Regenschirmen und fliehen letzten Endes gänzlich vor der ungewohnten Nässe.

Innerhalb weniger Stunden ist die trockene Großstadtluft wie gesäubert, Schmutz und Staub aus der Atmosphäre gewaschen. Bäche und Rinnsale bilden sich und treiben ihr perlendes Wasser über den trockenen Erdboden. Es ist, als stoße die Natur ein lang anhaltendes, zufriedenes Seufzen aus.

Schwere Regentropfen prasseln gegen die Scheiben in meinen Fensterrahmen und spielen eine melancholisch-trübe Melodie, die mir auf die Laune drückt. Bei dem Versuch, durch die Wasserschlieren nach draußen zu spähen, erhasche ich nicht einen einzigen, klaren Blick, sondern nur ein Zerrbild der Wirklichkeit.

Der Juli ist so schnell gegangen, wie er gekommen ist. Martin und ich haben uns in den letzten Wochen oft gesehen, sind beinahe zu Freunden geworden, obgleich das nicht das ist, was ich möchte. Seine Gegenwart macht aus mir einen Menschen, der Sterne sieht, wo eigentlich helllichter Tag ist und hilft mir dabei, den sonst so tristen Alltag zu vergessen. Die Brücke, auf die es uns bei unserem ersten richtigen Gespräch führte und deren Renovierungsarbeiten erst vor wenigen Tagen abgeschlossen wurden, haben wir nie wieder aufgesucht. Dafür gab es entweder keinen Grund oder alle Gründe der Welt.

Coralie und ich haben unser Versprechen gehalten und so getan, als hätte es Marc nie gegeben, was meinem Mund leichter fiel als meinem Gewissen. Nach einer Woche waren die körperlichen Beweise in meinem Gesicht längst abgeschwollen. Coralie konnte ich beinahe täglich dabei beobachten, wie sie nach der Arbeit vor dem Fernseher saß und auf sämtlichen Sendern die Nachrichten prüft – paranoid genug zu glauben, irgendjemand könnte das Geheimnis auf dem Grund des Kanals entdeckt haben.

Mir selbst haftet eine unheimliche Schwere an, die ich nicht abzuschütteln weiß. Wann immer ich an das Geschehene denke, wann immer ich rot-glimmende Rücklichter in der Dämmerung ausmache oder ein Geräusch ähnlich bedrohlich klingt wie das Knarzen eines von Menschenhand bewegten Autos, überkommt mich eine Kühle, die mich bis auf meine Seele friert.

Oft genug schrecke ich aus unruhigem Schlaf, schweißnass und mit rasendem Herzen, oder erbreche die grauenvollen Bildfetzen, die mein Gehirn nicht verarbeiten will oder kann.

Seitdem ich mit Martin zum letzten Mal ein Wort gewechselt habe, sind bereits einige Tage vergangen. Tage, in denen ich mich immer wieder erwischt habe, wie ich seinen Namen vor mich hin flüstere wie ein Mantra.

Als ich in die Küche komme, finde ich Coralie bereits am Tisch. Sie schält eine Apfelsine. Kopf und Stand hat die Zitrusfrucht bereits an ein scharfes Küchenmesser verloren, um nun die Schale vom Fruchtfleisch zu ziehen.

»Guten Morgen«, wünscht sie mir beiläufig.

»Morgen.«

»Ich wollte schon den Schlüsseldienst rufen, weil ich dachte, die Tür würde klemmen und das sei der Grund, wieso du nicht aus deinem Zimmer kommst.«

»Von mir aus bräuchte sich die Tür nie wieder öffnen.«

»Na dann doch aber wenigstens die Fenster oder willst du in deinem eigenen Mief ersticken?«

Die Schale der Apfelsine liegt in vier gleichgroßen Teilen vor Coralie auf einem Teller. An der Wand tickt die billige Katzenuhr vom Flohmarkt und lacht mich von ihrem erhabenen Platz aus, während sie im Takt mit Schwanz und Augen wippt.

»Was ist los? Hast du schlechte Laune?«

»Keine Ahnung.«

»Woran liegt es?«

Ich gebe ihr keine Antwort. Schlaf klebt in meinen Augenwinkeln. Ich beobachte, wie Coralie die Apfelsine auseinanderreißt.

»Liegt es an ihm?«

»Martin heißt er«, korrigiere ich, wohl wissend, dass sie auf ihn anspielt.

»Liegt es an Martin?«, verbessert sie sich.

»Vermutlich.«

Coralie bietet mir eine Orangenspalte an. Neben uns prasselt der Regen auf das Fensterbrett.

»Was genau ist eigentlich das Problem? Dass du es geschafft hast, ihn auf dich aufmerksam zu machen? Dass ihr miteinander sprecht, als wärt ihr Freunde? Dass er sich für Bücher interessiert, genauso wie du?« Coralie stupst mich mit dem Ellenbogen an. »Du hast keinen Grund zu schmollen.«

»Ich weiß einfach nicht ...«, unternehme ich den Versuch, meine Gedanken zu erklären. »Ach, vergiss es.«

»Nun rück schon raus mit der Sprache. Ist es, weil du nicht weißt, ob dein Martin deine Gefühle erwidern kann?«

Coralie ist wie ein Teil von mir. Als hätte jemand noch vor unserer Geburt eine Seele in zwei Teile gerissen und uns beide daraus geformt. Sie durchschaut mich, wie es kein anderer auf dieser Welt vermag, ist in der Lage, ihren Finger zielsicher auf jeden verborgenen Punkt meiner Seele zu setzen.

Und sie hat recht. Ich nicke und sie lächelt.

»Also dann, Cowboy. Wie soll es weitergehen? Wohin willst du als nächstes?«

»Das weiß ich nicht genau. Was soll ich machen?«

»Nun«, Coralie steht auf und wirft die Apfelsinenschalen in den Biomüll, »das hängt zum großen Teil davon ab, was du vorhast.« Vor meinem Stuhl geht sie in die Hocke und nimmt meine Hand: »Adam, du musst irgendwann anfangen, zu leben, zu handeln.«

Als sie sich wieder erhebt, ächzt sie dabei so theatralisch wie eine rheumatische Greisin.

»Ich muss zur Arbeit. Ich werde erst heute Abend wieder hier sein.«

»Wieso? Was hast du vor?«

»Ich hab eine Verabredung.«

»Ein Date?«

»Eine Verabredung«, verbessert sie energisch.

Ich gebe mich mit dieser Antwort zufrieden und sehe Coralie nach, die in einen schmal geschnittenen Trenchcoat schlüpft, den Regenschirm greift und zur Haustür huscht. Bevor sie die Wohnung verlässt, dreht sie sich noch einmal zu mir um. »Frag ihn, was er über die Liebe denkt!«

»Was?«

Coralie klaubt ihren Hausschlüssel von der Kommode und lässt ihn rasselnd in ihrer Manteltasche verschwinden.

»Vielleicht bin ich auch zu voreingenommen, aber ich denke, er wird dir schon zu verstehen geben, für wen oder was er leidenschaftliche Gefühle hegt. Also frag ihn, anstatt deine Zeit mit mir und meinen Antworten zu verschwenden.«

Sie wirft mir eine Kusshand zu und lässt mich nachdenklich zurück. Ich bleibe noch einen Augenblick sitzen, um mich gegen das Verlangen zu wehren, aus dem Haus zu Martin zu stürmen – ohne Schuhe, ohne Jacke, einfach aus der Tür und los. Der Regen wird noch eine ganze Woche andauern.

Seit einigen Tagen hört man Madame Porzellans Stimme bereits vom Treppenabsatz aus in der alten Mansarde auf und ab galoppieren. Manchmal ist der Streit, den sie dort hinter verschlossener Tür mit einem unbekannt bleibenden Disputanten führt, so laut und impulsiv, dass selbst die Mäuse im Gebälk die Flucht ergreifen. Um was es bei diesem einseitig geführten Wortgefecht geht, kann ich nicht einmal erahnen. Wann immer man es erst einmal geschafft hat, die dreizehn Stufen hinter sich zu lassen, um dann neugierig ein Ohr an die Tür zu drücken, ist die heisere Stimme auf der anderen Seite längst verstummt. Zurück bleibt eine gespenstische Stille.

Heute jedoch ist es ruhig.

Ich wusste, dass die hässlichen Schmierereien an der Tafel nur Jonathans Werk sein konnten. Ich hatte den Farbton erkannt, mit dem der Unbekannte das Klassenzimmer besudelt hatte. Es war die Farbe des Löwen, dessen grünes Fell mich immer so faszinierte. Grünes Fell in einer Welt, in der alles unter der ewig brennenden Mittagssonne rot zu glühen schien.

Dem Tag in der Schule folgten Nächte, in denen ich kein Auge zumachte, obwohl ich so erschöpft war, wie nie zuvor in meinem Leben. Manchmal überschritt ich nur für wenige Augenblicke die Schwelle des Schlafes und erwachte wenig später von meinen eigenen Schreien.

Damals machte ich zum ersten Mal Bekanntschaft mit dem Gefühl, das man Liebeskummer nennt – eines der schlimmsten Gefühle der Welt, weder so klar ausgerichtet wie Hass, noch so verständlich und situativ wie Angst.

Liebeskummer hält uns gefangen, führt uns die Erinnerungen an die glücklichen Momente mit der geliebten Person vor, um uns schließlich zu zeigen, dass diese Momente nie mehr Realität sein werden oder es nie waren. In manchen Nächten weinte ich so heftig, dass meine Eltern davon wach wurden. Jeder Tag glich einer nicht enden wollenden Tortur, der Sonnenschein einem Verräter. Irgendwann beschloss ich, einfach zu verstummen. Und es fiel mir leicht. Es ist einfach, nicht zu sprechen, wenn man nichts zu sagen hat und das, was man zu sagen hätte, nicht in Worte fassen kann.

Coralie, die mich zu warnen versucht und der ich Eifersucht vorgeworfen hatte, wich nicht von meiner Seite. In der Schule aß sie schweigend neben mir ihr Pausenbrot und nachts hielt sie meine Hand und weinte mit mir, wenn der Schmerz wieder Besitz von mir ergriff.

Eines Nachts, kurz vor ihrem siebzehnten Geburtstag, erzählte mir Coralie von einem Plan, in den sie mich nicht einweihen wollte, mir jedoch versicherte, dass damit alles wieder gut werden würde. Während sie zu mir sprach, überhäufte sie mich mit Küssen, die ich weder auf Mund noch Haut zu spüren vermochte und spielte an dem Giftring, den ich ihr einst geschenkt hatte. Wie der Ring zu ihr zurückgefunden hatte, nachdem sie ihn während unseres Streits im Weiher versenkt hatte, ist mir bis heute ein Rätsel geblieben.

Der Boden unter dem PVC-Belag knarzt, als ich mein Gewicht verlagere, die Fußmatte beiseiteschiebe und den Wohnungsschlüssel zum Vorschein bringe. Ich klopfe noch einmal, doch aus der Mansarde dringt nicht das leiseste Geräusch. Seit fünf Minuten warte ich vergebens darauf, dass Madame Porzellan mir die Tür öffnet, warte ich darauf, dass mein Herzschlag sich endlich beruhigt und ich an etwas anderes denken kann, als an Martin.

Als die Tür unter meinem Zutun aufschwingt, pfeift ein gespenstischer Wind. Über meinem Kopf rüttelt der Sturm an den Dachschindeln, schlägt Regen auf die alten Gesimse und den zerfressenen Stuck ein.

Auf dem dunklen Eichenboden leuchtet das helle Gesicht einer Porzellanpuppe. Sie stiert zu mir herauf wie ein verängstigtes, misshandeltes Kind. Mein Blick fällt nach rechts in die Küche, die ein einziges Sammelsurium an angeschlagenem Geschirr ist. Bis unter die Decke stapeln sich gesprungene Schüsseln und Schalen – Keramik und Steingut – Teller, Töpfe, Pfannen und Untertassen. Verbogenes Tafelsilber quillt im selben Maß aus den Schubladen, wie die unzähligen, vom Glasbrand längst getrübten Gläser und Tassen in den gelb lackierten Küchenschränken.

Von Madame Porzellan fehlt jede Spur. Das Wohnzimmer ist genauso unbewohnt wie die Küche. Die Hanfpflanzen auf dem Fensterbrett beginnen allmählich zu welken. Auf der anderen Seite des Fensterglases schießen noch immer mehrere Millionen Wassertropfen fast senkrecht in den Boden. Unter meinen Füßen knirscht es. Dunkler Kandis liegt über den Boden verstreut. Einen Meter weiter gruppieren sich die Scherben, die zusammen eine Teetasse ergeben, unter der Stelle, an der sie an die Wand geschleudert wurde. Hellbraune Läufer auf der weißen Tapete – ähnlich wie die Wasserflecke in unserer Küche.

Und plötzlich entdecke ich die schmalen, in Perlonstrümpfe gehüllten Füße der alten Frau, die hinter dem Couchtisch hervorlugen.

Um kurz nach zwei erreicht mich der Anruf von Adam am Arbeitsplatz. Seine Stimme klingt besorgt und aufgebracht. Die Klinik, aus der er anruft, liegt am anderen Ende der Stadt, mit den öffentlichen Verkehrsmitteln praktisch unerreichbar weit weg.

Ich denke nicht weiter darüber nach, sondern folge dem ersten Gedanken, der mir kommt, und wähle Yannicks Nummer. Es dauert nicht einmal fünfzehn Minuten, da steht er auch schon mit seinem Auto vor dem Kanzleigebäude.

Eine weitere halbe Stunde später erreichen wir das Hospital. In der Notaufnahme wartet bereits Adam auf mich. Seine Augen sind kleine Schlitze. Er trägt noch immer die gleichen Klamotten wie heute Morgen, zusammen mit einer unerträglichen Besorgnis im Gesicht.

»Was ist passiert?«

»Ich hab sie gefunden«, erklärt Adam.

»Geht's ihr gut?«

»Ich denke schon. Die Ärzte wollten nichts Genaues sagen. Wir gehören nicht zur Familie.«

»Diese verdammten Schweine. Und bist du in Ordnung?«

»Ja, mir geht es gut.«

Ich nicke Adam beruhigend zu und küsse ihn auf die Wange.

»Wie bist du hergekommen?«, will Adam wissen.

»Yannick«, gebe ich ihm kurz und knapp zur Antwort. »Er hat mich hergefahren.«

»Wartet er draußen?«

»Ich hab gesagt, er soll fahren. Aber ich denke, er steht immer noch auf dem Parkplatz.« Eine Schwester schiebt einen Tropf an uns vorbei durch den Flur.

»Wo liegt sie? Dürfen wir zu ihr?«

Adam nickt und geht voran. Die Lamellen der Außenjalousie sind beinahe vollständig geschlossen, sodass bloß ein Bruchteil des vergrauten Tageslichtes in den Raum sickert. Das Zimmer, in dem Madame Porzellan liegt, ist klein. Ein Handwaschbecken klammert sich neben der Tür an die Wand, daneben ein winziger Kleiderschrank. Mehr nicht.

Es riecht kalt nach Keimfreiheit, Desinfektionsmitteln und Einmalhandschuhen. Neben Madame Porzellans Bett ertönt in monotonen Abständen das Piepen eines Elektrokardiogramms, das jeden ihrer Herzschläge misst und als elektronische Zickzackkurve wiedergibt. Sie selbst ist unter der schweren weißen Bettwäsche kaum zu erkennen. Dafür ist sie zu klein und zierlich. Sie liegt auf dem Rücken, die Augen zu einem tiefen Schlaf geschlossen. Über einen Schlauch wird sie mit Sauerstoff versorgt, der leise aus einem weiß lackierten Druckbehälter strömt.

Ich gehe um das Bett herum und betrachte die Patientenakte, die am Fußende in einer Ablage steckt. Genauer genommen ist es ein weinroter Hefter aus recyceltem Altpapier auf dessen Vorderseite eine gestempelte, sechsstellige Nummer und ein französischer Frauenname stehen – Madame Porzellans richtiger Name. Kein Pseudonym, keine Allegorie, sondern ein echter Vor- und Zuname.

Innerhalb einer Sekunde ist die geheimnisvolle Aura, die Madame Porzellan seit Jahren umgab, verblasst. Entmystifiziert. Sie ist weder ein Schlossgespenst, noch eine Fabelfigur aus irgendeiner glitzernden Spiegelwelt, sondern ein Mensch aus Fleisch und Blut. Sterblich, wie Adam und ich. Und sie besitzt sogar einen menschlichen Namen. Ich blättere durch das Glossar und überfliege handschriftliche Epikrisen und gespenstische Röntgenspeicherfolien.

»Akutes Koronarsyndrom, Stress-Kardiomyopathie«, flüstere ich.

»Was heißt das?«

»Ich weiß nicht.«

Nichts Gutes, denke ich und klappe die Akte zu. Madame Porzellans angeklebte Wimpern zittern leicht, als ich um das Bett herumgehe und mich auf den Hocker setze, der zu ihrer Rechten steht. Ihre Hand ist so schmächtig, dass sie einem Kind gehören könnte. Ihre Haut erscheint mir fast durchsichtig, leicht gesprenkelt mit sandfarbenen Altersflecken, und lässt jede noch so kleine Vene erahnen, wie dicke, sich kräuselnde Regenwürmer.

Ich lege meine Hand auf ihre und berühre dabei den Clip an ihrem Finger. Adam bleibt in einem schützenden Abstand am Fußende des Bettes.

»Glaubst du, sie wird wieder?«, wispert er.

»Sicher.«

»Glaubst du ...?«

»Nein«, versichere ich. »Sicher nicht.«

»Soll ich dir einen Kaffee holen?«

Ich betrachte Madame Porzellan. Die Lippen, die für gewöhnlich groß und voll in unnatürlichen Farben strahlen, sind nun nicht mehr als zwei ausgetrocknete, gerade Linien. »Nein.« Regen prasselt auf den Fenstersims. »Was hat sie gemacht, bevor du sie gefunden hast?«

»Da war Tee an der Wand«, raunt Adam. »Und Zucker auf dem Boden. Und eine Puppe. Ist dir aufgefallen, dass sie in letzter Zeit oft laut in der Wohnung auf- und abgeht – als würde sie mit jemandem streiten?«

»Glaubst du, jemand hat sie überfallen?«

»Es sah aus wie nach einem Handgemenge.«

Vielleicht bilde ich es mir ein, doch ich könnte schwören, dass Madame Porzellan für einen winzigen Moment meine Hand drückt, als wollte sie sich vergewissern, dass da wirklich jemand ist, der sie hält.

Adam rückt sich einen Hocker an die andere Seite des Bettes und setzt sich zu uns. Irgendwann legt er erschöpft seinen Kopf auf die Bettdecke und schläft ein. So sitzen wir eine ganze Stunde und lauschen dem Duett des Regens und der piependen Maschinen. Der Klub der Ungeliebten.

»Fahr nach Hause, Adam«, flüstere ich – eine Hand in seinen Locken, die andere in Madame Porzellans.

Er schüttelt den Kopf wie ein trotziges Kind, das sich weigert ins Bett zu gehen, obwohl es weiß, dass ihm fast die Augen zufallen.

»Fahr heim«, wiederhole ich. »Du brauchst nicht hierbleiben. Nimm eine heiße Dusche und zieh dich um. Leg dich schlafen, tu was für die Uni oder lenk dich sonst irgendwie ab.«

Widerwillig und erleichtert zugleich steht er auf und schlüpft in seine Jacke, ohne den Blick von mir zu nehmen.

»Vielleicht kannst du morgen ein paar ihrer Sachen vorbeibringen. Sie wird sicher nicht diesen Kittel tragen wollen, wenn sie aufwacht. Du kennst sie ja.«

Adam nickt. Ich küsse ihn auf die Stirn, überlasse ihm meinen Regenschirm und beobachte, wie er auf dem Korridor verschwindet, wohl wissend, dass seine Flucht ihn geradewegs zu Martin treiben wird und er den Sturm dabei weiter anfacht. Ich streiche über Madame Porzellans Handrücken und fange an zu erzählen, so wie sie es für gewöhnlich tut, wenn wir drei zu später Stunde zusammensitzen. An diesem verregneten Nachmittag tauschen wir die Rollen, gebe ich ihr zurück, was sie uns immer gab.

Vor langer Zeit, als das Wünschen noch geholfen hat, da lebte eine Fischerstochter zusammen mit ihren Eltern an einem tiefen und dunklen See. Dieser war so unauslotbar, dass man mehrere Kirchtürme übereinander hätte stellen müssen, um auf seinen Grund zu stoßen.

Eines Tages brach ein furchtbares Unwetter los und der Fischer rief seine Tochter, ihm zu helfen, die Netze einzuholen. Dabei verfing sich ihr Fuß in einer der Maschen, das Gewicht des Flechtwerks rutschte über den Rand des Stegs und zog sie unter die Wasseroberfläche. Während es gegen das Ertrinken kämpfte, erschien dem Mädchen plötzlich die schemenhafte Gestalt eines riesigen Karpfens – größer und schöner, als jedes Exemplar, das es vorher gesehen hatte. Es flehte den Fisch an, es zurück an die Luft zu bringen, doch der Fisch zog bloß unbekümmerte Kreise um das Mädchen herum.

Als der Karpfen erkannt hatte, dass das Mädchen ohne seine Hilfe ertrinken würde, weil es keine Kiemen besaß und sich aus eigener Kraft nicht mehr befreien konnte, sprach er:

»Ich werde dich zurück in die Oberwelt führen, wenn du mir den Ring überlässt, der an deinem Finger glitzert, heller als die Sonne.«

Obgleich das Mädchen den Ring liebte wie einen Freund, willigte es in das Geschäft ein, zog sich das Stück Metall vom Finger und sah zu, wie es im Maul des Karpfens verschwand. Der Fisch hielt sein Versprechen und zog das Mädchen zurück an die Oberfläche, wo es von seinem Vater gefunden wurde.

Es vergingen viele Tage, in denen das Mädchen am Wasser saß und Ausschau nach dem Fisch hielt, dem es sein Leben verdankte, aber auch seinen Fingerring überlassen hatte. Doch der bezahlte Retter blieb in den Tiefen des Sees verschwunden.

Als der Fischer Wochen später seinen Fang nach Hause trug, um ihn stolz seiner Familie zu präsentieren, erkannte das Mädchen den riesigen Helferfisch in der Emaillewanne zappeln. Geblendet vom helllichten Tage wimmerte der sterbende Karpfen: »Trag mich zurück ins Wasser, liebes Mädchen, und ich will dir dankbar sein.«

Weil das Mädchen sich aber erinnerte, unter welchem Preis der Fisch es selbst vor Wochen gerettet hatte, blieb es kühl. Es griff sich ein Messer und öffnete den Fisch der Länge nach von Kopf bis Schwanz und zog schließlich seinen Silberring aus dem Gekröse, denn es hatte gelernt, dass die, die wir heute bezahlen, jene sind, von denen wir morgen nehmen.

Der Dielenboden schreit auf. Vielleicht vermisst er seine Mutter? Vielleicht weiß er, wie es um ihre Gesundheit steht. Regenwasser sammelt sich unter meinen Schuhen und kriecht durch die Fugen in den dunklen Fußboden.

Ich stehe im Schlafzimmer der Mansarde vor dem großen Kleiderschrank, der noch bis vor einigen Tagen ein heilloses Durcheinander war – heute ist er nur noch ein gewöhnliches Durcheinander. Meine Haare sind klamm und kraus von der Luftfeuchtigkeit. In meiner Rechten zittert ein zerknickter Bogen Papier, den ich seit über einem Jahr unter meiner eigenen Matratze versteckt halte, obgleich er mir nicht gehört. Nun trage ich das fehlende Teil dieses seltsamen Schatzes zurück zu seinem Hort – eine Etage höher.

Ich bin bloß eine Idee.

Die einst königsblaue Handschrift wirkt ausgewaschen wie ausgeblühte Jeans. In dem Moment, in dem Madame Porzellan die Worte flüsterte, wusste ich, woher ich sie kannte.

Es war einer der Briefe, den ich damals von ihr gestohlen hatte, weil von ihm eine ungewöhnliche Anziehungskraft ausging. Weil ich nicht wusste, was die Worte bedeuteten, und gleichzeitig jeden einzelnen Buchstaben fühlen konnte.

Ich berühre die Schranktür vorsichtig und lasse sie nach links über ihre Schienen gleiten. Im Licht der über mir schwingenden Glühbirne ziehe ich den altersstarren Koffer aus dem Schatten der Vergessenheit und lasse die Metallriegel aufschnappen.

Briefe. Hunderte. Wellig und starr. Der Koffer bis zum Rand gefüllt mit ihnen, genau so, wie wir ihn vor anderthalb Jahren hinterlassen haben. Dass ich ihn beim Ausräumen neulich nicht wiedererkannt habe, erscheint mir nun völlig unverständlich.

Ich lege den einzeiligen Briefbogen daneben und öffne einen der Umschläge. Der Brief darin ist in Französisch verfasst und so klein und eng beschrieben, als hätte der Absender Angst gehabt, nicht genug Platz für seine Nachricht zu haben.

Wo die Fußzeile endet, laufen die Wörter am Seitenrand weiter, bis sie schließlich auch die Kopfzeile erreichen. Ich drehe das Blatt und folge der Buchstabenschlange. Auch auf der Rückseite schimmern lediglich die Zwischenräume der Buchstaben und Wörter weiß durch. Der Rest ist beschrieben und endet in einer geschwungenen Schlussformel.

Toujours à toi, Severin.

Ich reiße einen weiteren Umschlag auf und vergleiche die Signatur.

Toujours à toi, Severin.

Dann noch einen, und einen vierten. Immer der gleiche Absender. Immer in französischer Sprache verfasst. Immer an die gleiche Frau adressiert. Zwischen den Briefen stecken Fotografien – klebrig und vergilbt – und eine Bahnkarte. Auf den Bildern erkenne ich denselben Mann, dessen Gesicht in jeden Bilderrahmen dieser Wohnung gepresst ist. Dessen Lachen der Staub unter sich begräbt.

Ich erkläre ihn zum Absender dieser Briefe und nun nicht mehr als eine bloße Erinnerung, aus Papier und getrübten Polymerfolien. Bloß noch eine Idee. Jedes einzelne Kuvert hat Hunderte von Kilometern zurückgelegt, bevor es in dieser Tasche landete.

Ich sitze stundenlang in dieser begrenzten Festung der Einsamkeit und wühle mich durch eine mir unverständliche Geschichte auf Zellulose, versuche mit dem wenigen Französisch, das ich beherrsche, der sehnsüchtigen Schreibschrift ihr Geheimnis zu entlocken. Bald gebe ich mich geschlagen.

Als das Brausen des Sturms verebbt ist und der Himmel sich ausgeweint hat, sammle ich die Briefe zu einem Stoß zusammen, flüchte in die Unibibliothek und fertige von jeder einzelnen Seite eine blasse Fotokopie an. Noch ehe Coralie aus dem Krankenhaus zurück ist, habe ich die Briefe zurück in die Wohnung getragen und in ihrem finsteren Versteck vergraben, als hätten sie sich nie von der Stelle bewegt.

Drei Tage vergehen, in denen Coralie und ich uns abwechseln, Madame Porzellan im Krankenhaus zu besuchen. Bereits bei meinem nächsten Besuch ist sie ansprechbar und fordert mit hartnäckigem Übereifer, der fast in Groll umschlägt, endlich das Bett verlassen und wieder nach Hause zurückkehren zu dürfen. Die Ärzte, die sich anfangs gegen die überstürzten Pläne der Patientin aussprachen, geben die Überzeugungsversuche auf, nachdem Coralie und ich versprochen haben, uns um Madame Porzellan zu kümmern.

Schließlich wird Madame Porzellan entlassen und am ersten sonnigen Tag der Woche in einem fahlgelben Taxi nach Hause chauffiert. Dort soll sie auf Anraten der behandelnden Ärzte Bettruhe halten, was sie aber kategorisch ablehnt. Bald schon hat sie das weiße Patientennachthemd wieder abgestreift und gegen die üblichen bunten Gewänder eingetauscht. Wie neu geboren wirbelt sie durch das oberste Stockwerk und ist nur dann wahrhaft zur Ruhe zu bringen, wenn Coralie oder ich – die wir ihren Medikamentendispenser verwalten – sie zur Einnahme ihrer täglichen Tabletten auffordern.

Als die Vorlesungszeit endlich verstrichen ist, beginne ich, meine Recherchen zu sortieren. Das kleine Notizbuch hat sich über die letzten Monate gefüllt. Es ist mehr und mehr zu einem Tagebuch geworden, das, einem Museum gleich, meine Tag- und Wachträume archiviert. Längst wiegt es schwer in der Tasche, lassen sich die welligen Seiten nicht mehr glatt zwischen beide Buchdeckel pressen.

Martins Zigarettenstummel hat einen Platz in der undurchsichtigen Chronologie des Buches gefunden, irgendwo auf einer Seite hinter dem verwackelten Schnappschuss von Madame Porzellan und Coralie, und einer Farbprobe unserer Küchenwand. Ein Artefakt unter einer Vielzahl von unscheinbaren Heiligtümern, Skizzen und Zeichnungen.

In den vergangenen Wochen trug ich die Kladde überall mit hin, wie einen Schatz, der zu kostbar ist, um im weißen Sand unter sich kreuzenden Palmen vergraben zu werden.

Jetzt streife ich kanariengelbe Klebezettel von ihrem Block und markiere die einzelnen Seiten des Buches, überlege mir Kategorien und Kapitel, kritzle Thesen an den Seitenrand und streiche sie in meinem Perfektionismus wieder durch, um neue aufzustellen.

Auf der Schreibmaschine halte ich fest:

Wieso ist das Gras grün? Wie sieht ein Gefühl aus? Was ist der Sinn des Lebens? Und wieso verlieben wir uns?

Weiter nichts. Denn die Fragen stehen nach wie vor unbeantwortet im Raum. Fliederzweig und Streichholzschachtel sind Puzzleteile, die sich berühren, aber noch nicht ineinandergreifen.

In dieser Nacht habe ich einen furchtbaren Traum. Ich träume, ich sei blind. Obwohl ich meine Augen soweit wie möglich aufreiße, dringt kein Bild an mich heran. Alles um mich herum bleibt schwarz. Ich beginne mit ausgestreckten Händen einen Fuß vor den anderen zu setzen, doch egal wie weit ich auch laufe, ich stoße auf keinen Widerstand, als stünde ich inmitten einer gigantischen Arena. Und schlimmer noch: Ich laufe durch Glas – unzählige Scherben, die mir die Fußsohlen bis aufs Muskelgewebe zerschneiden; die unter meinem Gewicht zerbrechen und sich knirschend an meine Füße heften. Aber als ich zu schreien versuche, muss ich feststellen, dass die unendliche Stille jeden Ton verschluckt. Denn da ist nichts als Schwärze.

Kapitel 6

Narben und Gespenster

Coralie

Ein Geheimnis zu hüten ist nicht schwer, es sei denn, es ist von so großer Bedeutung, dass es in der Lage ist, ein Leben aus dem Gleichgewicht zu bringen. Manche Menschen behaupten, sie würden nie träumen. Dabei haben sich ihre Erinnerungen an den Traum bloß längst verflüchtigt, sobald sie aus dem Schlaf schrecken. Sie verblassen, bis nichts mehr von ihnen übrig ist, als eine durchsichtige Gestalt, die man Tage später an einer Straßenecke erspäht. Ein Déjà-vu – nicht greifbar.

Mit Geheimnissen verhält es sich ähnlich. Manche sind so furchtbar, dass wir sie vergessen, noch ehe sie uns ängstigen können. Wir begraben sie tief unter unseren Füßen oder versenken sie im Fluss, in der Hoffnung, sie würden nie wieder das Tageslicht erblicken. Doch das tun sie – früher oder später. Wie unsicherer Grund bringen sie das Kartenhaus, das wir uns so mühsam als Lebensraum errichtet haben, zum Schwanken, bis es völlig in sich zusammenfällt.

Ich war gerade siebzehn geworden, als ich von der Schule flog, weil ich mich an zwei Mitschülern gerächt hatte. Kurz darauf blieb meine Periode plötzlich aus und brachte mich in eine furchtbare Situation. Meinen Eltern erzählte ich nichts von alledem, in der Hoffnung, das Problem würde sich von allein lösen. Es verpuffte nicht einfach, als wäre es nie da gewesen, aber zu viel Schnaps und die Überforderungen jener Tage brachten mich eines Abends auf blutige Weise ins Krankenhaus. Dort offenbarte man mir, dass der Fötus meinen Körper verlassen hatte. Als meine Eltern von der Fehlgeburt erfuhren, wurde ich zum Schweigen verpflichtet. Niemand im Ort sollte davon erfahren.

Und ich wusste, mir würde keine Wahl bleiben, als zu gehen, um meine Geheimnisse an einem anderen Ort zu verscharren.

Marc scheint mich zu verfolgen. Nicht er selbst, aber ein Teil von ihm, der sich täglich in meine Gedanken schleicht. Ein Stück seiner Seele, das das Wasser nicht wegspülen konnte, das unzerstörbar scheint. Nur ein Gedankenschnipsel, mein eigenes Gewissen. Oder aber ich selbst vermisse einen Teil von mir. Irgendeinen Teil, der zusammen mit seiner Leiche in die Strömung gestürzt ist. Einen Teil, der ebenso Adam gehörte. Jene Winzigkeit, die uns beide in dieser Nacht verband.

Ich wünsche mir nichts sehnlicher als die vergangenen Sommertage zurück, die Adam und ich auf dem Dach des Hauses sitzend verbrachten, um über den Köpfen der Welt zu träumen.

Ich vermisse die Augenblicke mit ihm. Ich vermisse das Sonnenlicht in seinen dunkelblonden, bis in den Nacken fallenden Locken. Ich vermisse es, wie er konzentriert neben mir in das kleine Notizbuch zeichnet, um mir Stunden später, wenn die Sonne längst untergegangen ist, im Licht der Laternen eine komplexe Anordnung von Bleistiftstrichen und Schraffuren zu zeigen, die in ihrer harmonischen Unordnung mein eigenes Profil ergeben. Ich vermisse die nächtlichen Partien, in denen wir zusammen mit Madame Porzellan durch das oberste Stockwerk wirbelten wie tasmanische Teufel.

Die Realität ist, dass sich alles verändert hat. Dass Adam mir unbewusst oder bewusst aus dem Weg geht, dass wir es nicht schaffen, länger als zwei Minuten im gleichen Raum zu sein. Ich weiß nicht, woran es liegt, und glaube immer noch daran, dass es dieser Teil ist, der fehlt.

Gleichzeitig ist ein neues Element in mein Leben getreten, das ich selbst nicht richtig wahr haben möchte, aus Angst, es könnte mich genauso aus dem Gleichgewicht bringen, wie die Geheimnisse der Vergangenheit. Jenes Element, das heute vor dem Bürogebäude auf mich wartet, als ich nach Feierabend durch die Glastür ins Freie trete.

»Was machst du denn hier? Und was ist das?« Ich zeige auf den Strauß roter Luftballons – sieben an der Zahl –, die aufgetrieben vom Helium direkt neben Yannick in der Luft schweben, während sich ihre Schwänzchen zu einem geflochtenen Strang in seiner Hand vereinen.

»Überraschung!«

»Die ist dir gelungen. Und was hast du vor?«

»Ich plane, dich zu entführen.«

»Gehen wir auf einen Kindergeburtstag?«

»Viel besser«, erklärt er sichtlich stolz. »Wir gehen auf den Jahrmarkt.«

»Du willst mit mir auf den Rummel?«

»Ganz richtig. Du magst doch Zuckerwatte und Kettenkarusselle, oder? Komm schon, alle Mädchen mögen Zuckerwatte.« Yannick kommt einen Schritt auf mich zu.

Die Luftballons quietschen über uns aneinander.

»Und weil es dort sicher sehr voll sein wird und du immer so furchtbar lebhaft bist«, er nimmt meine Hand, bindet das Ende der Ballonleine daran fest und schnürt eine perfekte Schleife, »und ich dich nicht verlieren will, möchte ich, dass du die trägst. So kann ich dich nie aus den Augen verlieren.«

»Du bist verrückt, Yannick.«

Er gibt mir einen flüchtigen Kuss auf die Wange und geht einen Schritt zurück. Irgendwie hat mein Arm Auftrieb.

»Du siehst zuckersüß aus.«

»Ich wette, wie eine Ballonverkäuferin.«

Wir laufen in Richtung Ostbahnhof und lassen die amüsierten Blicke über uns ergehen. Es ist nicht schlimm, dass die Leute starren, denn heute tun sie es nicht, weil sie Anstoß nehmen, sondern vielmehr aus Belustigung. Und genau diese Tatsache ist es, die mich unglaublich stolz macht.

Irgendwann schlendern wir untergehakt durch die Stadt. Völlig selbstverständlich. Vor dem Bahnhofsplatz umarmen sich winzige Zuckerwarenstände, Schießbuden und Gauklerwagen und erschaffen ein Dorf aus bunten Lichtern und verwinkelten Straßen und Seitengassen.

An diesem späten Nachmittag sitzen Yannick und ich in sämtlichen Fahrgeschäften bis uns schlecht ist und sich der Boden unter unseren Füßen weiterzudrehen scheint, obgleich wir längst aus unseren Wagen gestiegen sind. Ich sehe Marc an diesem Abend oft. Sein Gesicht verfolgt mich, stiert mich aus den Menschenmengen an, stößt mir im Kettenkarussell in die Seite. Doch bevor er mich ängstigen kann, ist Yannick da und Marc verblasst schließlich, wie es nur ein Trugbild kann, von einer Sekunde auf die andere. Wir futtern Popcorn und gebrannte Mandeln und treten am späten Abend mit klebrigen Mündern und angeschlagenem Gleichgewichtssinn den Heimweg an.

»Das war ein großartiger Abend, Yannick. Danke.«

»Gern geschehen, Coralie.«

Über mir knistern die Luftballons, die noch immer an meinem Handgelenk befestigt sind. Ich falle in Yannicks Arme und drücke ihn. Doch bevor dieses seltsame Gefühl in mir größer werden kann, hab ich mich schon wieder von ihm gelöst und bin damit seinem flüchtigen Wangenkuss entgangen.

»Meinst du, ich könnte vielleicht noch mit nach oben kommen?«

»Ich glaube, das ist keine gute Idee«, gebe ich zurück. Jedes kleine Kitzeln in meinem Inneren schreit danach, ihn zu halten, ihn nicht gehen zu lassen. Yannick nickt. »Mein Cousin wartet auf mich.«

»Wann lerne ich ihn kennen?«

»Wieso solltest du?«

»Ganz einfach, weil ich mich für dich interessiere«, gibt er keck zurück.

»Adam ist momentan nicht besonders gut drauf.«

»Hat er Liebeskummer?«

»Ja, diese Sache, die eigentlich niemand braucht.«

Nun macht Yannick doch noch einen Schritt auf mich zu.

»Du meinst, Liebe ist unnötig?«

Ich überwinde mich zu einem unsicheren Nicken.

»Ich sprach eigentlich vom Liebeskummer, aber ja, Liebe ist etwas für Poeten, Süßigkeitenhersteller und Verrückte.«

»Wie kann ein so hübsches, junges Mädchen bereits eine so verbitterte Einstellung zur Liebe haben?«

»Tust du mir einen Gefallen, und lässt diese Kompliment-Scheiße? Ich brauche die Liebe einfach nicht in meinem Leben, das ist alles.« Ich zucke mit den Schultern, mehr um mich selbst zu überzeugen, als um meine Gleichgültigkeit zu demonstrieren.

»Dann verrate mir aber, ob du eine von der Sorte bist, die noch nie in ihrem Leben geliebt hat oder die in der Vergangenheit so furchtbar verletzt wurde, dass sie niemanden mehr an sich ranlassen möchte?«

Ich verringere mit einem Schritt den Abstand zwischen uns auf ein Minimum und gebe Yannick einen Kuss auf die stoppelige Wange.

»Das dachte ich mir«, flüstert er. »Gute Nacht, Coralie.«

»Gute Nacht, Yannick.« Ich schließe die Haustür auf, lasse sie hinter mir zufallen und beschütze Yannick damit, so gut ich nur kann, vor allem, was ihm wehtun könnte.

Die tief stehende Abendsonne zeichnet meterlange Schattenbilder von Schornsteinen und Giebeln auf das Dach des Hauses, auf dem Adam sitzt wie ein einsamer Wasserspeier auf seiner Traufe. Als er mich bemerkt, schaut er skeptisch nach den Luftballons.

»Was soll'n die Ballons?«

»Yannick hat sie mir geschenkt. Er muss geahnt haben, dass ich keinen grünen Daumen habe.« Ich löse eines der Bändchen von meinem Handgelenk und schenke den schwebenden Ballon, der daran hängt, Adam.

»Findest du es richtig, dich mit ihm zu treffen?«, will Adam wissen.

»Ich denke, es ist in Ordnung. Wieso sollte es nicht richtig sein?«

Adam wendet sich von mir ab, wie von einem längst sattgesehenen Gemälde. Vielleicht reagiere ich zu sensibel auf diese Geste, doch mich trifft sie wie ein Liebesentzug. Der Alarm seiner Armbanduhr pfeift auf.

»Ich muss gehen. Ich bin mit Martin verabredet.«

Ehe ich mich versehe, ist er aufgestanden, hat den Ballon losgelassen und ist zurück zum Fenster geklettert. Ich sehe der roten Gummiblase nach, die gen Himmel immer kleiner und kleiner wird, bis sie nur noch ein magentafarbener Punkt in dem sich anbahnenden Abend ist.

Ich halte den Atem an, als die Wohnungstür auf seinen Schubs hin aufschwingt. Was auch immer ich erwartet hatte, das was ich jetzt sehe, ist nichts davon. Der kleine Flur beherbergt nichts als einen wackeligen Stuhl, zu dessen Linken sich in unordentlicher Formation drei Paar dreckiger Turnschuhe aneinanderreihen. Die kiefernen Dielen geben mir bekannte Klänge von sich, als ich die Wohnung betreten habe und Martin die Tür geschlossen hat. Über unseren Köpfen läuft ein einziges Regalband und krallt sich an jede der vier weiß getünchten Wände.

»Nur zu«, weist mich Martin an, das Wohnzimmer zu erkunden, während er selbst in der Küche verschwindet.

Das Wohnzimmer ist eine Art Kopie des Flurs: ebenso spartanisch eingerichtet, wenn auch um einiges größer. Auch dieser Raum wird in zwei Metern Höhe von einem Regalband umrundet, das überquillt von Büchern und Heften. Unter dem Fenster tragen vier zusammengeschobene Holzpaletten als umfunktionierter Lattenrost eine große Matratze. An der Wand daneben steht in fortgeschrittener Lethargie eine Kleiderstange auf Rollen, jene, wie man sie in Bekleidungsgeschäften findet. Der Fichtenholzboden, schön lackiert und in gutem Zustand, ist übersät mit Bücherstapeln, die teilweise zu Abstelltischen umfunktioniert wurden. Und dann ist da diese eine Wand, die ein einziges Mosaik aus Hunderten von bunten Streichholzschachteln ist und die in ihrer Vielfarbigkeit ein großes Gesamtbild ergeben.

»Das ...«

»Das ist meine Sammlung«, beendet Martin meinen Satz. »Erschreckend, hm? Ich will mich bloß schnell umziehen, dann können wir weiter...«, höre ich ihn aus einem entfernten Winkel der Wohnung rufen. »Möchtest du etwas trinken, Adam?«

Ich kriege kaum eine Antwort über meine Lippen, angesichts der Tatsache, dass ich jetzt, in dieser Sekunde, tatsächlich in seiner Wohnung stehe, vor dieser wunderschönen Collage zusammengetragener Zündholzschachteln.

Hier wandern sie also hin, denke ich mir und sinke in einen ausgedienten Ohrensessel, weiterhin dieses unwirkliche Bühnenbild betrachtend. Ich sehe Martins Schatten am Ende des Flurs aus dem Badezimmer tanzen. Als er ins Zimmer kommt, bleibt er kurz im Türrahmen stehen und schaut sich skeptisch um. Er hat sein Arbeitsshirt gegen ein cremefarbenes Leinenhemd eingetauscht, die Ärmel bis zur Beuge hochgeschlagen. Sonnengeküsste Haut kommt zum Vorschein, bedeckt von haselnussbraunen Haaren. Nie zuvor, so bilde ich mir ein, habe ich Martin schöner gesehen, als in diesem Augenblick.

»Ziemlich schlicht, hm?« Er reicht mir ein Flaschenbier. »Meine Schwester sagt, ich sei zu alt für so eine klischeehafte Studentenbude. Aber mir reicht es. Ich brauch gar nicht mehr.«

»Du hast eine Schwester?«

»Ja, ist das überraschend?«

»Nein. Ich finde die Wohnung jedenfalls klasse. Und das ...«, ich zeige auf sein Wandbild, »... unterliegt wahrscheinlich der Brandklasse A.«

Martin lacht, stößt seine Flasche gegen meine und nimmt einen Schluck.

»Hab ich dich jemals danach gefragt, was du studierst?«

Martin schaut mich an und beantwortet die Frage mit einem demonstrativen Blick an die Zimmerwände.

»Wonach sieht's denn aus? Literaturwissenschaft. Wieso fragst du?«

Ich gebe ihm keine Antwort, sondern deute stattdessen auf die Reihe Bücher an der Wand.

»Hast du die alle gelesen?«

»Jedes einzelne. Manche sogar mehrmals.«

Für eine Weile starre ich weiter mit offenem Mund die vielen Bücher an, während ich Martins amüsierten Blick an mir spüre.

»Wann verrätst du mir endlich, wovon dieses besondere Typoskript handelt, das du seit Monaten liest?«

»Ich kann es dir zeigen, wenn du willst, aber wieso willst du das unbedingt wissen?«

»Weil ich wissen will, welche Lektüre in der Lage ist, dich monatelang zu fesseln. Mir ist so etwas noch nie passiert. Aber vielleicht hab ich einfach noch nicht das richtige Buch gefunden.«

»Ja, vielleicht. Vielleicht liest du aber auch zu ungenau.«

Wie jedes Mal setzt mich Martin auf so unterschwellige Art außer Gefecht.

»Wo wir gerade dabei sind«, setze ich an, während ich aus meiner Tasche Madame Porzellans Briefe ziehe – in ein großes braunes Kuvert gestopft.

»Was ist das?«

»Briefe. Ich hab selbst versucht, sie zu übersetzen. Aber das hier übersteigt mein Französisch.« Martin durchleuchtet mich mit wachen Augen. »Ich muss wissen, was drinsteht«, betone ich.

»Ich hoffe, du erwartest von mir nicht, dass ich sofort loslege.«

»Natürlich nicht. Allerdings wäre es schön, wenn du dir nicht zu viel Zeit ließest. Es ist mir wichtig«, füge ich hinzu.

»Ich schau, was sich machen lässt.« Martin legt den Umschlag auf sein Bett. »Komm mit, ich will dir etwas zeigen.«

Als ich die letzte Sprosse der Feuerleiter erreicht habe, streckt mir Martin die Hand entgegen und zieht mich mit einem nie enden wollenden Lächeln durch die Dachluke. Wir stehen auf einem teergedeckten Flachdach, bepflanzt mit drahtigen Antennenbäumchen. Die Sonne verschwindet, in scheinbar greifbarer Entfernung, hinter der Stadt – in Wirklichkeit sind es knapp 150 Millionen Kilometer, die uns von ihr trennen. »Was sagst du dazu?«

Als ich mich zu Martin umdrehe, weist er meinen Blick in Richtung der schläfrigen Stadt, die nie ganz zur Ruhe kommt.

»Das wird dich vielleicht überraschen, aber das Stadtbild ist mir ziemlich vertraut.«

»Auch aus diesem Winkel?« Martin führt mich zur Brüstung und lehnt sich mit dem Oberkörper dagegen. Für einen kurzen Moment schenkt er seine gesamte Aufmerksamkeit dem dreidimensionalen Scherenschnitt der Häuser.

»Ja. Wir klettern auch oft auf unser Dach. Coralie und ich. Es ist für uns so eine Art Klubhaus geworden.«

»Was ist das für ein Klub?«, will Martin wissen. Ich beiße mir auf die Lippen und sage nichts. »Was brachte euch eigentlich hierher, Adam?«

»Mein Studium.«

»Dein Studium brachte sie hierher?«

»Ich denke, es war für uns beide an der Zeit zu gehen. Verstehst du?«

»Du sprichst von ihr, als sei sie deine linke Körperhälfte.« Seine Hand streift meine Seite.

»Na ja, meine rechte kann sie nicht sein. Ich bin Rechtshänder. Allein der Gedanke, sie wäre meine rechte Körperhälfte wäre irgendwie ... inzestuös.« Ich stecke Martin mit meinem Lachen an. »Sie ist ein unglaublich großer Teil meines Lebens. Das war schon immer so.«

»Gab es da nie Streit?«

»Doch, natürlich gab es den. Insgesamt zweimal für mehrere Wochen, in denen wir kein Wort miteinander gewechselt haben.«

»Und aus welchem Grund?«, stochert Martin weiter.

»Beim ersten Mal, weil ich glaubte, sie sei eifersüchtig.« Ich lasse den Rest des Gedankens ungesagt und schaue Martin in die Augen. »Ob du es glaubst oder nicht, aber an den Grund für das zweite Mal kann ich mich heute nicht mehr erinnern, obwohl es nur wenige Monate später war.«

»Du bist schon ein seltsamer Kauz, Adam.«

»Wieso bist du hierher gekommen?«

»Weil ich glaube, dass jeder selbst für sein Glück verantwortlich ist.«

Martin entzieht sich mir, wie jedes einzelne Mal. Plötzlich fühlt es sich an, als befinde er sich hinter Glas. Als könne nichts und niemand ihn erreichen.

»Und was bedeutet das?«

»Na schau dich doch mal um.«

Das einzige, was ich sehe, ist die Dämmerung, die uns allmählich zu verschlucken scheint, während wir nebeneinanderstehen, gerade so weit voneinander entfernt, dass wir die Körperwärme des jeweils anderen auf der eigenen Haut spüren können. Jeder für sich. Jeder allein.

Es vergehen acht Tage, bevor sich Martin bei mir meldet. Acht Tage, in denen die Zeit weinbergschneckenartig dahinkriecht. In den Tagen seiner Abwesenheit, die mir physisches Unwohlsein bereiten, verbringe ich viele Stunden allein auf dem Dach unseres Hauses zwischen Taubendreck und klebrigen Lindenblüten und beobachte die kleine Welt um mich herum, während ich selbst mich welk fühle, wie überreifes Obst an feuchtem Gehölz. In meinem Schoß ein stetes Rascheln der aufgefächerten Seiten meines Notizbuches.

Wieso ist das Gras grün? Wie sieht ein Gefühl aus? Was ist der Sinn des Lebens? Und wieso verlieben wir uns?

Eines Tages brachte Herr Wagner einen Korb voll Unkraut mit in den Biologieunterricht. Zuvor hatte ein Schüler unserem übereifrigen Lehrer die Frage gestellt, wieso Blätter im Herbst die Farbe wechseln. Mit einem Stößel und einer Prise Seesand zerrieben wir nach Herrn Wagners Anweisungen das Grünzeug im Mörser, gaben einige Tropfen Aceton hinzu und filterten den leuchtend grünen Blattextrakt in winzige Reagenzgläser.

»Gras produziert, wie viele andere sonnenliebende Pflanzen, Blattgrün«, erklärte Herr Wagner die hin und her schaukelnde Flüssigkeit in seiner Hand.

»Es ist die Voraussetzung, dass diese Pflanzen Fotosynthese betreiben können, und von ähnlicher chemischer Beschaffenheit wie der rote Farbstoff in unserem Blut.«

»Heißt das, Pflanzen produzieren Blattgrün, weil sie die Sonne lieben?«

Weil wir es nicht besser wussten, kicherten wir alle im Chor. Herr Wagner aber schmunzelte nur:

»So ist es. Wenn Menschen sich verlieben, schießt ihnen das Blut manchmal so heftig in den Kopf, dass sie erröten.

Gewächsen hingegen schießt das Chlorophyll bis in die Blattspitzen. Und Pflanzen, die ständiger Dunkelheit ausgesetzt sind, bleiben bleich, wie die Menschen, deren Herzen nie für einen anderen schlugen.«

Was Herr Wagner uns damals beibrachte, war alles andere als wissenschaftlich fundiert und in früheren Jahrhunderten wäre er für seine Aussagen vielleicht sogar auf dem Scheiterhaufen geendet, aber eines blieb mir immer im Gedächtnis. Wenn sich das Laub der Bäume im Herbst färbt und welk wird, dann eigentlich nur, weil es sich nach der Sonne sehnt. Was uns wunderschön und farbenprächtig anmutet, ist in Wahrheit nichts weiter als die stumme Trauer des Verlassenseins.

Das Telefon klingelt am späten Nachmittag in der Diele. Coralie ist längst aus dem Haus. Seit jüngster Zeit haben ihre Männer aufgehört zu wechseln und lediglich der Name Yannick ist in ihren Erzählungen am Frühstückstisch hängen geblieben.

Ich hebe den Hörer ab, ohne eine Ahnung zu haben, wer sich am anderen Ende der Leitung meldet.

»Hallo Adam.«

»Wer ist da?«

»Hier ist Martin.« Ich sehe sein Lächeln nicht, aber ich kann es in seiner Stimme hören. »Wie geht es dir?«

Für einen kurzen Moment habe ich das Gefühl, das Bewusstsein zu verlieren. Ich ertappe mich dabei, wie ich nervös am Hörerkabel spiele.

»Großartig. Und dir?«

Martin pustet einmal in den Hörer.

»Ich bin ziemlich kaputt.« Die Leitung knackt leise, während sich eine kleine Pause einstellt. »Was machst du nachher noch? Hast du Zeit?«

Ich falle über mein eigenes vorgetäuschtes Desinteresse geradewegs in ein Schwimmbecken voll Peinlichkeit.

»Klar. Ich meine, ja.«

»Ich hab auch eine Überraschung für dich.«

»Ich bin gespannt. Wo wollen wir uns treffen?«

»Hol mich doch einfach zu Hause ab. Weißt du noch, wo das ist?«

»Ja klar weiß ich das.«

Ich höre, wie Martin den Hörer von einer Hand in die andere reicht.

»Prima. Sei so gegen halb neun hier, okay?«

»Sicher. Bis später, Martin.«

»Bis gleich.«

Das ohrenquälende Jaulen des Besetztzeichens löst Martins Stimme ab, nachdem er aufgelegt hat. Ich springe auf die Beine und schlüpfe in meinen Mantel.

Wir sitzen auf der Motorhaube seines Wagens und beobachten die flackernde Leinwand des Autokinos. Über uns glitzert der Sternenhimmel.

Yannick stupst mich an und versucht mir das Popcorn abzunehmen.

»Schluss jetzt, du Schleckermaul.«

Ich spüre seine Nähe an meinem Körper. Er legt einen Arm um mich.

»Der Himmel ist unglaublich heute.«

»Was für ein abgedroschener Spruch. Eigentlich ist der Himmel immer der gleiche, weißt du?«

»Ist das so?«, will er wissen.

»Schon seit Jahrtausenden. Unverändert. Nach den Sternbildern, die wir genau in diesem Moment betrachten, haben sich schon die Menschen der Antike die Hälse verrenkt.« Ich lache und zeige auf das Sternbild des Großen Wagens. »Kannst du ihn sehen?«

»Das ist der Große Wagen, richtig?« Yannicks Gesicht berührt meine Wange unter dem Vorwand, aus meinem Blickwinkel sehen zu wollen.

»Ja. Als Kind hab ich mich immer gefragt, wieso man diese Sterne Großer Wagen oder Großer Bär genannt hat. Ich kann weder einen Wagen noch einen Bären dort oben erkennen.«

»Und was erkennst du?«

Ich drehe meinen Kopf, um ihm in die Augen zu schauen, kann dabei aber seine Augenfarbe nicht erkennen. Es ist zu dunkel.

»Adam und ich haben sie Großer Löffel getauft. Siehst du?« Ich verbinde mit dem Zeigefinger die Sterne in der Luft. »Da! Sieht aus wie eine Suppenkelle.«

Ich spüre Yannicks Atem auf meiner Haut. Sein Arm liegt um meine Schulter, die Hand des anderen Arms halte ich in meiner eigenen. Seine Haut ist weich und rau zugleich. Die Narbe an seinem Unterarm zeichnet sich wie dunkle Kalligrafie auf weißem Papier ab.

Das verwucherte, blassrosa Gewebe zieht sich steil vom Handgelenk über den Unterarm und läuft dort so dünn aus, wie ein Pinselstrich. Unbewusst fahre ich mit meinem Finger über die wulstige Linie und stelle fest, dass die Verletzung wohl sehr tief gewesen sein muss. Zu tief, um in einer Rauferei entstanden zu sein. Die Narbe ist fast perfekt – als hätte das Instrument, das dafür verantwortlich war, mit einem stetigen Druck und einer festen Überzeugung sein Werk verrichtet – und nur zum Ende verliert sie an Kontur.

»Ich habe viel getobt, als ich noch ein kleines Mädchen war. Meine Knie und meine Ellenbogen waren ständig verschorft. Ich habe immer noch eine Narbe am rechten Schienbein, aber so etwas hab ich nie davon getragen.«

Yannick, der mit sanften Augen meinen Zeigefinger verfolgt hat, schaut zu mir auf. »Das ist nicht beim Toben passiert.« Seine Worte sind dünn. Er wirkt peinlich berührt und mir doch so nah, wie nie zuvor.

»Das weiß ich.«

»Ehrlich gesagt ist das eine ziemlich peinliche Geschichte, für die ich mich mehr schäme als für irgendetwas sonst.«

»Raus mit der Sprache. Ich verspreche dir, nicht zu lachen.«

»Meine Freundin.«

»Deine Freundin?«

»Ex«, korrigiert er sich. »Meine Exfreundin. Ich habe es für sie getan. Oder ihretwegen. Das weiß ich nicht mehr so genau. Sie ... Es gab eine Zeit, da hat sie mir alles bedeutet.«

Ich spüre den Schmerz, der noch immer so tief unter seiner Haut zu sitzen scheint, dass kein Messer ihn erreichen könnte.

»Was ist passiert?«

»Wollen wir uns wirklich Audrey Hepburn verderben lassen?«

»Wir wissen doch längst, dass Holly und Paul am Ende zusammenkommen.«

Yannick atmet tief ein und noch tiefer wieder aus, als müsse er sich selbst überwinden.

»Wir waren knapp drei Jahre zusammen, als ich sie beim Sex mit einem anderen erwischt habe – zufällig mein bester Freund. Ich kannte ihn noch aus dem Kindergarten. Reicht dir das?«

»Was hast du gemacht?«

»Ich habe tagelang getobt und geheult. Sie aber auch. Sie hat immer wieder beteuert, dass es ihr leidtäte. Dass sie nicht wüsste, was mit ihr nicht stimmte. Dass sie mich liebte. Ich hab sie einfach nicht verstanden. Ich meine, wenn man jemanden liebt, wie kann man ihn dann betrügen?«

Ich schweige.

»Ich hab sie angefleht, bei mir zu bleiben, und ihr gleichzeitig mit jedem Atemzug neue Vorwürfe gemacht. Ich wollte sie um jeden Preis halten, aber auch leiden sehen. Im Grunde hätte sie tun und lassen können, was sie wollte, und es hätte doch nichts geändert. Ihr blieb keine andere Wahl als zu gehen.«

»Und dein Freund?«

»Hab ich nie wieder gesehen.« Yannick sucht in der Ferne einen Punkt. Vielleicht hat er ihn längst gefunden. Vielleicht ist es der Punkt am Horizont, an dem sein Herz begraben liegt.

»Man bringt sich nicht einfach so um«, flüstere ich.

»Oh Gott, nein. Ich wollte mich auch nicht umbringen. Das war nie meine Absicht. Als sie dann wirklich weg war, lief gar nichts mehr. Verstehst du? Ich hab mir dauernd überlegt, wo die beiden jetzt wohl gerade wären und was sie miteinander machen würden. Ich hab sie ständig versucht, sie zu erreichen. Sie sollte sehen, wie sehr ich leide. Sollte sehen, was sie angerichtet hatte.

Eines Abends, nach etlichen Tequilas und einer Tüte voll Gras, kam ich dann auf diese bescheuerte Idee. Mit einem Teppichmesser. Ich wählte ihre Nummer, erzählte ihr von meinem Vorhaben und legte los.«

Ich kneife die Augen so stark zu, dass hinter meinen Lidern flackernde Lichter explodieren. Als ich die Augen öffne, fürchte ich mich davor, das Blut zu sehen, das diese düstere, fremde Erinnerung über mir ausgießt.

»Sich die Pulsadern aufzuschneiden klingt immer unglaublich einfach«, fährt Yannick rigoros fort. »Aber der Schmerz, den du dabei empfindest, wenn die blanke Klinge, die du noch dazu selbst führst, Faser um Faser deines Gewebes durchtrennt, ist fast so schlimm, wie der Schmerz, den du zu bekämpfen versuchst.«

Als er wieder zu sich kommt, fällt der Schleier der Traurigkeit von ihm ab.

»Es blieb selbstverständlich bei diesem einen Arm, und ich rief sofort den Krankenwagen. In meinem Zustand. Gott, das war so peinlich. Ich hatte mir vor Angst in die Hosen gepinkelt, als die Sanitäter kamen. An meiner Beziehung zu ihr hat das natürlich nichts geändert. Hast du dir schon mal vor anderen in die Hose gemacht?«

»Ich habe mal vor anderen meine Tage bekommen, zählt das auch?«

»Nein«, grinst Yannick. »Irgendein Bekloppter hat doch mal gesagt, die Liebe sei wie eine Rose: wunderschön und betörend, aber man kann sich an ihren Dornen auch verletzen.«

Wie an einem scharf geschliffenen Messer, denke ich.

»Aber das ist jetzt vier Jahre her, und ich bin längst nicht mehr traurig. Jetzt zu dir.«

Ich rutsche ohne es zu merken ein Stückchen von Yannick weg. »Was möchtest du denn wissen?«

»Wieso du dich so unsicher fühlst.«

»Wie kommst du darauf, dass ich unsicher sei?«

»Seit wir zum ersten Mal ausgegangen sind, siehst du dich immer so um. So, als würdest du jemandem aus dem Weg gehen wollen oder dich vor jemandem verstecken. Als ich dich kennengelernt habe, warst du noch anders. Du kamst mir vor wie ein verantwortungsloses, verzogenes Püppchen. Das bist du nicht mehr.«

»Glaubst du an Gespenster, Yannick?«, will ich wissen, obwohl mir allein die Frage furchtbar naiv vorkommt.

»Du meinst an Geister? Spukgestalten? Nein, an so etwas glaub ich nicht. Ich denke aber, dass Erinnerungen wie Gespenster erscheinen können. Manche Dinge, die uns widerfahren, scheinen uns unser ganzes Leben lang zu verfolgen.« Er hebt fast ein bisschen stolz seinen Arm und deutet lächelnd auf die Symbolik seiner Narbe. »Wieso fragst du? Hast du das Gefühl, dass ein Gespenst dich heimsucht?«

Ich nicke und beobachte seine Reaktion. Keine Spur von Belustigung oder Spott, sondern ein nachdenkliches Interesse. Ich weiß, dass ich ihm nie die volle Wahrheit erzählen werde, dass ich es nicht kann, auch wenn ich gern Beichte ablegen würde. Aber ihn mit diesem Fluch zu belegen, käme mir nicht in den Sinn, selbst wenn ich das Gespenst damit für immer loswerden könnte.

»Vielleicht ist es der Geist der vergangenen Weihnacht. Erzähl mir, wieso du deine Eltern hasst.«

»Hm, hassen ist vielleicht das falsche Wort.« Ich schaue in diese ehrlichen Augen, die alles und gleichzeitig gar nichts von mir verlangen. Dann drängen längst unter die Erde gebrachte Erinnerungen aus ihrem Grab.

»Obwohl, vielleicht passt es. Ich habe einen Plastikbeutel zuhause, in dem ich Feenstaub aufbewahre.«

»Feenstaub?«

»Ja. Zumindest nennen Adam und ich es so. Genauer genommen sind es die Schnipsel zig ungeöffneter Briefe meiner Mutter, die ich in den letzten zwei Jahren durch den Mixer gejagt habe.«

»Wieso?«

»Seit ich denken kann, hat mein Vater meine Mutter geschlagen. Und ich meine damit, dass er mit Fäusten regelrecht auf sie eingeprügelt hat.« Ich versuche die Bilder zu sehen, die ich schon vor so langer Zeit verdrängt habe, und schließe die Augen. »Als ich älter wurde, hat er auch angefangen, mich zu schlagen. Einfach so. Er ist Alkoholiker. Wenn es ganz schlimm wurde, hat er sogar mit Gegenständen nach mir geworfen, und einmal hab ich einen Teller fallen lassen und bin in irgendeiner Ecke des Hauses wieder zu mir gekommen. Von Kopf bis Fuß voller blauer Flecken.«

»Und deine Mutter?«

»Die hat nie etwas unternommen.« Ich will nicht weinen, trotzdem kann ich die Tränen nicht zurückhalten. Meine Nase beginnt zu laufen. »Ich hab sie so dafür gehasst. Sie hat nie, nie etwas unternommen.«

Yannick unternimmt den Versuch, mich zu halten, aber ich wende mich ab.

»Hat sie ihn niemals angezeigt?«

»Nein.« Langsam legt sich das lähmende Gefühl in meiner Brust, und ich muss fast über die Absurdität meines nächsten Gedankens lächeln. »Sie setzt ihn unter Drogen. Mischt sie ihm ins Essen oder Trinken. Ich hab das früher nie realisiert. Nie richtig. Irgendwann hab ich dann mit meiner Schildkröte experimentiert. Meine Mutter vergiftet ihren Mann auf langer Strecke. Still und heimlich. Es ist abartig. So eine Familie ist abartig.«

»Und ist dir nie der Gedanke gekommen, dass sie es vielleicht tut, weil sie sich anders nicht zu helfen weiß? Weil es die einzige, wenn auch verrückte Möglichkeit ist, sich selbst, vor allem aber dich, vor den Angriffen deines Vaters zu schützen?«

»Nein. Darüber habe ich nie nachgedacht.«

»Bist du deshalb hergekommen?«

»Unter anderem. Mit fünfzehn Jahren habe ich mich in einen erwachsenen Mann verliebt. Er war Lehrer an meiner Schule. Es war so verdammt verboten, aber das erste Mal in meinem Leben fühlte ich mich geliebt. Dieser Mann hat mich sprichwörtlich vom Boden aufgesammelt und an sich genommen. Ich kann dir gar nicht sagen, wie dankbar ich ihm bin.« Meine Stimme splittert wie Glas.

»Ist eure Beziehung aufgeflogen?«

»Wir trafen uns fast anderthalb Jahre lang heimlich oder während der Nachhilfestunden. Und er drängte mich nie, nicht ein einziges Mal dazu, mit ihm zu schlafen, wohingegen ich mich mit Haut und Haaren nach ihm verzehrte. Irgendwann sagte er mir, dass er so nicht weiter leben könnte. Dass er um seinen Job fürchte und dass man ihn ins Gefängnis bringen könnte, für das, was er für mich empfand.

Damals brach eine Welt für mich zusammen. Und dann passierten komische Dinge. Eine Reihe komischer Dinge.«

»Was denn für Dinge?«

»Komische Dinge halt. Dinge, die Menschen tun, wenn sie lieben. Das müsstest du wissen.«

»Menschen tun auch aus anderen Gründen komische Dinge«, stellt Yannick fest.

»Ich schlief mit zwei Mitschülern, weil ich wusste, dass ich ihn damit verletzen konnte. Weil ich wusste, dass ich ihn damit demütigte. Nicht vor Fremden, nur vor mir. Und weil ich ihm zeigen wollte, dass er mir egal sei.«

»Die zwei Schüler, mit denen du dein erstes Mal hattest?«, stellt Yannick zutreffend fest. »Und war es dir egal?«

»Ich war einfach so todtraurig und verlassen. Ich habe diesen zwei Jungen einen Teil von mir gegeben, den ich ihm nicht gegeben habe, den er nicht einmal wollte. Das Schlimmste war, dass ich auch noch schwanger wurde. Darum bin ich hergekommen, Yannick. Weil ich nicht mehr an diesem Ort leben konnte und wollte. Weil ich von der Schule flog und dort keine Zukunft hatte. Ich habe diesen Mann geliebt. Ein Teil von mir liebt ihn heute noch. Aber ich habe mich wie ein Kind aufgeführt, eigentlich nur bestätigt, was er befürchtet hatte und auf meine persönliche, perfide Art Rache genommen. Irgendwann war Stefan weg. Er hat nie wieder ein Wort mit mir geredet.«

Für den Bruchteil einer langen Sekunde überlege ich, wieso ich ihm diese Geschichte erzählt habe, wo sie doch noch nie über meine Lippen gegangen ist.

»Ich habe sein Herz gebrochen, weil ich gekränkt war. Weil ich nicht verstanden habe, was das alles zu bedeuten hatte. Und ich habe mit diesen zwei Jungen geschlafen, weil ich dachte, ich könne damit zwei Fliegen mit einer Klappe schlagen.«

»Sprichst du von deiner Jungfräulichkeit?«

»Nein, ich spreche von meinem Cousin, Adam.«

»Was hat er damit zu tun?«

Ich wische mir die Tränen aus dem Gesicht und quäle mich dazu, zu lächeln.

»Das ist eine andere Geschichte.«

Stille verschlingt die Dunkelheit und umgekehrt.

»Es ist verrückt, was Menschen aus Liebe alles tun«, bemerkt er.

Ich nicke. Für einen Moment balancieren meine Gedanken auf dem Dachfirst unseres Hauses, über untröstliche Worte und ausgesprochene Ängste hinweg.

»Was denkst du?«, will Yannick wissen.

»Dass du mir das Gefühl gibst, wieder ein Jemand zu sein.«

Er lächelt. Und ich ebenso.

»Coralie?«

»Hm?«

»Ich glaube, deine Gespenster sind menschlicher, als du denkst.«

Yannicks Stirn lehnt sich gegen meine und für den Bruchteil einer Sekunde, spüre ich es – das blassrosa Überbleibsel, kaum so lang wie ein Bleistift, das dort an seinem Unterarm nach all den Jahren wieder ein Stückchen mehr heilt. Und dann seine Lippen an meinen.

Alles kehrt irgendwann zu dir zurück, Coralie. Alles.

Martin nimmt die Streichholzschachtel entgegen und betrachtet sie. Sie ist nichts Besonderes. Austauschbar, wie es nur eine Streichholzschachtel sein kann und dennoch inspiziert er sie regelrecht: jeden Winkel, jede Ecke des kleinen Pappquaders und letztlich den bunten, vorderseitigen Druck. Im Grunde ist es ein gewöhnlicher Werbeträger, doch in Martins Hand wird daraus mehr. Ich selbst habe sie aus irgendeinem Straßencafé mitgenommen. Erst nach dieser gründlichen Prüfung verschwindet die Skepsis aus seiner Mimik, er beginnt zu lächeln und lässt die Schachtel in die Innentasche seiner Jacke gleiten.

»Vielen Dank, Adam.« Er legt den Arm um meine Schulter und lässt mich in seiner Umarmung förmlich verschwinden.

»Ich hab sie gesehen und an dich gedacht«, erkläre ich unnötigerweise.

Unser Weg durch die Stadt führt uns zu keinem geringeren Ort, als in den Hinterhof des Cafés, wo sich die knorrigen Hände des toten Bücherbaumes in den Himmel strecken. Obwohl Martin ein fester Bestandteil meines Alltags geworden ist, weiß ich praktisch nichts über ihn. Nicht einmal das Elementarste. Und noch immer habe ich mich nicht überwinden können, ihm die Frage zu stellen, die noch unausgesprochen in meinem Kopf umhergeistert. Coralie hat mir geraten, ihn nach der Liebe zu fragen, doch bereits der Gedanke an die Frage selbst erscheint mir so intim, wie ihm beim Schlafen zuzusehen.

Der Himmel über uns ist trüb, bedeckt von dicken, grauen Schäfchen, die sich unmöglich zählen lassen, weil sie ineinander verwachsen sind. Heute Morgen hat es kurz genieselt. Die Bordsteine, Gehwege und Häuser sind klamm und wirken dunkler, aber gleichzeitig auch kräftiger in ihrer Farbigkeit.

»Ich habe die Briefe, die du mir gegeben hast, übersetzt.«

Mit einer fast beiläufigen Bewegung hat er das braune Kuvert aus seiner Umhängetasche gezogen. Ich weiß nicht, was ich erwartet habe, nur dass ich über meine eigene Enttäuschung stolpere. Keine Enttäuschung im eigentlichen Sinne, eher über meine eigenen zu hohen Erwartungen.

Ich nehme den Umschlag dennoch mit einem Lächeln entgegen. Im nächsten Moment wird mir die Geste bewusst, ebenso wie der Aufwand, den Martin betrieben haben muss, mir Seite für Seite, Zeile um Zeile auf linierten Collegeblock-Blättern zu übersetzen, die den Stapel verdoppeln.

»Ich versteh mehr von Sprachen als von Geschichte, aber ich denke, es sind Liebesbriefe aus der Zeit nach dem Zweiten Weltkrieg.«

Er zündet sich eine Zigarette an und bietet mir obligatorisch eine an. Zum ersten Mal greife ich nach dem Glimmstängel und setze ihn mir zwischen die Lippen. Wenn Martin überrascht ist, dann zeigt er es nicht. Seine Physiologie wird von den gleichen Mundwinkeln bestimmt, die, seit ich ihn kenne, in einer Mischung aus Lächeln und Gleichgültigkeit seinen Gesichtsausdruck definieren. Zweimal zündet er das Feuerzeug, ehe die winzigen Funken sich zu einer Flamme auflehnen und auf das Ende meiner Zigarette überspringen.

»Was genau steht drin?«

»Na ja, es sind quasi Antworten auf Briefe, die eine junge Französin namens Françoise einem deutschen Mann geschickt hat. Sein Französisch ist nicht sonderlich gut. Vielleicht hattest du deshalb Probleme damit, es zu übersetzen. Die wenigen Notizen, die ich von ihr lesen konnte, bestehen aus den schönsten Sätzen, die ich je gelesen habe. Es sind auch ein paar Briefe dabei, die sie nie abgeschickt zu haben scheint. Während des Zweiten Weltkriegs flieht Severin aus dem Deutschen Reich über die Grenze, schafft es aber nur bis nach Frankreich. Kurz vor Kriegsende macht er Bekanntschaft mit Françoise, einer verheirateten Frau. Die beiden verlieben sich ineinander. Severin beschließt, in das besiegte Land zurückzukehren, weil er die Hoffnung hegt, seine Familie habe den Krieg überlebt. Er bittet Françoise, mit ihm zu kommen, doch sie bleibt bei ihrem Mann. Genau an dieser Stelle beginnt der Briefwechsel zwischen den beiden. Sie schicken sich gegenseitig Postkarten, Briefe, Bilder. Er sendet alles an die Adresse einer Freundin, damit Françoises Mann keinen Verdacht schöpft. Immer wieder bittet Severin sie, ihm zu folgen. Doch sie bleibt bei ihrem Alten. Irgendwann, als er mit seinem Latein am Ende ist, bittet Severin sie, ihm nicht mehr zu schreiben. Er will keinen Kontakt mehr. Eine geheime Liebesaffäre kommt für ihn nicht infrage. Der Kontakt zwischen ihnen bricht ab.«

Ich blättere durch die vielen Seiten und sinniere über die Bedeutung dieser Briefe.

»Danke für die Mühe.«

»Das klingt nach einer sehr traurigen Liebesgeschichte.«

Ich nicke.

»Spaziergänger haben in irgendeinem Dorf, nicht weit von hier, eine Wasserleiche gefunden«, stellt Martin übergangslos fest. Mein Herz bleibt stehen – für einige Augenblicke. Ich verstehe weder, wie er auf so radikale Weise von einem Thema zu einem anderen springen kann, noch verstehe ich, wieso er diese Nachricht überhaupt anspricht.

»Was du nicht sagst.« Ich frage mich, ob Coralie schon davon weiß.

»Ja. Heute Nachmittag hat man einen Wagen aus dem Kanal gezogen.« Martins Blick durchbohrt mich wie ein Speer.

»Ich werde dir eine Geschichte erzählen, Adam: Ein Mann liebt seine Frau über alles, daher plant er, sie zu überraschen. Er weiß, dass sie auf dem Weg zur Arbeit jeden Tag unter einer Brücke durchfährt, und beschreibt daher ein großes weißes Betttuch mit allerlei Liebeserklärungen, um es am nächsten Morgen über der Brücke zu hissen, wie eine Fahne. Der Mann steht also wie geplant pünktlich auf der Brücke und beugt sich in seiner Verliebtheit über die Brüstung, weil er meint, das Auto seiner Geliebten in der Ferne zu erblicken. Weil er aber an nichts anderes denkt als an sie, verliert er das Gleichgewicht und stürzt hinab – zehn, fünfzehn Meter in die Tiefe.«

»Und wie geht die Geschichte aus?«, frage ich ängstlich.

»Na genau so. Er ist natürlich augenblicklich tot«, bringt Martin seine Erzählung zu einem ernüchternden Ende.

Wir gehen genau zweiundzwanzig Schritte schweigend nebeneinander her und erreichen den Bücherbaum. Dann überwinde ich mich und frage ihn: »Wieso erzählst du mir diese Geschichte?«

Oh Gott, er weiß es. Es riecht nach Ozon, nach Gewitter. Es riecht nach Wasser über unseren Köpfen. Regen tröpfelt auf uns nieder.

»Ich weiß nicht so genau. Ich finde, es gibt Parallelen zwischen ihr und deinen Briefen. Beide scheinen dich hier und heute zu beschäftigen. Vielleicht ist es aber auch bloß die Tatsache, dass wir schon wieder gemeinsam im Regen unter diesem Baum stehen.«

»Schon wieder?«

»Ja, so wie damals, als ich dich zum ersten Mal gesehen habe.«

Der Boden unter meinen Füßen scheint zu verrutschen. Er wankt und schwankt und rüttelt an meinem Verstand. Martin kann sich daran erinnern.

»Was glaubst du, haben diese beiden Männer gemeinsam?«

»Wir?«, frage ich.

»Die beiden Toten«, lächelt Martin.

»Den Sturz von einer Brücke?«, antworte ich genauso nervös wie hohl. Martin sieht mich durchdringend an.

»Das Leben hat von sich aus genauso wenig einen tieferen Sinn, wie der Fall von einer Brücke, Adam. Es ist der Mensch, der dem Leben einen Sinn gibt. Der Mensch, der sich permanent allein fühlt.«

Jetzt oder nie, Adam, jetzt oder nie.

»Wenn ich mit dir zusammen bin, dann ...«

Für einen Moment halte ich inne und versuche seinen Blick zu finden, der sich mir entzieht, wie so oft. Schließlich rutscht es mir raus, ohne dass ich die Worte zurückhalten kann: »... dann fühle ich mich plötzlich weniger allein.«

Regen verfängt sich in jedem einzelnen seiner dunklen Haare, biegt sie unter der geringen Schwere der Wassertropfen und bringt sie dem Boden näher.

Martin schaut weiterhin an mir vorbei. Jetzt wünsche ich mir, ich hätte nie etwas gesagt. Das Schweigen zwischen uns brennt so unerträglich, dass ich keine Luft mehr bekomme. Ich spüre mein Herz schlagen und vergebens nach Sauerstoff winseln. Doch da ist keiner. Nur Wasser.

Der Regen wird stärker.

»Ich glaube«, beginnt Martin endlich und dreht sich um, sodass ich meine eigene Spieglung in der Schwärze seiner Augen ausmache, nichts als mich selbst.

»Ich glaube, wir sind immer allein.«

Da ist eine Haltlosigkeit in seiner Stimme, wie ich sie nur von mir selbst kenne. Ich wehre mich gegen den Impuls, seine Wangen zu berühren, ihn einfach festzuhalten und zu küssen. Ich spüre, wie der Regen durch meine Kleidung sickert. Wie der Stoff an meiner Haut klebt und beobachte das Gleiche bei Martin. Nie zuvor waren wir uns so nah, weder körperlich, noch emotional. Wie bei unserer ersten Begegnung vor über einem Jahr, hier am Bücherbaum.

»Martin?«

»Hm?«

Es geht so schnell. Wir stehen uns gegenüber. Auge um Auge, Mund um Mund.

Ich schließe die Augen und berühre seine Lippen mit meinen. Sie sind kalt und salzig und schmecken im Entferntesten nach Meerwasser. Ich könnte in ihnen ertrinken. Ich könnte in dem Meer ertrinken, das der Regen um uns herum aufpeitscht. In der Rohheit dieses Kusses. Es wäre mir egal. Und für den Bruchteil einer Sekunde meine ich, seine Zungenspitze zu spüren, seinen Kuss, der meinen fordert.

Ich komme durchnässt bis auf die nackte Haut zu Hause an. Meine Haare kleben mir im Gesicht. Große, dunkelblond schimmernde Kringel. Coralie scheint mich bereits erwartet zu haben. Als sie aus der Küche kommt, hält sie ein grünes Frotteehandtuch in den Händen, das sie mir lächelnd vor die Füße wirft, während ich mich von den Schuhen befreie. Ihr klammes, schwarzes Haar trocknet wie immer in einem heillosen Durcheinander auf ihrem Kopf.

»Es regnet schon seit einer Stunde«, erklärt sie mir unnötigerweise. Vielleicht erwartet sie ein Lachen. Vielleicht meint sie auch bloß, irgendetwas sagen zu müssen.

In meinem Kopf schaukeln Gedanken wie betrunkene Matrosen. Martin. Ich trete die Schuhe in die Ecke und schlurfe barfuß durch den Flur in mein Zimmer. Unter meiner Schädeldecke drehen sich Hunderte Hamsterräder zwischen meterhohen Wellen seines Geschmacks. Ich bin in einem Rausch. Auf Droge. Die Berührung seiner Lippen ist nicht mehr als ein trunkener Gedanke. Alles nimmt für den Bruchteil einer Sekunde eine übersättigte Färbung an, um schließlich von der intensiven Traurigkeit, die dem Glücksgefühl folgt, zertreten zu werden.

Während Coralie das Handtuch vom Boden aufhebt und mir hinterherträgt, habe ich die nassen Klamotten ausgezogen. In Unterhosen stehe ich vor ihr, deren Kontraste sich unwirklich intensiv im Halbdunkeln abzeichnen. Ich meine, ihre Lippen aufleuchten zu sehen. Unschuldiges Rosé, das sie bereits vor Jahren verloren hatten. Ich spüre, wie ich am ganzen Körper zu zittern beginne. Unzählige Muskelkontraktionen, um das Gefühl der Kälte zu verjagen.

»Ist alles in Ordnung mit dir?«

Ich gebe ihr keine Antwort. Völlig selbstverständlich legt sie mir das Handtuch um und reibt mir fürsorglich über die Schultern – so wie sie es immer gemacht hat. Ein alter Song auf zerkratztem Vinyl.

»Adam?«

»Hm.«

»Ist alles in Ordnung mit dir? Was ist los?«

Ich spüre meine Lippen prickeln. Durchblutet. Aber bewegen kann ich sie nicht. Ich weiß nicht einmal, wie ich das jemals konnte.

»Ich habe ihn geküsst«, flüstere ich.

Coralie macht einen Schritt zurück. Ihre Hände streicheln meinen Nacken.

»Und?«

Sie liest mir die Antwort auf ihre Frage aus dem Gesicht. Vielleicht sind die winzigen Falten in meiner Stirn wie Buchstaben, die fleischfarbene Sätze bilden. Dicke, salzige Tropfen quellen aus meinen Tränendrüsen, von Kohäsion zu runden, glasklaren Perlen zusammengehalten, und ich beginne zu weinen, weil es die einfachste Sprache ist, die ich beherrsche. Die Sprache mit dem geringsten Aufwand.

Mein Gesicht liegt auf Coralies Schulter. Ihre Arme umschließen mich so fest, dass wir eins werden und irgendwann gleich atmen. Für gefühlte Stunden. Bis wir irgendwann auf dem Boden sitzen – immer noch ineinander verschränkt, wie Yin und Yang.

»Komm, ich lass dir ein Bad ein«, haucht sie mir irgendwann ins Ohr, sodass ich am ganzen Körper erschaudere. Dann zieht sie mich auf die Beine, führt mich ins Bad und setzt mich auf der Toilette ab. Während sie den Hahn aufdreht und Wasser durch die alten Leitungen in den Wänden schießt, formen meine Lippen seinen Namen. Geräuschlos. Und ich beginne wieder zu weinen.

Ich gleite in das Wasser, die Beine voran. Wärme umschließt mich. Für einen winzigen Moment vergesse ich alles.

Coralie kniet auf dem gefliesten Boden neben mir, ihr Kinn liegt auf dem Wannenrand. Mit den Fingerspitzen streichelt sie über meine nackte Brust und setzt das Wasser dabei in Bewegung, während ich in ihrem mitleidigen Blick zu ertrinken drohe.

»Das wird schon wieder«, flüstert sie über meine Schluchzer hinweg. »Hörst du? Das wird alles schon wieder.«

Irgendwann, als sie entschieden hat, dass das Wasser schon viel zu kalt ist, um länger darin liegen zu bleiben, geht sie in die Küche, um den Teekessel aufzusetzen. Ich hingegen kann meine Knochen gerade einmal mit Mühe und Not dazu bewegen, sich zu rühren. Dampf quillt aus jeder Pore meines Körpers. Milliarden von winzigen Wassertropfen, die auf mir verdunsten und sich schwerelos in die Luft erheben. Ich spüre, wie das Wasser von meinen Haaren auf meine Schultern tropft und winzigen Perlen gleich in Bahnen über meinen Rücken läuft.

Ich stehe in der Mitte des Badezimmers. Nackt. Ein Gerüst aus Knochen, die eine Vielzahl verschiedenster Organe halten, bedeckt von fast zwei Quadratmetern Haut. Ich lege den Kopf in den Nacken und versuche, die Gedanken an den Kuss, die Gedanken an Martin, loszulassen. Der Spiegel ist beschlagen und quietscht, als ich mit der Handfläche den Schleier aus Kondenswasser zur Seite schiebe. Die gleichen Atome rinnen nun den physikalischen Gesetzen folgend über die glatte Fläche nach unten – in zwei Wasserstoffatome gebundener Sauerstoff.

Ich erkenne mich nicht mehr. Weder das farblose, schemenhaft verzerrte Abbild im Spiegel, noch die Person davor, scheinen ich zu sein. Mein Gesicht ist so bleich wie die Maske eines Toten. Meine Augen liegen in einem unbekannten Schatten.

Und in diesem Moment, beim Anblick meines eigenen Spiegelbildes, erkenne ich ein bekanntes Gesicht. Madame Porzellan. Die Erkenntnis trifft mich mit der gleichen erschreckenden Kraft, mit der meine Faust auf knirschenden Widerstand stößt. Ich könnte laut aufschreien, so sehr strahlt der Schmerz aus meinen Fingerknöcheln über meinen Arm in meinen Brustkorb aus. Als ich die Hand zurückziehe, sehe ich mich fünfmal. Fünf zerschlagene Ichs. Dann löst sich eine Scherbe aus dem Zusammenhalt und zerbirst im Waschbecken.

Im nächsten Moment steht Coralie in der Tür.

Was auch immer ich versuche, nichts scheint Adam die Traurigkeit zu nehmen, die ihn in den kommenden Wochen befällt. Von einem Tag auf den anderen scheint die Zeit einen Sprung gemacht zu haben – vier Jahre zurück auf dem Zeitstrahl.

Ich erzähle ihm zunächst nichts von dem Kuss, der sich zwischen Yannick und mir ereignet hat. Angesichts seiner Gefühlslage erscheint mir das Erwähnen dieses Details sehr taktlos. Stattdessen zwinge ich ihn, die Füße vor die Tür zu setzen, das Tageslicht nicht nur durch Fensterglas zu spüren und sich abzulenken. In der Ringbahn sitzt eine in einen Körper gehüllte Leere auf dem Platz neben mir. An manchen Abenden fahren wir mehrere Stunden lang mit ein und derselben Bahn, umkreisen ziellos das Stadtzentrum, bis wir bis auf wenige Ausnahmen die einzigen Fahrgäste im Abteil sind und Adam erschöpft von seiner eigenen Antriebslosigkeit an meiner Schulter eingeschlafen ist.

An anderen Tagen ziehe und stoße ich ihn mit grober Gewalt in die Fotokabine, in der wir seit Jahren fast monatlich unsere Grimassen in die Kamera halten und stolz schwarzweiße Fotostreifen nach Hause tragen. Die jetzige Ausbeute ist jedoch nicht mehr wert als ein trauriges Gesicht beim Fotografen.

Es ist der letzte Augustmorgen, aber das Wetter spielt bereits Spätherbst. Von außen drückt ein blaugrauer Dunst gegen die Fenster. Yannick liegt in meinem Bett, das Gesicht gegen meinen Busen gepresst. Als ich ihn vorsichtig zur Seite schiebe, um aufzustehen, zeigt sich ein rautenförmiges Muster, das die Spitze meines BHs in seine zerknautschte Wange gedrückt hat. Vielleicht ist es das prägnanteste Erlebnis, das er bisher mit meiner Unterwäsche gemacht hat.

Aus einem mir selbst unbegreiflichen Grund haben wir noch nicht miteinander geschlafen, obwohl wir schon mehrere Male nebeneinanderlagen. Auf das Läuten der Türklingel hin rümpft Yannick kurz die Nase, ist dann aber ebenso schnell wieder in seinen Träumen versunken.

Ich steige über ihn hinweg und laufe in Zickzack-Linien über das Feld aus knarrenden Dielen, um ihn nicht zu wecken. An Yannicks Fußende schläft Sir Tobey, eingerollt wie ein Gürteltier.

Als ich die Wohnungstür öffne, steht dort ein großer Mann in Jeans und Jackett, dessen Dienstmarke ihn mir in einem routinierten, wenn auch kurzen Aufblitzen als Beamten der Kriminalpolizei ausweist. Mit wenigen, geübten Worten hat Kommissar Hank sich vorgestellt und sich von meinem Namen überzeugt.

»Bekommen Sie keinen Schreck«, flüstert er mit einem väterlichen Brummen in der Stimme.

»Schon geschehen.«

»Ich würde Ihnen gern ein paar Fragen stellen. Gestatten Sie mir, einzutreten?«

»Selbstverständlich«, nuschle ich geistesabwesend, während sich mein Puls verabschiedet und mir jeder Instinkt rät, die Flucht zu ergreifen.

Ich ziehe mir ein Hemd über und führe den Polizeikommissar in die Küche, bilde mir dabei ein, dass er im Vorbeigehen einen argwöhnischen Blick auf den zerbrochenen Anrufbeantworter wirft, der von seinem eigenen Kabel erdrosselt, in der Flurecke liegt.

»Kann ich Ihnen etwas zu trinken anbieten? Tee, Kaffee, Leitungswasser?«

»Nein, vielen Dank.«

Ohne auf meine Anweisung zu warten, hat der Zivilbeamte Platz genommen.

»Darf ich fragen, was Sie zu mir führt?«

»Ich ermittle in dem Fall Marc Baxmann. Sagt Ihnen dieser Name etwas?«

»Sicher sagt mir der Name etwas«, antworte ich in meinem unschuldigsten Ton. »Er war eine Zeit lang so etwas wie mein fester Freund. Das ist schon eine Weile her. Ich hab schon eine Ewigkeit nichts mehr von ihm gehört.«

Der Kommissar lehnt sich zurück.

»Dann muss ich Ihnen heute leider die schlechte Nachricht überbringen, dass man Herrn Baxmanns Leiche vor vierzehn Tagen einige Kilometer von hier in einer Uferböschung aufgefunden hat.«

Sowohl meine Gesichtsmuskulatur als auch mein Kopf sträuben sich gegen den Versuch, Erstaunen über diese Nachricht zu simulieren.

»Verstehen Sie das nicht falsch, aber es überrascht mich nicht«, zirpe ich über den Küchentisch hinweg, während ich den Wasserkessel fülle und auf die Herdplatte setze.

»Sie haben recht, ich bin tatsächlich von einer anderen Reaktion ausgegangen. Die meisten Angehörigen reagieren zumindest bestürzt, wenn nicht mit Trauer oder Verdrängung.« Kommissar Hank beobachtet jeden meiner Schritte mit ebenso wachsamen wie unauffälligen Augen. Seine Finger pfriemeln einen zusammengefalteten Bogen Papier aus der Innentasche seines Sakkos.

»Unsere letzte Begegnung endete ziemlich unschön.«

»Was meinen Sie mit unschön?«

»Wären Sie ein paar Wochen früher hier gewesen, dann wäre es nicht zu übersehen gewesen«, grinse ich so sarkastisch wie möglich, ohne dabei überheblich zu wirken. Ein charmanter Wink mit dem Zaunpfahl, wie ich hoffe.

»Nun, das war ich aber nicht. Würden Sie mir also bitte erklären, was genau Sie meinen?«

»Wir hatten uns gestritten. Er hat mich beschimpft. Ich habe ihn beschimpft. Nichts Ungewöhnliches. Und dann hat er mich geschlagen.«

»Hat er Sie mit der Faust geschlagen?«

»Ich denke, es war die Faust, ja. Auch wenn es sich eher wie ein Vorschlaghammer angefühlt hat.«

»Das war wann?«

»Ich weiß nicht. Vielleicht ... Ja, das dürfte schon knapp zwei Monate her sein.«

»Und das war das letzte Mal, dass Sie Ihren Freund gesehen haben.«

»Exfreund.« Der Wasserkessel beginnt aufgeregt zu klappern. »Ja, das war das letzte Mal«, bestätige ich, ohne dabei seinen Blick zu brechen. »Ein Mann, der meint, ich sei sein Punchingball, muss ein gutes Reaktionsvermögen haben.«

»Wie meinen Sie das?«

»Ich schlage zurück.«

Ich nehme den schreienden Wasserkessel von der Flamme und gieße den Tee auf.

»Frau ...«

»Nennen Sie mich Coralie. Das tun alle. Alles andere klingt so förmlich.«

»Gehe ich recht in der Annahme, dass Sie mir nichts zu Herrn Baxmanns Ableben sagen können?«

Mit mächtigen, bestimmten Händen streicht der Kommissar das Blatt Papier vor sich glatt.

»Vollkommen richtig. Darf ich fragen, was Sie wirklich hierher führt, Herr Kommissar, oder muss ich weiterhin zwischen den Zeilen lesen?«

Lautlos schiebt er das Papier in meine Richtung über den Tisch. Es ist eine Telefonrechnung. Genauer gesagt eine Rechnungsanalyse: eine umfangreiche Liste aller gewählten Rufnummern und der jeweiligen Anrufdauer. Mein von sich selbst und seiner Gelassenheit zu überzeugtes Herz hickst nervös auf, als ich feststelle, dass es, bis auf wenige Ausnahmen, immer die gleiche Nummer ist – nämlich meine eigene.

»Marc Baxmann hat in den Wochen vor seinem Ableben einhundertdreiundzwanzigmal Ihre Nummer gewählt. Sie haben sich weder erkundigt, auf welche Weise wir ihn gefunden haben, noch ob Fremdverschulden zu seinem Tod geführt hat.«

Ich schiebe die Telefonrechnung wieder von mir weg und umklammere mit beiden Händen meine Teetasse.

»Ich gehe einfach davon aus, dass er an einer Überdosis gestorben ist. Marc hat ziemlich viel Zeug geschmissen. Ich hab immer gesagt, dass er daran einmal verrecken würde.«

»Marc Baxmann stürzte zusammen mit seinem Auto von einer Brücke. Die Strömung trieb seine Leiche etwa sechs

Kilometer flussabwärts. Die Autopsie ergab, dass der Tod eintrat, noch bevor sein Körper überhaupt mit Wasser in Berührung kam. Er starb höchstens zwei Stunden, bevor er samt Kleinwagen über eine Baustellenabsperrung hinwegrollte – an einem Herzversagen. Zwei Stunden, bevor er fünfzehn Meter in die Tiefe stürzte. An einem Herzversagen, das durch ein Medikament ausgelöst wurde, das man zur Behandlung von Menschen mit Narkolepsie benutzt. Herr Baxmanns Krankenakte enthält aber nicht einmal den kleinsten Hinweis auf eine derartige neurologische Erkrankung. Der Mann war kerngesund. Das ist doch eigenartig.«

»Das ist es durchaus. Genauso eigenartig wie die Tatsache, dass ein Beamter der Kriminalpolizei vor meiner Tür steht, und mich über einen Menschen ausfragt, zu dem ich in den letzten Monaten weder eine emotionale noch eine physische Verbindung hatte. Ich kann Ihnen sagen, was sie ohnehin schon wissen: Das Nachtleben schluckt Pillen wie andere Leute Schokolinsen – je bunter, desto besser. Ich bin wahrscheinlich alles andere als ein guter Mensch, und vielleicht fehlt mir auch eine ganz gehörige Portion Mitgefühl, aber ich kann Ihnen weder zu Marcs Ableben noch zu dessen Umständen etwas sagen, Herr Hank. Tut mir leid.«

Der Kommissar nickt und lässt die Telefonrechnung wieder in der Innentasche seines Jacketts verschwinden.

»Sollten Sie noch Fragen an mich haben, stehe ich Ihnen natürlich gern zur Verfügung, aber ich fürchte, ich kann Ihnen nicht helfen.«

Herr Hank rückt seinen Stuhl vom Tisch und steht auf.

»Ich danke Ihnen für Ihre Zeit.« Eine große Hand schiebt sich mir durch die Luft entgegen. Ich greife nach ihr und verabschiede den Kommissar an der Wohnungstür. Ohne noch einen Blick zurückzuwerfen, verschwindet er im Treppenflur.

Als ich ihn nicht mehr sehen kann, schließe ich die Tür und bemerke, dass ich Schwierigkeiten habe, richtig zu atmen. Mit dem Rücken an der Haustür und dem Po auf dem Boden weine ich ungehalten drauflos, begleitet von den Echos jener Nacht.

»Was haben wir getan, Cori? Was haben wir bloß getan?«

Es dauert seine Zeit, bis die Luft meine Lungen wieder ungehindert erreicht und Adams Stimme in meinem Kopf verebbt ist. Im Nebenzimmer schläft Yannick nach wie vor unbekümmert.

Kapitel 7

Über die Liebe

Adam

Der Sommer neigt sich seinem Ende entgegen. Die erstickende Hitze, die in den letzten Monaten auf unseren Lungen lag, wabert nun allabendlich in dicken, weißen Nebeldecken über die Felder und Parks der Randbezirke. Ich spüre förmlich, wie das Leben aus meiner Umgebung weicht wie aus einem sterbenden Körper.

Coralie und Yannick treffen sich jetzt beinahe so häufig, dass man annehmen könnte, sie seien ein Liebespaar, obwohl Coralie nie zugeben würde, wie sehr sie mittlerweile an ihm hängt. Und ich frage sie auch nicht danach.

Seit dem Vorfall im Badezimmer behandelt mich Coralie, als sei ich aus Glas; als würde jedes falsche Wort mich zerbrechen lassen, was mich in dem Gedanken bestärkt, dass Madame Porzellan und ich mehr gemeinsam haben, als ich eingangs angenommen hatte.

Manchmal schreibt Coralie mir kurze Briefe und kleine Nachrichten, die sie mit Magneten an die Kühlschranktür klebt und in denen sie vorgibt, sie sei einkaufen. In Wirklichkeit entführt Yannick sie an Orte, die sie nie zuvor gesehen hat. Orte, deren Zauber sich noch Stunden später als stilles Leuchten in ihren Augen widerspiegelt, wenn sie mich – mit wenig schauspielerischem Talent – davon zu überzeugen versucht, wie überfüllt die Supermärkte wieder waren. Dabei schleppt sie tütenweise Getränkedosen und steinharte Kräcker aus dem Spätkauf oder irgendeinem Bahnhofsautomaten nach Hause, nur um ihren Notlügen Gehalt zu verleihen.

Zu sagen, das alles würde mich auch nur im Entferntesten interessieren, wäre eine Lüge. Wenn ich ehrlich bin, bin ich Yannick sogar dankbar dafür, dass er Coralie aus dem Haus bringt. Ihre überfürsorgliche Nähe lässt meine Eingeweide sich verknoten.

Immer wieder denke ich an Marc zurück. An das Leid, das er ihretwegen durchgemacht hat und an den Preis, den er für seine auf Abwege geratene Liebe schließlich zu zahlen hatte. Dass er sterben musste, weil er geliebt hat, erscheint mir als eine unerträgliche Ungerechtigkeit, die mich nicht ruhen lässt. Dass Coralie nicht nur Ursache, sondern auch Henkerin ist, ist rabenschwarzer Sarkasmus.

Noch immer spüre ich den Widerstand des Autos gegen meine Handflächen drücken und höre das Pochen unserer angestrengten Herzen, aber ich kann mich nicht mehr an die zwei verbundenen Seelen erinnern, die in jener Nacht unseren Körpern innewohnten.

Die Semesterferien sind fast zu Ende und fordern die Abgabe etlicher, noch ausstehender Hausarbeiten, die ihrerseits an meinen Nerven zerren, wie die Melancholie dieser Tage, die sich still und heimlich des Abends unter meine Bettdecke schleicht, mit mir aufsteht und mich durch die Stadt verfolgt.

Und dann ist da Martin. Der schöne Martin, dessen bloßer Anblick in mir gleichermaßen den Wunsch weckt, zu leben und zu sterben. Seit unserem Kuss herrscht zwischen uns eine unerträgliche Stille. Manchmal erwische ich mich dabei, wie ich ihm zu erklären versuche, was an jenem Tag am Bücherbaum über mich gekommen war und stelle dann fest, dass ich nur wachträume.

Obwohl Coralie mir geraten hat, Distanz herzustellen, schaffe ich es nicht, den Bücherbaum zu umgehen. Es ist der Gesang meiner ganz eigenen Sirene, der mich auf Todeskurs hält und mich immer wieder vor das kleine Café zieht, hinter dessen Fenstern dieses unerreichbare Wesen auf und ab geht, ohne vielleicht zu wissen, dass ich noch existiere. Manchmal treibt mich eine so starke innere Sehnsucht mitten in der Nacht auf die Straßen, wo ich ziellos durch die Stadt fahre und versuche, meinen Kummer zu vergessen.

In diesem Monat fallen die ersten reifen Kastanien von den Bäumen wie stachelige Abenteurer, deren Übereifer sie auf dem Asphalt zerschellen lässt. Sie kugeln braunrot glänzend über die Gehwege und bleiben, ohne ihren Schutzpanzer, einfach liegen, um zu verrotten. Lediglich mein als weiße Dunstwolke vor mir hergetragener Atem zeigt mir, dass ich noch am Leben bin. Dass ich noch immer atme, obwohl es sich längst nicht mehr so anfühlt.

An diesem Nachmittag lockt mich das Fauchen und Zischen von zerlassener Butter aus meinem Zimmer. Zuvor habe ich eine Dreiviertelstunde vergeblich versucht, Coralies dummschwätzige Telefonstimme auszublenden, mit der sie Yannick antwortet, wenn die beiden einmal mehr das Telefon zu ihrem Liebesmedium machen. In der Küche zergeht eine Schöpfkelle voll Teig in der heißen Pfanne.

»Du kommst genau richtig«, bemerkt Coralie, während sie golden glänzenden Ahornsirup über den bereits fertigen Pfannkuchen gießt und den Teller vor mir auf den Tisch stellt. Sie trägt eine graue Jeans mit hoch sitzendem Bund, die sich so eng um ihre Figur schmiegt, dass man denken könnte, beide wären miteinander verwachsen. Eine schwarze Strickjacke bedeckt ihre zierlichen Schultern, während ihr Haar in der gleichen Färbung schimmert wie die Kastanien, die nun täglich draußen über die Straßen und Bürgersteige springen.

»Setz dich doch.«

Ich folge, ohne groß nachzudenken, ihrer Anweisung und inspiziere die angerichtete Süßspeise.

»Wie geht's dir?«, will Coralie wissen, während sie den zweiten Pfannkuchen auf die andere Seite dreht und ihn triumphierend mit dem Pfannenwender niederdrückt.

»Ich fühl mich wie angeschossen«, antworte ich knapp und zerpflücke den platten Kuchen in seine Einzelteile. »Reicht dir die Antwort?«

Coralie schweigt. Sie wuselt durch die Küche und schmeißt den anderen Pfannkuchen auf einen zweiten Teller.

»Gibt es einen Grund, wieso du bäckst?«

»Madame Porzellan sagt, die Laune eines Mannes ist nur so hoch wie sein Blutzuckerspiegel. Sie hat Crêpes vorgeschlagen, ich hab mich dann aber der Einfachheit halber für Pfannkuchen entschieden. Ich dachte, das hilft vielleicht genauso gut.«

»Yannick hat angerufen. Gehst du nachher noch weg?«

»Ähm, nein, nicht wenn du möchtest, dass wir heute etwas unternehmen.«

Ich schniefe gespielte Belustigung. In Wirklichkeit könnte ich mich von jedem Bissen dieser klebrig süßen Fürsorglichkeit übergeben.

»Mach dir keine Mühe. Ich bin sicher, Yannick kommt vor Sehnsucht um.«

»Nein, ich glaube, Yannick kann die Sehnsucht ganz gut kompensieren.« Coralie zieht sich einen Hocker heran und setzt sich mit ihrem Teller neben mich an den Tisch.

»Hast du heute noch irgendetwas vor?«

»Ich geh vielleicht noch raus.«

»Wohin?«

Ich gebe mir alle Mühe, Coralie mit meinem Blick zu versteinern. Zu meiner Enttäuschung bleibt sie aber lebendig.

»Wieso tust du dir das an, Adam?«

»Hast du schon mal überlegt, dass er vielleicht genauso verstört ist, wie ich?«

»Er ist nicht verstört, Adam, er ist einfach bloß nicht schwul.«

»Sag bloß, die jahrelange Praxis hat dich schließlich zur Sexologin gemacht.«

»Sag mal, gibt es irgendetwas, was du mir sagen möchtest?«

»Hast du den Eindruck?«

»Schon. Mir entgehen deine unterschwelligen Bemerkungen und deine Spitzen ja nicht.«

Sie legt eine Hand auf meine Schulter, die ich augenblicklich von mir schiebe. Ich kann ihre Berührung nicht ertragen.

»Hör auf, mich ständig zu betatschen, Coralie.«

»Du bist ziemlich undankbar.«

»Vielleicht bist du einfach eine andere Form von Dankbarkeit gewöhnt. Über die Jahre haben sich ja viele Männer für deine Zuneigung erkenntlich zeigen können.«

»Autsch.«

Ich stehe auf und steuere in Richtung meines Zimmers.

»Was hast du für ein Problem mit mir?«, ruft Coralie mir nach. Als ich mich umdrehe, ist auch sie aufgestanden und mir gefolgt.

»Du bist eine Heuchlerin, Coralie. Nur weil du zur Abwechslung mal die Schenkel geschlossen hältst, tust du so, als seist du die verdammte Mutter Teresa.«

»Adam, ich versuche, dir zu helfen. Seit Wochen tue ich nichts anderes. Und wenn ich mit Yannick unterwegs bin, dann hab ich dir gegenüber ein schlechtes Gewissen.«

»Von mir aus kannst du dir dein Mitleid sparen, es bringt mich nämlich zum Kotzen.«

»Du bist mir wichtig. Und wenn du hier nicht wie ein Gespenst durchs Gemäuer geistern würdest, dann könnte ich das vielleicht auch.«

»Laber nicht, als hättest du irgendeine Ahnung davon, wie's mir geht.«

»Nun hör schon auf, Adam. Du hast Liebeskummer und bist nicht krebskrank. Liebeskummer tut weh – aber daran stirbt man nicht.«

»Was du nicht sagst. Dabei müsstest gerade du wissen, wie tödlich Liebeskummer enden kann.«

»Halt den Mund.«

»Wieso? Weil du nichts mit der Leiche zu tun haben willst, die irgendwelche herzschwachen Senioren aus dem Schlamm gezogen haben?«

»Wir hatten eine Abmachung.«

»Mach dir nicht ins Hemd. Ich werde schon nicht petzen.«

»Wieso bist du so, Adam? Fang endlich an, Martin zu vergessen.«

»Wieso sollte ich?«

»Weil du sonst an ihm kaputtgehst.«

»Wer oder was sagt, dass Martin den Kuss nicht wollte?«

»Seine Reaktion. Verdammt, Adam. Wie kann ich dir denn helfen? Sag es mir! Wie kann ich dir denn nur beweisen, dass dieser Mann für dich unerreichbar ist und bleibt? Er ist nicht schwul. Und offenbar nicht einmal bi. Krieg das in deinen Kopf rein.«

»Fick dich, Coralie!«

Coralie rutscht näher an mich heran, direkt vor die Schwelle, doch ich schlage die Zimmertür mit einem solchen Schwung zu, dass alles um mich herum erzittert, und stemme mich mit all meinem Körpergewicht dagegen, als sie Widerstand leistet.

»Adam, was soll ich machen?«, brüllt Coralie aus dem Flur.

»Verpiss dich endlich!«

Die Klinke flippert so lange epileptisch neben meinem Körper, bis ich den Schlüssel herumgedreht habe und einen Schritt zurück mache.

»Verdammt, Adam! Soll ich mit Yannick Schluss machen? Ist es das, was du willst? Ich tu's. Wenn du das willst, dann mach ich's. Ich geh zur Polizei, ich erzähl denen, was passiert ist. Ich tu alles, aber lass mich nicht fallen, Adam. Lass mich nicht fallen.«

Geheuchelte Tränen werden im Flur verplempert und leiten endlich Stille ein. Selbst das Mobiliar scheint eingeschüchtert zu schweigen. Coralies stummes Glotzen gegen die Tür macht mich rasend. Der Boden unter ihren Füßen stöhnt erschöpft auf, während sie ihr Gewicht unschlüssig von einem Bein aufs andere verlagert und sich den Rotz aus dem Gesicht wischt.

Erst als ich höre, wie sie ihren Mantel vom Haken nimmt, die Haustür öffnet, hinter sich wieder zuzieht und damit das unerträgliche Schweigen ein Ende hat, wird mir mein Elend bewusst, die schäumende Wut verebbt und hinterlässt eine unendliche Traurigkeit – hundertmal schlimmer als der vorangegangene Zorn. Ein winziger, bitterer Tropfen, schwarz wie Öl, der meinen gesamten Körper verseucht. In einem erbitterten Kampf um die Kontrolle über meine Gedanken schlage ich meine Fäuste in die Matratze und reiße am Kissen, das partout nicht entzwei gehen will. Irgendwann schleudere ich es auf den Boden und die ersten Tränen fließen über meine Wangen.

Ich brauche mehr als eine Stunde, bis ich es schaffe, aufzustehen und meinen Zufluchtsort zu verlassen. Ich kämpfe mich mit schwachen Beinen die endlosen Stufen zu Madame Porzellans Wohnung hinauf, die ich zu meiner eigenen Überraschung seit gefühlten Wochen nicht mehr besucht habe. Weil auf mein Klopfen – erst sacht, dann immer nervöser und schneller – nichts geschieht, ziehe ich den Schlüssel unter dem Fußabtreter hervor und öffne die Tür selbst.

Dem bleistiftdünnen Spalt des aufschnappenden Schlosses entweicht eine unheimliche Stille. Der in völliger Dunkelheit endende Flur steht wie unter den unsichtbaren Nachwirkungen eines Bebens begraben – nur noch die weißen Stellen auf der vergilbten Tapete zeigen, wo einst Dutzende Bilderrahmen hingen.

Die Galerie wie durch eine einzige große Handbewegung leergewischt. Verbogene Nagelköpfe spicken die Wand. Zerbrochenes Glas glitzert auf den Kommoden und Bodenläufern. Als hätten sich die Porträts, nach Jahren der Gefangenschaft hinter Glas, befreit, ihre Gefängnisse zerschlagen und die Flucht ergriffen.

Ein monotones Plätschern lockt mich durch die Schwärze in das Badezimmer, wo ich mich beim Anblick dieses mageren, ausgezehrten Körpers, der dort halb bekleidet, bis zu den kleinen flachen Brüsten im Wasser sitzt, fast übergeben muss.

Mir wird klar, dass ich nicht mehr weiß, wann ich Madame Porzellan zum letzten Mal gesehen habe. Ich habe einen großen Bogen um sie gemacht – aus Angst davor, mich selbst in dieser traurigen, ausgemergelten Gestalt wiederzufinden. Aus Angst, ich könnte infolge meines zerbrochenen Herzens auch zu einem Gespenst werden, das lautlos durch die Wohnung spukt, ohne auf Beachtung zu stoßen.

Jetzt strauchle ich durch das Wasser, das sich längst am Boden gesammelt hat, zur Badewanne hin. Dort badet Madame Porzellan in ihrer eigenen, bereits vor Stunden erkalteten

Einsamkeit, während die vielen Briefe und Fotos ihres einstigen Geliebten an ihrem Körper kleben und sich unter der Feuchtigkeit allmählich auflösen.

Ich greife den regungslosen Körper und ziehe ihn aus dem Wasser. Eiskalte, papierdünne Haut an meiner. Madame Porzellan ist so ausgezehrt, dass ich die knirschende Bewegung jedes einzelnen ihrer Knochen spüren kann. Ihr Kopf und das viele, orangen auftoupierte Haar darauf wirken überproportional groß – kaum auf solch dünnem Hals zu tragen. Die verklebten, unechten Wimpern zerren an ihren Lidern, die nur einen Spalt geöffnet sind, um das trübe Weiß ihres Augapfels durchzulassen.

Madame Porzellan röchelt. Ihr Körper zittert, um sich gegen die Kälte und den Tod zu wehren. Ich atme auf, heule vor Erleichterung, dass in diesem astdünnen Wesen aus Haut und Knochen noch immer Leben steckt.

»Es wird alles gut. Alles gut. Alles gut«, höre ich mich flüstern, während ich Madame Porzellan in ein großes Handtuch einschlage und versuche, sie mit meiner eigenen Körpertemperatur zu wärmen.

»Meine kleinen ...«, flüstert Madame Porzellan.

»Was?«, frage ich und drücke mein Ohr noch näher an ihre Lippen. »Was sagen Sie?«

»... kleinen Püppchen haben geweint. Er kommt nicht mehr. Der Brief kommt nicht mehr.«

»Welcher Brief?«

Doch Madame Porzellan gibt mir keine Antwort mehr. Ich finde das Telefon im Flur und wähle ohne weiter darüber nachzudenken den Notruf. Als ich zu Madame Porzellan zurückkomme, liegt sie zitternd wie ein Fisch auf den nackten Bodenfliesen und weint bitterliche Tränen.

»Es wird alles gut«, wiederhole ich.

»Sein Name«, jammert sie. »Sein Name ist weg.«

»Wessen Name?«

»Die Püppchen flüstern ihn so leise. Viel zu leise.«

Und plötzlich wird es mir klar. Mein Flüstern verliert sich im Schweigen der Wohnung: »Severin.«

Madame Porzellan verstummt. Wie auf mein Wort hin narkotisiert, beginnen sich ihre Glieder zu entspannen und sie döst ein.

»Es wird alles gut.«

Ich höre mich dieselben Worte noch gefühlte hundertmal wiederholen, bis endlich die gerufenen Sanitäter ankommen, die die alte Dame – in eine golden schimmernde Rettungsdecke gewickelt – in ihren Wagen laden und ins nächste Krankenhaus fahren. Von ihren eigenen Geistern in die dunkle Nacht vertrieben.

Meine Füße tragen mich fast panisch von der blaulichtgekrönten Straße die Treppen hinauf, wo ich entgegen meiner Erwartung Coralies Schuhe vor der Tür stehen sehe. Doch die Erleichterung ist nicht von Dauer und weicht in Sekundenschnelle dem alten Zorn. Im Flur hängt eine fremde Lederjacke. In der verbrauchten Luft klebt ein bekannter Geruch. Es hat wenige Sekunden gebraucht, um all meinen Kummer zu vergessen und ebenso schnell ist er wieder da.

Als ich an Coralies Zimmertür vorbeigehe, höre ich ein leises Stöhnen – schnelle Atmung und wiegende Körper über altersschwachem Dielenboden. Von der Türklinke hängt ein Jutebeutel. Ich schmeiße meine Schlüssel absichtlich geräuschvoll auf die Kommode, schlage die Kühlschranktür extra laut zu und rücke zweimal mehr als nötig mit dem Stuhl.

Diese Heuchlerin.

Ich ziehe den nassen Pullover über meinen Kopf und streife einen trockenen über. Dann überkommt mich die Neugier.

Das Stöhnen ist einer erleichterten Stille gewichen. Ich schleiche auf Zehenspitzen durch den Flur und komme vor ihrer Zimmertür zum Stehen. Aus der fremden Tasche ragt ein zusammengerollter Bund Papier, an den Heftecken geklammert. Als ich den Block auseinanderrolle, rutscht mein Herz irgendwo in meine butterweichen Knie. Angetrieben vom Rhythmus meines Herzens drücke ich die Türklinke und sehe beide.

Coralie. Und Martin.

Auch wenn es mir oft unterstellt wurde, habe ich nie etwas gegen Jonathan gehabt. Ich war weder eifersüchtig noch neidisch auf die Beziehung, in der Adam und er zueinander standen, auch wenn ich mich oft darüber brüskierte, wenn die beiden mich in einem Anflug von jungenhafter Arroganz aus ihrem Leben ausschlossen, weil ich ein Mädchen war. Aber als ich eines Tages mitbekam, dass Jonathan bereit war, Adam fallen zu lassen wie ein benutztes Taschentuch, begann ich einen Zorn zu entwickeln, der mich Dinge tun ließ, die ich vielleicht hätte lassen sollen. Ideen, die in meinem Kopf aufkamen, nachdem mein Herz zum ersten Mal von Liebeskummer erschüttert worden und mein bester Freund von mir abgefallen war.

Am Abend vor der großen Feier fasste ich einen Entschluss. Einen Plan, der aus der Absicht heraus entstand, Adam zu rächen und gleichzeitig den Mann zu demütigen, der mir das eigene Herz gebrochen hatte. An besagtem Abend schlich ich mich nach dem Abendbrot in die Küche, während meine Eltern im Wohnzimmer saßen und sich von der flimmernden Mattscheibe unterhalten ließen. Dort stieg ich auf einen wackeligen Esstischstuhl und suchte nach der kleinen Teedose, von der ich seit Jahren wusste, dass meine Mutter sie beinahe täglich öffnete und schloss, um die zerstörerische Ehe, die sie führte, zu betäuben. Die Dose war leicht, aus angelaufenem Blech gewalzt und – anders als der Rest des Kühlschrankdecks – nicht mit dem kleinsten Staubkorn behaftet.

Ein stiller, geheimgehaltener, aber treuer Freund meiner Mutter, der wortlos in seinem zwielichtigen Versteck über den Köpfen der Menschen, die täglich durch die geöffnete Kühlschranktür nach etwas Essbarem Ausschau hielten oder das schmutzige Geschirr hinüber zur Küchenspüle trugen, auf seinen Einsatz wartet.

So leise ich konnte, schob ich den Stuhl zurück unter den Tisch, öffnete den Besteckkasten und stahl mich zurück in mein Zimmer. Im Schein der Schreibtischlampe füllte ich den hohlen Silberring, den Adam mir vor Jahren geschenkt hatte, mit dem körnigen Pulver, das die Teedose barg. Die in den Ring eingearbeitete Kapsel fasste einen ganzen, glatt gestrichenen Teelöffel. Eine ausreichende Menge der rezeptpflichtigen Droge, die ihren Weg aus dem Labor der dorfansässigen Apotheke in unser Haus gefunden hatte. Oral verabreicht wirkt es in geringer Dosierung auflockernd und entspannend; entsprechend höher dosiert stark einschläfernd.

Am Abend der Party putzte ich mir die Zähne, legte Wimperntusche und Lippenstift auf – Tarnfarben in der bunten, schrillen, beinahe unangenehm grellen Welt der Adoleszenz – und steckte mir den Ring an den Finger.

Ich kam gegen halb elf am Haus von Max' Eltern an – einem wohlhabenden Paar, dessen finanzielle Unabhängigkeit sich in einem Grundstück direkt am See und einer dazu passenden Kleinvilla manifestierte. Es war der Inbegriff von übermäßigem Wohlstand und affektierter Großzügigkeit. Ein Klecks fliederfarbener Schönheit in einem kalten Gemälde des Materialismus.

Die Musik der Feier war schon zwei Straßen weiter zu hören. Dort fand sich der halbe Jahrgang. Unter all den verschüchterten Gestalten, die ihr falsches Selbstvertrauen in einer dicken Schicht Make-up oder unter falsch herum aufgesetzten Baseballkappen mit sich herumtrugen, war der eine, der der Grund von so viel Unheil in den letzten Wochen war: Jonathan.

Er war es, der Adam das Herz gebrochen hatte. Kinder können grausam sein. Kinder, die gerade dabei sind, zu Erwachsenen zu werden, noch viel grausamer. Sie tragen das Elend anderer wie Trophäen vor sich her, um von ihren eigenen Schwächen abzulenken und sie versuchen, sich gegenseitig dabei zu überbieten.

Jonathan fiel mir sofort ins Auge. Er war von dieser glanzlosen Schönheit, die wenige Menschen in seinem Alter besitzen. Eine kalte Schönheit, hinter der sich so viel mehr verbarg, als nach außen drang.

Ich griff ganz selbstverständlich nach der Bierflasche, die er in der Hand hielt, und nahm einen großzügigen Schluck daraus. Danach war mir, als sähe ich ein Funkeln in seinen Augen, die in einem reglosen Gesicht saßen. Wenige Sekunden später hatte sich die Waagschale in seinem Kopf gesenkt – zu meinen Gunsten. Zugunsten des Spiels, das er mit mir zu spielen bereit war.

Wir tranken und tanzten und tranken weiter, bis die Menschen um uns herum verschwammen. Aber das reichte mir nicht. Ich wollte nicht nur den Menschen, der an Adams Herzschmerz Schuld war. Ich wollte auch die Faust, die ihm physische Schmerzen zugefügt hatte.

Und so zog ich den Gastgeber persönlich zu unserem Spiel heran. Das Spiel hieß Verführung, und jeder von uns Dreien hatte die Absicht, es für sich zu gewinnen, aber nur ich wusste, dass ich es längst für mich entschieden hatte.

Während wir abwechselnd tranken und tanzten, so eng und ungeniert, dass ich die Erregung der beiden an mir spüren konnte, mischte ich ihnen immer größere Mengen des Betäubungsmittels in die Getränke. So lange, bis der Ring zu meiner eigenen Überraschung leer war und ich mich selbst taumelig fühlte.

Mit klebrigen Küssen lockte ich die beiden hinaus aus dem Haus, weg vom Grundstück, hin zu dem Ufer, an dem – beinahe schwarz im Dunkel der Nacht – duftender Flieder blühte. Während ich in Jonathan Erinnerungen an jenen Ort aufleuchten sah, wie das unwirkliche Glimmen nördlicher Polarlichter, hatte mich Max bereits auf den Boden gezogen und mir mit ungeschickten Händen, die unsanft jede Stelle meines Körpers abtasteten und rieben, die Bluse vom Leib gerissen.

Es gibt Hunderte Gründe, aus denen wir bereit sind, unsere Unschuld zu opfern. Das Herz eines geliebten Menschen zu rächen erscheint mir als einer der nobelsten Gründe. Einen anderen Menschen zu demütigen, als Schnitt ins eigene Fleisch.

Der eigentliche Akt dauerte nicht lange. Die Trunkenheit und die Unerfahrenheit sorgten dafür, dass alles so schnell und grob geschah, wie in einem einzigen, alkoholschweren Lidschlag. Keiner der beiden wusste, dass es mein erstes Mal war.

Nachdem sowohl Jonathan als auch Max, der Jahre zuvor bereits mein Blut auf dem schwarzen Waldboden vergossen hatte, gekommen und ihre Leiber – vollgepumpt mit der Droge – so schwer waren, dass es sie zu Boden zog, ließen die Schmerzen in meinem Unterleib nach.

Noch bevor mir klar wurde, was hier soeben geschehen war, wischte ich mir die Tränen aus dem Gesicht und suchte in der Dunkelheit nach meiner Handtasche. Mit demselben scharlachroten Lippenstift, den ich auf den Lippen trug, schrieb ich auf die nackte Brust der schlafenden Körper unter mir: HOMOS.

Dann rückte ich die beiden ein Stückchen näher zusammen, drapierte ihr Hände und Gliedmaßen übereinander und zog die Fotokamera aus meiner Tasche. Es waren drei Bilder, die ich schoss. Drei Bilder, die noch auf dem Filmband Platz hatten. Drei Bilder, die mein Leben und das der porträtierten Jungen veränderten.

Aber das war fast eine Woche später. Bis dahin waren es drei Bilder, die ich entwickeln ließ und von denen ich zeitungsgroße Abzüge machte, die ich überall in der Schule aushing. Ich pinnte sie ans Schwarze Brett, pflasterte mit ihnen die Schließfächer zu und tapezierte sogar die Waschräume.

Bereits wenige Augenblicke nach dem Klingen der Schulglocke wusste ich, dass mein Plan aufging. Die Fotos jener Nacht brachten nicht nur erste Lacher auf Kosten der Abgelichteten hervor, sie verwandelten überhebliche Arroganz auch in Schweigen. Als Max durch das Schulportal trat und seine Augen an den Plakaten hängen blieben, auf denen er und Jonathan bis auf die Genitalien entblößt gemeinsam zu sehen waren, wich die Farbe aus seinem Gesicht und hinterließ eine stumme Blässe. Keiner der beiden Jungen erinnerte sich an das, was in jener Nacht am See geschehen war. Dafür hatte ich gesorgt.

Die Erinnerungen an die Zeit nach der Einnahme von Natriumoxybat sind meist lückenhaft. Sie verblassen, wie die Farbe in den Gesichtern der Menschen, die die Droge einnehmen, oder werden in winzige, überbelichtete Filmfetzen zerrissen.

Genugtuung kann ein überwältigendes Gefühl sein. Zu sehen, wie der Hochmut dieser Jungen bis zu Bewusstlosigkeit verletzt wurde, wie ihre Verzweiflung Tränen hervor trieb, die noch nie ein Schüler an diesen kantigen Wangen hatte entlanglaufen sehen, war ein Gefühl der absoluten Genugtuung.

Es hatte keinen Sinn, die Bilder von den Wänden zu reißen, denn dafür waren es zu viele. Dem Gelächter und dem Hohn der Schüler folgte das Entsetzen der Lehrer, die den Täter aufforderten, sich binnen der nächsten halben Stunde im Sekretariat zu stellen.

Das eigentliche Ausmaß meiner Tat begriff ich erst, als ich vor dem Büro des Direktors auf Stefan traf, den alle anderen nur mit Herr Wagner ansprachen. Mir selbst hatte Stefan das Du schon angeboten, noch bevor unsere Liebschaft begann. Lange bevor er diese Beziehung aus Verantwortung und Vernunft beendete.

Als Stefan mich vor dem Direktor unserer Schule zu verteidigen begann, gestand ich meine Tat. Ich erzählte nichts von der Droge, die ich missbraucht hatte. Weil ich mich geständig zeigte und behauptete, ich sei von den beiden Jungen zum Sex genötigt worden, sahen sowohl die Schule als auch die Eltern der beiden von einer Anzeige gegen mich ab. So läuft das in den Provinzen nun einmal: Jeder behält seine weiße Weste.

Trotzdem wurde ich vom Unterricht suspendiert. Als Adam von der Sache erfuhr, rechnete ich nicht damit, dass er mir in irgendeiner Form Dankbarkeit entgegenbrachte. Dass er sich jedoch wortlos von mir abwandte und weitere Monate verstreichen ließ, bis er den Gedanken an das, was ich angestellt hatte, verdrängt hatte, hatte ich nicht ahnen können.

Stefan verschwand eines Tages aus der Stadt. Ich habe ihn nie wiedergesehen.

Das Licht des blutroten Vollmondes treibt meine Beine voran. Je mehr ich darüber nachdenke, was dort hinter mir liegt, desto schneller renne ich. Raschelndes Laub jagt über den Asphalt, ich spüre den Rhythmus meines Herzens in meiner Halsschlagader trommeln, ringe nach Luft.

Ich renne. Und heule.

Ich heule den Mond an wie ein ausgemergelter Wolf, und dabei renne ich weiter, bis sich vor mir der drahtige Schatten des Bücherbaumes aus der Schwärze erhebt. Seine kahlen Äste ragen in den blutenden Nachthimmel wie verlaufende Tintenkleckse auf einem Blatt Papier.

Hier komme ich zum Stehen. Hier atme ich panisch die kühle Luft ein, die meine brennenden Lungen stillt und mich davor bewahrt zu ersticken. Ich falle auf die Knie, meine Hand greift nach dem kühlen, toten Stamm – die moosige Borke ist so kalt, als hätte die Sonne sie seit Jahren nicht berührt.

Durch meinen Kopf rauschen schemenhafte Bilder. Ich sehe seinen nackten Körper vor mir. Sehe im fahlen Licht des glühenden Mondes jede Sehne, jeden Muskel unter seiner samtigen Haut hervortreten. Sein müder Arm liegt um Coralie, wie um einen Schatz aus Fleisch und Blut. Ein herber Duft liegt in der Luft. Es ist der Geruch von Schweiß und Sex. Er klebt an allem und wird unbewusst von den beiden Atemlosen verströmt, die sich dort auf der Matratze zu Boden eine Decke teilen.

Es sind Erinnerungen, die wiederum Erinnerungen hervorrufen. Ich schmecke das vertraute Gefühl des Verrats, des Betrugs, wie rostiges Eisen auf meiner Zunge. Wie ein Messer, an dem man leckt und das einem die Zunge der Länge nach zerschneidet. Ein Geschmack, den ich vor Jahren das erste Mal kostete, an den ich mich aber erinnere, als sei er nie gegangen.

Verrat.

Ich fühle diese innere Unruhe, wie tausende von Insekten unter der Haut. Ich bin machtlos, kann nichts tun, an nichts mehr denken. Mein Kopf ist leer. Selbst als ich mich umschaue, kann ich keinen klaren Gedanken fassen.

Und plötzlich bemerke ich das zusammengerollte Manuskript, das noch immer in meiner verkrampften Faust steckt. *Mein* Manuskript. Das Manuskript, das ich einst als Hausaufgabe angefertigt und am Bücherbaum verloren hatte. Genau hier. Genau an dieser Stelle.

Jetzt ist es abgegriffen. Die Seiten haben Eselsohren, die Bindung ist locker, als ob sie Hunderte Male geöffnet und wieder geschlossen wurde. Von ihm geöffnet und geschlossen. Meine Hände zittern, als ich meine Ausarbeitung öffne.

Wieso ist das Gras grün? Wie sieht ein Gefühl aus? Was ist der Sinn des Lebens? Und wieso verlieben wir uns?

Ich schlage eine beliebige Seite auf. Meine Augen folgen den Zeilen, die sich aus schwarzen, serifierten Buchstaben ergeben. Dabei stoßen sie immer wieder an die kleinen Kritzeleien, die einer roten Feder entsprungen sind. Es sind durchgestrichene oder korrigierte Wörter, Wellenlinien, Fußnoten, die am Blattrand oder in der Fußleiste wieder auftauchen, kleine Kommentare. Ich lese fremde Randbemerkungen wie »Wo sind die Quellen?«, »Nicht belegbar«, und »Platon war vielleicht ein Romantiker, aber kein Idiot!«

Es ist wie ein Unfall: Ich will nicht hinsehen, aber ich lese weiter. Das Ergebnis meiner wochenlangen Arbeit liegt hier in meinen Händen – korrigiert, zensiert und reduziert auf wenige unberührt gebliebene Satzteile.

Ich schlage das Manuskript zu und schleudere es in eine der Schubladen des Bücherbaums. Mir bleiben wenige Augenblicke, in denen ich schluchze und mit den Tränen kämpfe, als die Bilder des Betrugs wieder aufflammen. Dann stößt meine Hand in meiner Manteltasche auf etwas Klapperndes. Es ist quaderförmig und flach, glatt und etwa so groß wie ein Zippo-Feuerzeug.

Ich ziehe sie hervor – die Streichholzschachtel, die mir Martin vor Monaten geschenkt hat und auf deren Vorderseite eine kleine Putte Pfeil und Bogen zum Angriff spannt. Wie in Trance fingere ich nach einem der dürren Zündhölzer.

Eine innere Stimme treibt mich durch die Stadt, flüstert mir tröstliche Worte ins Ohr und dirigiert mich in unhörbarer Sprache auf mein Ziel zu, während mich der Duft von Rauch und Feuer verfolgt.

Nach Hause kann ich nicht. Noch immer spüre ich das Knirschen der winzigen Splitter und Scherben unter meinen Schuhen haften. Kostbares Porzellan, das sich unter jedem meiner Schritte in noch feineren Diamantstaub verwandelt. Noch immer sehe ich die unzähligen Scherben, die den Boden der verlassenen Mansarde bedeckten, wie frisch gefallener Schnee. In Wirklichkeit waren es die Gliedmaßen von dreimal sechs perfekt frisierten Couchpuppen, die nicht reden wollten oder nicht aufhören wollten, zu sprechen.

Alles in dieser Welt scheint mir farblos – wie in einem Schwarz-Weiß-Film, nur hier und dort enthüllen sich dem genauen Beobachter feine Farbtupfer. Vor mir spannen sich die sieben ziegelroten Gewölbe der Brücke über den ruhigen Kanal, der unser Geheimnis längst ausgespien hat.

Unter dem Viadukt der Hochbahn überquere ich die Hälfte der Brücke, klettere auf das erst vor wenigen Wochen erneuerte Mauerwerk in den sich anbahnenden Morgen. Die Sonne hängt noch, wie ein schwerer kühler Tautropfen, hinter dem Horizont.

Wohin ich gehe, weiß ich nicht. Das spielt auch keine Rolle – das hat nie eine Rolle gespielt. Ich höre das Geschrei aufgescheuchter Feuerwehrwagen, die ganz in der Nähe, bepackt mit Wasserschläuchen, durch die Straßen jagen und glauben, es gäbe noch etwas zu retten. Die Wahrheit ist, dass das tote Holz längst zu Kohle geworden, seitenweise Papier längst zu Asche zerfallen und das letzte Fünkchen meiner Hoffnung auf diesem Scheiterhaufen verbrannt ist.

Nosce te ipsum. Erkenne dich selbst.

Unter mir liegt das geheimnisvolle Rauschen des Wassers. Um mich herum bewegen sich Menschen. Über mir donnert die U-Bahn auf in die Jahre gekommenen Hochgleisen. Alles ist in Bewegung.

Nur ich nicht. Ich stehe im Zentrum. Unbeteiligt. Bewegungslos. Starr. Ein passives Plastinat oder Fossil hinter Glas. Alles, was ich weiß, ist, dass ich noch immer atme. Dass der Sauerstoff in der Luft, die in meinen sich hebenden und senkenden Brustkorb strömt, mich am Leben hält. Ich bin ein Seiltänzer in der Schwebe.

Ich weiß nicht, wie es weitergeht oder wann ich endlich von dieser Brücke steigen werde, oder wann und ob ich meiner besten Freundin wieder verzeihen kann. Sie hat mir Martin genommen und seinerzeit Jonathan. Coralie hat mir oft genug vorgeworfen, ich hielte mich für die Mitte der Welt und sei letztlich nicht einmal eine ihrer Ecken. Vielleicht hat sie in diesem einen Punkt recht.

Ich habe keine Ahnung, wie viel Zeit vergehen wird, bis ich meiner besten Freundin wieder in die Augen schauen kann, ohne dabei zwangsläufig an die seinen erinnert zu werden. Coralie ist ein Teil von mir, den ich nicht amputieren kann, ohne daran zu verbluten, und der dennoch immer neue Geschwüre hervortreiben wird.

Sie selbst wird sich mit der Tatsache auseinandersetzen müssen, dass sie nicht nur mein Vertrauen missbraucht hat, sondern auch Yannicks. Sie ist in vielen Dingen konsequenter als ich – ein Wesenszug, der fälschlicherweise oft als Gefühlskälte ausgelegt wird.

In diesem Fall wird er dafür sorgen, dass sie ihr Schicksal stumm hinzunehmen vermag. Vielleicht wird sie mit den ersten Sonnenstrahlen das Haus verlassen und sich auf den Weg zum kleinen Café machen, hinter dem einmal der Bücherbaum wie ein auf Grund gestoßener Anker stand, um Yannick alles zu beichten. Um ihm ihre Beweggründe zu nennen. Um die Nähe, die sie zu diesem Mann aufgebaut hat, zu halten.

Doch auf halbem Weg wird ihr bewusst werden, dass kein angemessener Grund existiert. Vielleicht wird sie auch nicht einmal versuchen, in seine Nähe zu kommen, und fortan einen großen Bogen um seine Wohnung und ihre gemeinsamen Orte machen. Tapfer, wie Coralie schon immer war, wird sie den Schmerz schlucken wie wermutbittere Medizin und sich damit abfinden, zwei weitere gebrochene Herzen auf dem Gewissen zu haben – einschließlich ihres eigenen.

Vielleicht wird sie endlich erkennen, welches Geheimnis sich hinter den vielen Männern verbirgt, die ihrem Körper und ihrer blühenden Fantasie zum Opfer gefallen sind. Vielleicht wird sie endlich begreifen, dass ihre Geschichten und Lügen nur sie selbst von ihrem schlechten Gewissen befreien, ihre Verflossenen aber wie verwundete Soldaten auf dem Schlachtfeld der Liebe zurücklassen.

Und vielleicht wird ihr endlich klar, was sie nie recht verstanden hat. Nämlich, dass ein Herz in der Lage ist, zu heilen, wenn der Schnitt sauber ausgeführt wird. Dass dies seine Zeit braucht, schrecklich schmerzt und hässliche Narben hinterlässt, aber dass es möglich ist – wohingegen ein schlechtes Gewissen oder der Glaube, einen geliebten Menschen durch eigene Fehler verloren zu haben, uns unser ganzes Leben lang verfolgen können.

Alles kehrt früher oder später zu uns zurück.

Wann meine Wunden sich schließen und das narbige, rote Gewebe, das sie zurücklassen, verblassen wird, kann ich nicht sagen. Aber hier ist das, was in den kommenden Tagen über die scheppernde Tastatur meiner elektrischen Schreibmaschine fließen wird, um meine Hausarbeit endlich zu beenden.

Das Leben dient der Fortpflanzung, denn es drängt darauf, weiterzubestehen. Jeder Baum verliert seine Blätter, um wieder auszutreiben, wenn auch Fortpflanzung nicht immer nur ein biologischer Prozess ist. Manchmal wachsen Gedanken und Taten zu größeren Kindern der Zukunft heran, als jede Zelle es könnte.

Verliebtheit ist nur ein weiterer Trick der Natur, um dieser Fortpflanzung einen tieferen Sinn zu geben. Es ist ein biochemischer Prozess, der von einer Vielzahl von Hormonen gesteuert wird. Die Liebe aber ist anders, denn sie entsteht nicht im Kopf, sondern dort, wo Tränen und Blut sich in fruchtbaren Waldboden mischen.

Manch einer glaubt, zwischen drei Millionen Einwohnern habe sie keinen Platz in der Großstadt. Dass man sie vergeblich suche unter den klappernden Waggons der Straßenbahnen und in dem Wirrwarr aus Architektur. Aber das ist ein Irrtum, man muss bloß die Augen offen halten und genauer hinsehen.

Die Liebe ist überall in dieser Stadt, hockt in Verkleidung draußen auf den Parkbänken und färbt manchmal weiße Küchenwände grün. Die Liebe ist ein Gefühl, so seltsam und vielgestaltig, wie die Personen, von denen sie Besitz ergreift. Sie ist ein zweischneidiger Dolch, an dem man sich selbst verletzt, um das Leben eines anderen zu verändern. Sie fährt uns unter die Haut und hinterlässt die schlimmsten Male auf unserer Seele. Sie wiegt uns in süßen Schlaf, wie ein Betäubungsmittel, verabreicht von einer fürsorglichen Mutter und sie beraubt uns unserer Unschuld, wie geheim gehaltene Zuneigung unter duftendem Flieder.

Die Liebe verbirgt sich in einem Koffer voller Erinnerungen, führt aber auch die Hand, die aus Angst und Unsicherheit hässliche Worte an saubere Flächen schreibt. Die Liebe vermag es, aus den abscheulichsten Dingen die herrlichsten Blumen zu treiben, kann aber selbst auf Abwege geraten.

Wenn wir ihr folgen, dann ist sie imstande, uns bis ans Ende der uns bekannten Welt zu tragen. Aber genauso gut kann sie ein Irrlicht sein, das uns in die Einsamkeit führt, mit nichts als sprachlosen Porzellanpuppen an unserer Seite. Denn sie ist unergründlich und nicht zu verstehen, nur zu erfühlen, wie das Band, das zwei Menschen aneinander knüpft.

Mein Blick begleitet den grauen Morgen, der sich geräuschlos hinter den Dächern der gähnenden Stadt erhebt, die sich jenseits des gezähmten Flusses erstrecken.

Der Nordwind treibt kühle Luft ins Land. Bald schon werden die frühen Stunden glitzernden Frost mit sich bringen, der sich hartnäckig gegen die Sonne verteidigen wird und spätestens im Dezember als Gewinner hervorgeht.

Überall dort draußen, in dem Meer aus Beton, Asphalt und Stahl, klopfen unhörbar leise Millionen von Herzen im Rhythmus einer wehmütig schweren Melodie, der ich lausche – der ich immer schon gelauscht habe. Eine Melodie, die uns alle eint.

Ich bin ein Teil dieser Stadt und ein Teil dieser Welt. Mit jedem einzelnen Herzschlag.

Epilog

Wenn es etwas gab, nachdem sie sich mehr sehnte, als nach ihrem Leben hier, dann war es der Mann, der dort am anderen Ende dieser endlosen Gleise lebte. In einem Land, das der Krieg in Trümmer gerissen hatte. Der Mann, nach dem sich ihr Körper, ihr Herz und ihre Seele verzehrten. In manchen warmen Nächten so sehr, dass es ihr körperliche Schmerzen bereitete oder sie ganz einfach Tränen vergoss – so lange bis sie am Ende das Gefühl hatte, an Einsamkeit und Unerreichbarkeit zu ersticken und sich letztlich erbrach.

Der Schaffner warf einen Blick auf ihr Billett.

Wenig später war die Lok schnaubend und stöhnend aus dem Bahnhof gedonnert, waren die Umrisse der Zurückgebliebenen zu unscharfen Flecken verblasst und hatte Françoise Land und Leben, die sie kannte und die ihr sicher waren, hinter sich gelassen.

Doch sie blickte nie zurück. Nicht ein einziges Mal.

Die Reise in das zerstobene Land dauerte zwei Tage. Zwei Tage der Einsamkeit und Nächte, in denen sie die funkelnden Sterne und den zunehmenden Mond am Himmel mit niemandem teilte, als mit der Schwärze, die ihr Abteil füllte und den ersten Strahlen der Sonne, wenn die Nacht dem Tag wich und für einen kurzen Augenblick beide Himmelskörper einander gegenüberstanden.

Mit den anderen Passagieren sprach sie kein Wort.

So kam es, dass Françoise eines Tages ihr fernes Ziel erreichte – hier, wo der Mann lebte, für den sie letztlich alles aufgegeben hatte. So kam es, dass sie strandete.

Obwohl Françoise weder die Sprache beherrschte noch Geld der hiesigen Währung in der Tasche hatte, machte sie sich auf die Suche nach dem Haus, dessen Adresse auf der Rückseite aller Briefe und Postkarten geschrieben stand, die sie in dem kleinen Koffer gesammelt hatte. Eine Hausnummer, unter so viel rekonstruiertem und neu zusammengesetztem Großstadtschutt, der einmal die Hauptstadt einer menschenverachtenden Regierung gewesen war.

Und irgendwann lag es vor ihr: ein Mietshaus, das der Einschlagskraft des Krieges getrotzt hatte. Über der Klingel stand sein Name, und Françoise fühlte, wie ihr Herz sich in ihrer Brust zusammenzog und wieder ausdehnte – schneller als gewöhnlich. Am liebsten hätte sie die Klinke geküsst, die so oft in den Genuss gekommen war, von seiner Hand gehalten zu werden. Hätte sie sich auf die Schwelle gelegt und geweint – aus Freude und Erleichterung, Nervosität und Hunger und Durst, aus Glück und Angst.

Doch stattdessen fiel ihr Blick auf den Fußabtreter, auf dem sich die Stiefel eines ausgewachsenen Mannes – braune Lederstiefel – an ein Paar Damenpantoffeln lehnten. Da zerbrach sie innerlich, denn ihr wurde gewahr, dass sie zu viel Zeit hatte verstreichen lassen und dass der Mann, den sie einst zurückwies, sein Herz neu verschenkt hatte.

Also machte Françoise kehrt und ging davon mit einem Herzen, das so fragil und zerbrechlich war, wie das dünnste, teuerste Porzellangeschirr und einem Koffer voller Erinnerungen.

Es waren Briefe von dem Mann, dessen Porträts hinter rissigen Bilderrahmen mehr und mehr verblassen würden, bis nichts mehr von ihm übrig war, als die Erinnerung einer alten Frau, die Angst hatte, zu vergessen.

Danksagung

An dieser Stelle möchte ich jene wunderbaren Menschen in meinem Leben erwähnt wissen, die mich beim Schreiben des *Klubs der Ungeliebten* begleitet haben.

Kristin, Jule, Paul und Andreas, ihr wart meine Vertrauten der ersten Stunde. Danke für euren Rotstift, eure Anregungen und die wunderbaren Gedanken, die ihr mit mir, Coralie, Adam und Madame Porzellan geteilt habt.

Kira und ihre kleinen Incubi – sie sind der lebende Beweis dafür, dass selbst Nachtmahre die Musen der Träumenden sein können. Vielen Dank für euer Vertrauen in meine Geschichte und die Verpflegung mit Mut, Durchhaltevermögen und anderen Köstlichkeiten. Ich entschuldige mich für jeden einzelnen Bandwurmsatz.

Mein besonderer Dank gebührt Steffi, die sich sprichwörtlich skalpierte, um ihr Haupthaar zu verleihen, und Ms. Moore, für ihren wunderschönen Vornamen. Ich will mich bei Ralf und Laura bedanken, nicht nur für ihr hübsches Aussehen, sondern auch für ihre Geduld – ihr werdet immer einen Platz auf dem Dach meines Herzens haben. Ich danke dem schönen Martin, und natürlich Regina, sowohl für ihr Mundwerk als auch für das Band, das uns über die Entfernung zusammenhält – *stärker als Stahl und schärferer als der dünnste Draht.*

Besondere Achtung gilt Sören, der mich vom Ende schier endloser Gleise aus über Jahre hinweg faszinierte, und meiner Familie, jede Aufzählung ohne sie wäre unvollständig.

Zum Schluss bleiben all jene, deren Herzen ich auf dem Gewissen habe und die mir das meine einmal stahlen. Ich glaube daran, dass uns die Zeit zu neuen Freunden machen kann – irgendwann.

Dennis Stephan

Raik Thorstad

NACH DER HÖLLE LINKS

Zurück in Hamburg. Drei Jahre nach den Ereignissen des Romans Leben im Käfig *geht die Geschichte um Andreas und Sascha weiter. Beide sind ein Stück erwachsener geworden. Besonders Andreas hat dank umfassender Therapien viel gelernt. Seine Angststörung bestimmt nach wie vor sein Leben, aber er hat sich zur Kämpferseele gemausert. Sascha studiert inzwischen und hat sich einen Freundeskreis in Hamburg aufgebaut. Ihre gemeinsame Vergangenheit zwingt sie auf einen steinigen Pfad, an dessen Ende sich die Frage stellt, ob sie mutig genug für einen Neuanfang sind.*

Mit Nach der Hölle links *liegt der zweite und letzte Band des Coming-of-Age-Romans von Raik Thorstad vor.*

592 Seiten
erhältlich als Taschenbuch, ePUB und Mobi-Pocket